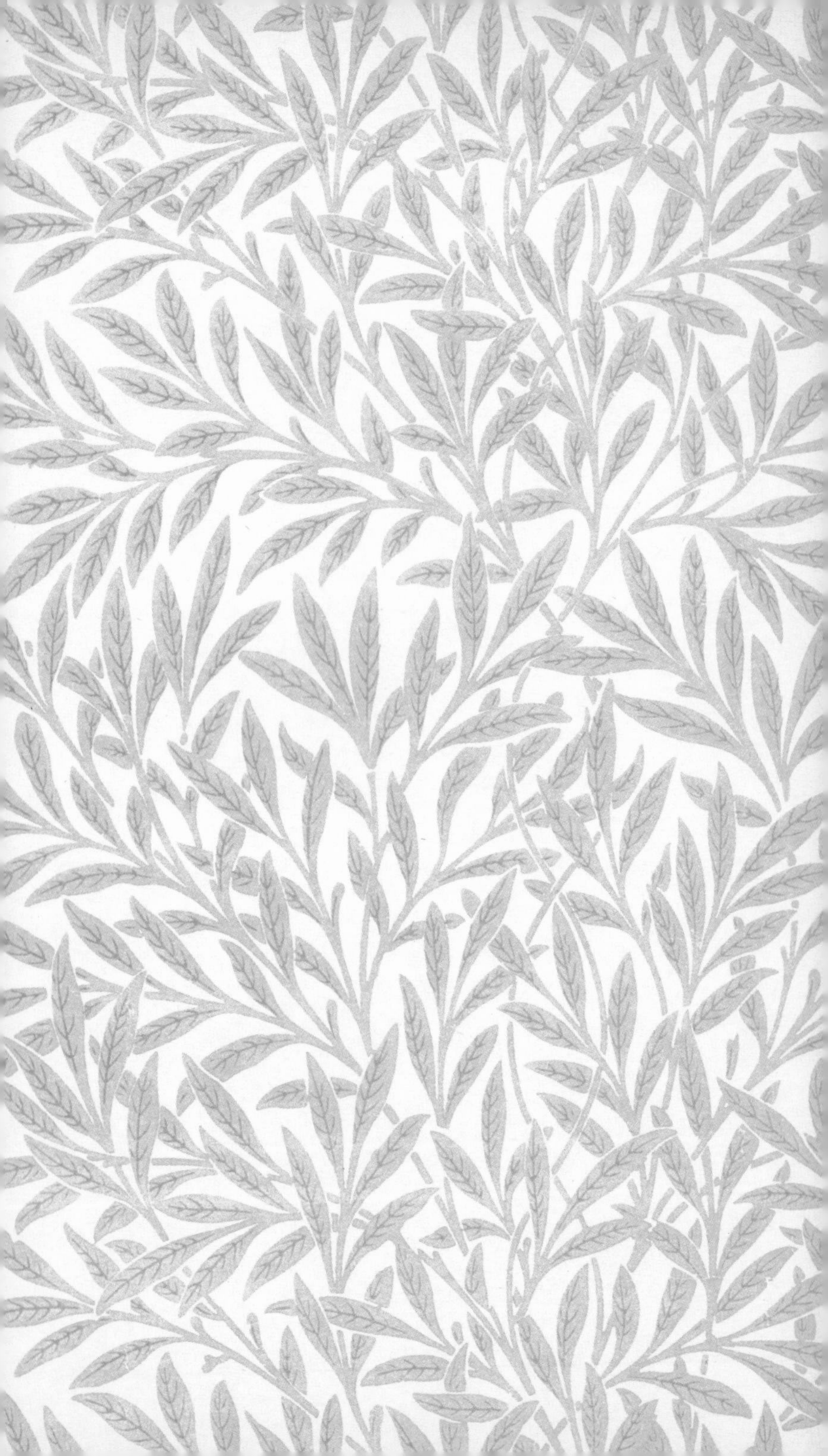

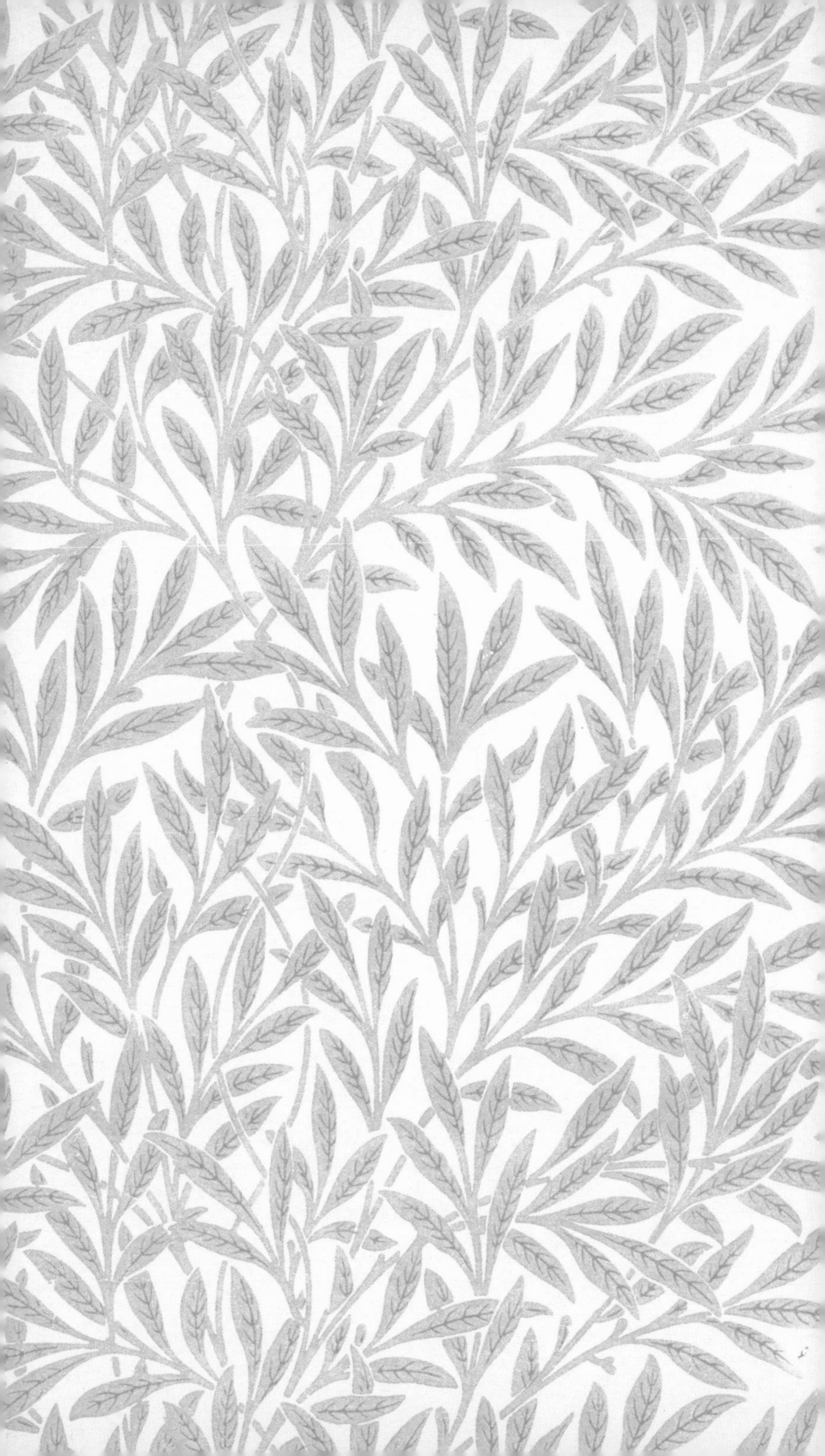

▲圖1　雅典　宙斯神廟全景

▲ 圖2　埃維亞島上的太陽神殿

▲圖3　德爾斐　太陽神阿波羅神殿

▲圖4　克利特島　克諾索斯王宮

▲ 圖5　克利特島　克諾索斯迷宮

▲ 圖6　克諾索斯　神牛角祭殿

▲ 圖7　克諾索斯王宮的酒甕

▲ 圖8　晨光中的邁泰奧拉

▲ 圖9　夕照中的邁泰奧拉

▲圖10　阿布・辛貝的蘭薩二世大神殿

▲ 圖11　吉薩最美的一景　人面獅身像

▲ 圖12　世界上最古老的佐瑟階梯金字塔

▲ 圖13　最著名的開羅吉薩金字塔

▲圖14　路卡索（古稱昔比斯）　赫特捷佩斯特王后祭殿（荷馬將昔比斯稱作百門之都的緣由可從照片上看出來）

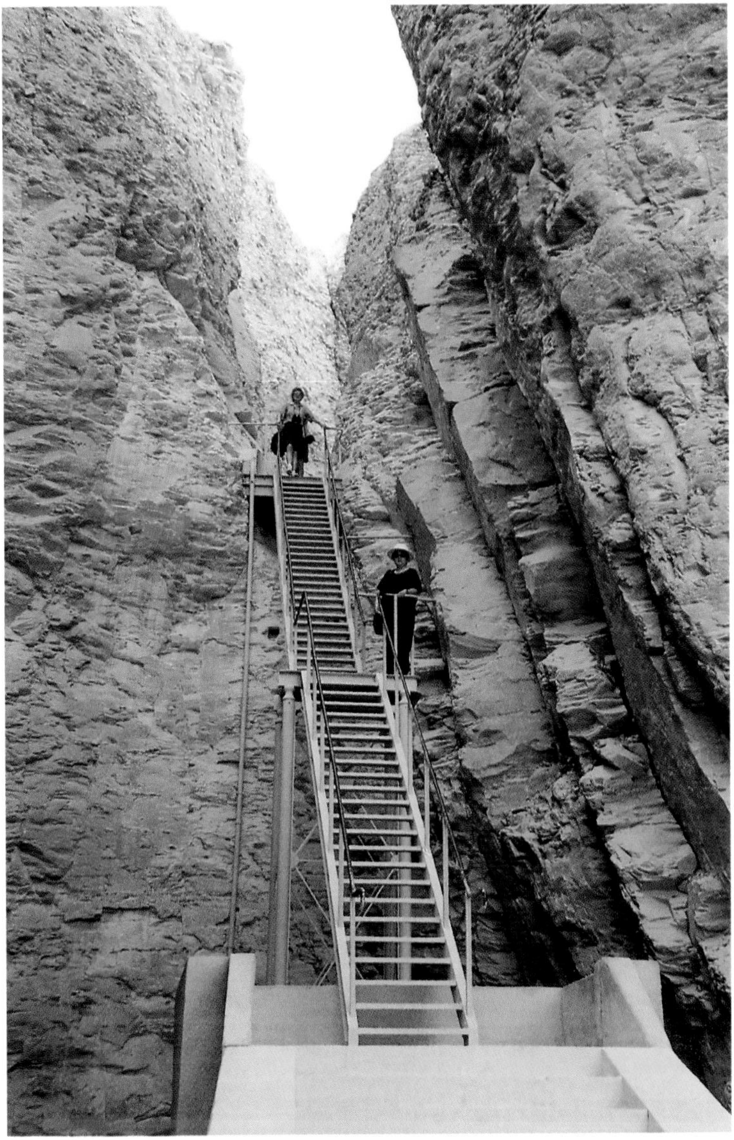

▲ 圖15　帝王谷──近路卡索：尼羅河西岸
杜斯莫西斯三世陵寢入口處就在棧道的另一端

▲ 圖16　坎默堡神殿的浮雕　正中是歡樂女神哈特霍爾

▲ 圖17　維也納國家圖書館

▲ 圖18　匈牙利國會大廈

▲ 圖19　多瑙河在布達與佩斯之間穿城而過

三民叢刊 174

風景

韓秀著

三民書局印行

楔子

兩年多前離開了住了三年的高雄，回到美東。一年多前又搬到雅典。乘地利之便，走了一些心儀許久的地方。

行萬里路不能代替讀萬卷書，讀書、讀畫自然依舊是生活的重點。

近年來，中文詞語中有了一些特別有創意的字與詞。「風景」是個有意思的詞，除了地形、地貌之外，尚添加了歷史、人物、社會、風俗，成了人文景觀。少不了的，也揉進了握管人的心情故事。

坐在面對愛琴海的瑞菲娜港口長椅上，海風輕拂著一堆原稿紙，檢視上面的字跡，都在那「風景」之中，尚切題。遂略加整理，結成一集。

韓秀

風景

目次

風景

風景

風景

第一輯 人在希臘

初識雅典人

未到雅典之前，曾對這個地方作過一點小小的研究，尤其是在民生以及與我自己的生活、工作有關的部分特別地下了一點工夫，我得出了這麼一個結論：「今日事今日上午畢」須得改成「今日事今早十點半鐘畢」。原因是雅典的商店、超級市場都在下午兩點鐘以前關門大吉，雅典人有一個極長的午睡時間，要再看到他們，需待五點半之後。但是，八月份是度假月，多數店家下午上了板之後，就「明天見」了。更有店家掛出牌子，大書：本人度假去也，九月一日以後見！

於是，為了幾瓶汽水，我得趕個大早，在毒日頭尚未直射頭頂以前，把民生必需物資運回家。為找一架影印機，更是汗流浹背地跑了不知多少路，多半情形下，鐵將軍把關的時候居多。

和我一樣在滾燙的空氣裡東奔西跑的多半是外國人。在街上，和稀稀落落的行人擦身而過的時候，聽得到英文、法文、德文、日文……極少聽到希臘文。雅典人在門戶緊閉的室內，在垂著布製、竹製的遮陽捲簾後面，養精蓄銳。

友人請吃晚飯，時間定在九點鐘，距離我兒子上床時間僅三十分鐘。想想「入鄉隨俗」是中國人的智慧，再說也正在暑假中，於是全家欣然前往。

除了我們這一桌以外，整個餐館靜悄悄的。露天地裡，桌子一張連一張，桌上桌巾，小花瓶，燭臺井然有序，看起來，生意應該很興隆才對，如今冷冷清清只剩了一個解釋：就是時間仍然太早！

果不其然，時間接近十點，雅典男女老少衣著整齊地翩然出現，他們邁著極優閒的步子，來到他們喜歡的餐館，傾聽侍應生向他們報出今天特備的佳餚，點菜，點酒，舒舒服服地開始享受晚餐。

怎麼不是享受呢？白天的暑熱已經悄悄消退，小風從街心公園吹過，桌上的燭臺小火輕輕跳躍，瓶花散著幽香，親人、友人圍坐桌旁，菜香、酒香伴著說不盡的家常。時間就這麼浪漫無比地悄悄逝去了。

細看週遭，雅典人是可以把車子開到餐桌旁，開到餐館廚房門口，開到侍應生端菜必經的通道上的。他們拉開車門，一步邁到桌邊坐下，姿態優雅的侍應生早已趨前招呼，聽他們寒暄的熱絡就知道該是熟客了。

時近午夜，人們尚未盡興，孩子們也興高采烈地在桌子之間穿梭、嬉戲。惹得我們的兒子羨慕萬分，提出了今後晚睡的要求。

情急中，我告訴兒子，雅典的吉祥鳥是貓頭鷹，晝伏夜出想必是雅典人的生活習性，並不一定適用於所有的人。

友人笑說：「夏季雅典實在熱，活動改在晚上進行比較合理，也比較浪漫。」

看來這頓晚飯「早早」開始，還是為我們這些初來乍到的異鄉人特別安排的，真正難得。

古希臘的雕塑和彩繪告訴世人希臘人的追求和審美標準：男人高挑、勻稱、強壯，絕無贅肉，但也絕不瘦弱。女人一律寬衣大袖，豐滿、端莊。無論男女，除了那隻著名的希臘鼻子以外，各個善目慈眉，面含微笑。

今人和古人卻大有不同。據我觀察，雅典男人雖不敢說「賞心」，但「悅目」卻是絕對必然。年輕人多留著優雅的髮型，不長不短，將高高的額頭遮去一小部分，更突出了眼睛的神采。五官之勻稱，之英俊，令人讚嘆。上了年紀的人鋒芒稍斂，更顯成熟與智慧，非常耐看。雅典男人，無論老少，目露微笑，一副善解人意的模樣，幾乎成了招牌。

女人則不同，絕大多數板著臉，偶爾和她們四目相接，不是眼露兇光就是滿臉冷漠。和善的女人少見，溫柔含笑的女孩更是鳳毛麟角。說句不客氣的話，好看的女人真是少之又少。通天鼻配上陰沈的三角眼，再加上高聳成〈形的眉毛，下垂的嘴角，實在好看不起來了。

雅典街頭廣告不是很多，但都是巨幅的。西裝筆挺、風度翩翩的俊美男士個個有隻希臘鼻子，絕對是本地人；美女個個小鳥依人，柔美無比，卻是來自北歐、西歐、北美。

「希臘美女哪裡去了？」我不禁好奇地問。

友人笑答：「我們有了一個美麗的海倫，征戰十年，死了那麼多英雄、好漢，實在是太划不來了。我們不需要美麗的希臘女人。」

我沒有說什麼，卻想到了那些在郵局排隊的雅典男人。郵局雖明文開門八小時，但實際情形是大大縮水的，所以週一到週五，每天上午郵局門口內外大排長龍是再自然也不過的。男人們手拿單據、待寄的郵件，站在隊列裡心平氣和地等。雅典女人走近來，無論體態豐盈的婦人或是細腰長腿的少女都不能使男人們改變其從容，惟外國女人一旦走近，男人們的眼睛都為之一亮，臉上浮起笑容，人人非常地紳士，無論那外國女人是半老徐娘或是T恤、牛仔褲的大學生。

何以如此，友人想了想說：「雅典男人喜歡笑口常開的女人。」

原來如此！那麼雅典女人的笑容跑到哪裡去了呢？

從我廚房的大窗戶望出去，可以清楚地看見對面一家人家主婦生活的大部分內容。天亮不久，她拖著小車出門，搬回來一車的蔬菜、水果、魚、肉、橄欖等等。一、兩小時之後，她出現在陽臺上，陽臺上拉了繩子，一批批衣物晾晒出來。陽臺不夠用，窗戶外面伸出兩根鐵棍拉了繩索。她每天數次從窗臺上探出半個身子在繩索上晾晒毛巾、桌巾、餐巾之類的東西。雅典人吃飯，布質、紗質的桌布和餐巾是必不可少的。窗臺下的牆壁因為日復一日地晾晒衣物而由奶黃變成了灰白，非常顯眼地昭示著雅典主婦的勞作。

下午的午睡時間似乎並不屬於她們。我捧著一本書，端著一杯茶看她用水、用大刷子把陽臺的大理石地面洗得像鏡子一樣光潔。

傍晚，男人和孩子們回來了，陽臺上早已擺上了桌椅，桌上舖了桌布，擺了鮮花、水果和飲料。陽臺和客廳之間的大門開了，男人和孩子在看電視，女人不見了，大概在廚房裡。

天黑了，陽臺上點起蠟燭，電視終於關機，音樂聲飄起。整個傍晚都在抽菸、喝酒、看電視的人們安靜下來，坐上餐桌。一趟趟進出的，是圍著圍裙的主婦。

我打開窗戶，炸魚、烤羊肉和新鮮麵包的香味兒撲面而來。

吃吃喝喝到半夜。

夜裡三點鐘，我披衣起來看看。陽臺上已經收拾乾淨，桌椅已經疊放在陽臺一角。對面那廚房裡仍是燈火通明，想來洗刷碗盤的工作尚未結束。

這種日子過下來，天長日久，笑容自然不見了。

週日，我們全家和友人一起去逛街，街上咖啡館林立，到處可以看到男人們瀟灑地夾著香菸，坐在那兒，欣賞行人。女人們相聚，通常是在煙霧瀰漫中，面容嚴肅地談天，不知是不是「互吐苦水」，而且，四個相聚的女人中，起碼有三個是「菸筒」，香菸不離手，火藥味更濃。

我忍不住問友人，對我的觀察，他有什麼意見。

友人瞥了一眼那雲山霧罩的女人們，隨後非常清晰地告訴我：「我們希臘男人娶回家的是賢妻良母型的女人。」我想到了對門陽臺上的主婦，不禁微笑了。友人是哈佛大學企管博士，有在美國苦讀四年的經驗。傳統和現代經驗之間，強弱對比之鮮明令人感慨。

說說談談，我們走向一個報亭，我和先生都覺得有點尷尬。報亭中央，一把椅子的空間裡，坐著一位表情誠懇的雅典青年，在他的四周，懸掛著來自世界各地的各種文類的色情雜誌，女人的性感部位一覽無遺。我先生彎腰拿起一份《先驅論壇報》，交錢走人。友人卻大大方方地瀏覽色情雜誌，表情快樂而安詳。

十歲的兒子頭一次看到這種雜誌高懸於鬧市，呆了一呆。在美國，這些東西被一張黑紙蓋住，角上一隻兔子告訴成人其內容而已。沒想到，在雅典，這些「見不得人」的東西竟神氣起來。

友人拍著兒子的肩大發議論：「身體是美麗的，美麗的身體是造物主的恩賜，遮遮掩掩有什麼必要！」

看來，在雅典，色情與藝術之爭早就過氣了。

行至哈德良門附近，電車叮叮噹噹，當街的公寓陽臺上，有身著家常服的女人在眺望行人。友人一眼瞥到就又開始開導我們。

「雅典女人工作辛苦，她們可以在陽臺上賣呆，在一週一次的街坊菜市(Laiiki)上和別人高聲叫嚷，討價還價，感受人間溫暖，也可以和三五好友在咖啡店吞雲吐霧。

「雅典男人工作辛苦，他們可以在任何地方賣呆，看看喜歡的雜誌，在任何地方欣賞女人的笑容和美麗……

「都是各取所需啦！只是廣度和深度有所不同而已。」

話未說完，街角兩輛車幾乎相撞，各自緊急煞車，發出刺耳的聲音，在千鈞一髮之際總算停住了車。車內分別坐著一男一女兩個雅典人，這會兒又分別左擰右拐，試著在極狹小的空間把車子錯開，好各奔前程。

「在開車的兇猛、慓悍、頑強方面，雅典人無分男女，都是一模一樣的。」我先生笑說。友人雙手一攤，還以雅典男人最典型的、內涵豐富的微笑。

如果你和你的另一半死得太快……

「如果你和你的另一半死得太快……」

這句話常常出現在保險公司的廣告信中，而且通常是問好之後的第一個句子，收信人在震驚之餘反應較平日稍遲鈍一些，目光所及也就瞄到了該保險公司在幫人們償還貸款，幫孤兒準備教育費方面的許多措施。這些措施都是在腦子嗡了一聲之後看到的，於是覺得特別親切……

這一系列的反應通常在有東方文化背景的收信人身上比較鮮明，從胎教就受西方文化薰陶的人通常是一笑置之，他們能快速地從那些印刷精美的粗體字上面一目二十行地掃過而去看一眼用極細小的字體寫下的文字：「……閣下首期需付若干，以後每月需付若干」，況且，在許多特定情形下，保險公司有特定政策，蠅頭小字密密麻麻。於是，作為垃圾信件，被丟了出去。

但是，這一回，無論是我還是我的先生和兒子，兩種不同文化背景的三個人同時都被美國國務院召去，接受S.O.S.訓練，因為我們全家將在今夏搬到雅典去。

雅典，那不是海水正藍的天堂嗎？不是民主發祥地嗎？不是滿盛著古老文明的美麗城市嗎？

不錯。很可惜，那也是個恐怖分子經常出沒的地方。況且，有一個主張和土耳其血戰到底的游擊隊在長達二十年的時間裡，不斷威脅希臘政府，要求重燃戰火。希臘政府當然主張「談」而不主張「打」，並且得到美國朝野的支持。這一下，游擊隊大為光火，恐怖手段相繼出籠，炸彈事件層出不窮，大使館被炸也不過是幾個月前的事。美國國務院的報告平平淡淡地告訴我們。

「酷！」兒子首先表態。

炸彈不只是出現在銀幕上，電動玩具屏幕上，報紙上，雜誌裡。

炸彈可以看，可以摸。那多棒！

父親從報紙上抬起頭來，看兒子一眼。兒子馬上注意到母親憂戚的面容，很男人的拍拍我的肩膀：

「媽咪，不用擔心，我會保護你啦！」

走進講堂，機械地翻開政府發給我們的文字資料：

第一頁，出國前的準備工作。

第一段，必須隨身攜帶的東西。

第一行，遺囑。

欄下文字，不僅針對外交官和他（或她）的另一半，還包括孩子（們）。

一句話，我的一家三口如果都不在了，又當如何？

我疲倦地合上冊子。兒子不在身邊，他和許多小朋友在另外一個講堂裡。

先生很認真地閱讀資料中的每一行字，我知道，他回家以後的第一件事就是打電話給律師。

密集的訓練中，資深的安全人員告訴我們，飛機場的貴賓室並不安全，電腦常常會把我們視為最平常的資訊傳遞給別有用心的人，恐怖分子可利用電腦迅速查找他們蓄意攻擊的對象。車庫門開時，千萬不要放鬆警覺，因為裡面很可能有你最不想看見的人或物。家裡每層樓有電話是不夠的，必須在一個浴室內裝鎖和另外一架電話，必要時，可以關上浴室門，搶奪到那生死交關的數秒鐘，打出一個求救的電話。

政府告誡我們：千萬不要逞英雄，活著回來就是勝利。

專家仔仔細細地講解各種綁架：飛機、汽車、輪船、百貨公司、銀行……都是綁匪樂意下手的好地方。各種炸彈：各種形狀，各種爆炸的可能性，各種不可思議的放置位置。當然，還有愛滋，還有內戰，還有蚊子。

蚊子？我從半游離的意識中猛醒。

對，就是帶著毒菌的蚊子……

午飯時間，沒有看到兒子，他們被帶往另一處餐廳。

下午的氣氛有所好轉，因為專家們都在胸有成竹地告訴我們各種化解危機的方法。外交官們也把他們活著脫困的經驗提出來和大家分享。

講堂一角的數字顯示器上冷冷地亮著燈光，告訴我們：自一九九一年至目前，因恐怖分子的活動而在國外喪生的美國政府官員達六〇二名。

忽然之間，燈光閃動，那數字跳躍起來，六〇三、六〇四、六〇五……

專家啟動開關，講堂的大屏幕出現了削掉了半幢樓的爆炸「結果」，地面上的大坑深達數米，事情發生在沙烏地阿拉伯。

跳動著的數碼器終於停了下來，數字增加到六二三。

半分鐘前還口沫橫飛的炸彈專家沈默不語地面對畫面。

靜寂中，人人感覺得到那巨型的、數千磅的炸彈近在咫尺。

有人打破沈默，請教專家，如此場面，該如何走避。

專家毫不遲疑：「上天無路，入地無門。」

在回家的路上，車子裡悄無聲息。

兒子把小手放在我肩上，小手暖暖的。

他輕聲說：「媽咪，我學會了辨識很多不同的東西，它們出現在書包裡，午餐盒裡，包裝好的禮品盒裡，汽車裡，牀底下……」他呼出的熱氣拂在我臉上。他小心地不使用那個字眼兒，bomb（炸彈）。

日子還是得過下去。大搬家的行程按部就班地進行著。當然，安排「身後事」也是避免不了的。

從律師辦公室回家的路上，我跟我先生說：「去年秋天，有一天華盛頓郵報的頭條說，當年夏天乾旱，南瓜的產量和質量都受了影響，記者擔心，萬聖節將至，南瓜可能供不應求……」

我先生說：「今年春天也有消息說，蜜蜂因為熬不過去年冬天的酷寒而數量銳減，今年的蜂蜜上市量將低於往年……那消息也發了頭條。」

南瓜和蜂蜜連結著人們過日子的心情，如果，每天都只有此類大新聞，那該多麼好呢！

今天，我下樓的時候，先生怯生生地看了我一眼，沒有像平常一樣問：「要不要看頭條？」

我心裡一震，馬上拿起報紙來。

Washington Post 報導了昨夜發生在紐約的飛機墜海事件。一架 TWA 公司的波音七四七客機載著二一一位各國乘客與十七位機組工作人員在紐約甘迺迪機場升空不久，就起火，變成一個火球挾帶大量碎片直墮長島以南大西洋海面……

客機目的地是巴黎。

甘迺迪機場安全檢查系統還算不錯，這架飛機不會從紐約被裝置什麼危險物品吧？

飛機是從雅典飛往紐約，在紐約停留三小時再啟程往巴黎的。不需要任何想像力，危險物品大概就是從那個安全系統鬆鬆垮垮的古城上了飛機的。當然，一切都尚在未確定中……

電話鈴聲大作，三個埋頭報紙的人一時都有點不知所措。

「早！」一個甜美的聲音在聽筒裡響起：

「我們正在前往府上的途中，我們將把您的車子妥善地送到巴爾的摩。由那裡上船。我只是要再一次確定，目的地是雅典……」

是的，目的地是雅典。

闢疆拓土，只為尋夢

朋友常問我的一個問題是，你忙東忙西，常做些風馬牛不相及的事，那麼你最內行的，除了寫作以外，都有些什麼？我連想也不想就據實回答，連讀書寫作全算上，最內行的事情就是搬家。十四年中，大搬八次，小搬無從計算，早就內行得不得了了。

半年多以前，美國駐希臘大使館的工作人員回美度假，特別找到我們，詳細描述我們在雅典的新居：獨立三層樓房，不僅有車庫而且大門外三公尺處即有公共汽車站，招手即停的計程車更是方便之至。此「新居」位於市中心，離使館很近，離重要的古蹟，博物館也相去不遠。「新居」有後園，使館負責草皮終年長綠，至於種些什麼花由我自己負責。「新居」內部，三樓三個臥室，二樓則是客廳，餐廳，廚房一應俱全，連帶著還有一個優雅的客房。一樓則可作遊戲間用，「隨你怎樣安排。」這位先生大手一揮，等著我們表示驚喜的歡呼聲。

我們夫婦都覺得一件事太過完美，反而不大像真的，只是客氣地向這位先生表示謝意，謝謝他帶這麼迷人的消息給我們。

裝箱的日子到了。我當然空運了園藝工具，因為「種花」該我自行負責。按常規，大型家具由使館提供。我仍然堅持要自己帶三個可拆卸的書架。因為按照我們的經驗，多半使館的書架供不應求。三個書架中，有一個是我自己設計的，中間一塊板相當寬大，成了一張桌面。「萬一我需要一張書桌，那就是了。」我先生覺得，雖然使館方面的消息「太好」，但是，看情形，就是差也差不到那裏去，「你一定有書房的，何需這張『克難』書桌？」我不肯妥協，堅持要帶走，才能心安。

終於，該進倉庫的，該海運的，該空運的，已經各奔前程。兩人剛剛鬆口氣，就接到使館發來的FAX。內容是：因為安全的因素，原來分配給我們的「新居」已經取消，我們抵雅典後，可住臨時寓所，待房子租定再搬遷云云。

真是預感成真。由「擁有」華宅一下變了無殼蝸牛。我先生雙眉緊鎖，我自己氣定神閒：「至少，我帶走了書桌。至少，我帶去了四分之一的藏書。」

到了雅典，看了今天希臘人的家居特色，我有點緊張了。夏天，人們的日子在陽臺上過，所以陽臺寬敞得不得了。冬天，人們的日子在客廳裡過，也是大而無當的設計。臥室只用來睡覺，通常只有豆腐乾大。至於書房，似乎多半不在考慮之列。

再看街上店鋪，精緻的餐具、桌布隨處可見，文具，甚至影印機卻不是那麼方便的。簡直是本末倒置嘛！我先生直笑，說是「民以食為天」在希臘是絕對真理。

很快，使館通知去看房子：這房子在遠郊區，並沒有四通八達的公共交通系統。車庫倒是有的，就在大廈底層。這個房子有四層，一層一戶。周遭園子由房東負責。我家將在二樓，陽臺寬闊，且有種植花樹的設施以及電腦控制的灌溉系統。園內也有籃球場地，對孩子而言，是很方便的。

三層樓變一層，市中心變遠郊區，連自行種花的權責也免了。用著了北京人一句笑話：猴兒吃麻花，滿擰。

房管委員會先生女士六人陪著我浩浩蕩蕩奔向新居，汽車穿大街過小巷奔馳四十五分鐘到達目的地。我們受到房東一家人的熱烈歡迎。

果不其然，三間臥室除了必用家具，加上一臺電視，兩臺電腦，已放不下另一張書桌。陽臺寬廣得可在上面跑馬，但絕非爬格子的處所。廚房、餐廳美侖美奐，但絕非清靜之地。剩下的，就是這大會議室般的客廳了……六位委員見我沉思不語，個個屏息靜默，也不發一聲，生怕我拒絕接受這房子。其中一個小心再小心，試試探探地表示，這是到目前為止，他們能夠找到的最大的房子了。

我如夢初醒，明白自己一刻不點頭，他們就一刻不得簽約。我趕快表示，房子很不錯，我在想的是怎樣對付這大而無當的客廳，把它隔間處理，可多派些用場。

委員們如蒙大赦，房東們也雀躍不已，紛紛獻計獻策。

我發問：如果使館有比較多的書架，可否借用，用書架把客廳的四分之一隔出來，如是，我就可以完全接受這個房子了。

一位先生說，駐希臘使館不能保證提供最精緻的家具擺設，書架卻多得很，要多少有多少……

真正是喜出望外。當下議定，使館撥出六個大書架給我，由我「自行設計」室內家居佈置。

一行人歡天喜地絕塵而去。九月初，我們按計劃搬入新居。靜待海運物資抵達，就可恢復正常生活。看著那一大排空蕩蕩的巨型書架，心定得很，只要有了空間，我還怕什麼呢？

十月底，眼看七千多磅，二百六十八個紙箱一擁而進，我就知道，大事不好。「空空蕩蕩」一夕變成了「密密實實」，連針都插不進，我苦心用書架隔開的空間已全部「淪陷」，連地板都看不見，更不消說放下一張書桌了。我想，在我的性格裡，「永不氣餒」和「永不放棄」大概是最根深蒂固的兩樣東西了。廚房、臥室、電腦、電視和遊戲機一一安排妥貼，我單槍匹馬，闢疆拓土，為自己尋一方無噪音、無干擾的清淨地，好尋自己的夢。

看我一箱箱清理書、卡片、無數的紙張和文具，家中兩個男人紛紛表示願和我共用一室。兒子保證會使任天堂消音而不「麻煩」我。先生也認為人腦和電腦可以和平共處，不妨以電腦桌代替書桌，先安定下來再說。

我只能苦笑。

寫作是一種奇妙的工程。由設計到籌備到施工都是一個人，最要緊的是一種非常個人的氛圍，用今天時髦的術語來講，就是「風景」，一種可以尋夢的，只屬於個人的「風景」，這風景不僅能「泡」在裡面獨享寧靜，更要十二分的方便，所有適用的字、句、段都要俯拾皆是，觸摸得著，眼睛一掃桌面，在在引出無數議題，那才圓滿。

可我的情形正好完全相反，一搬，再搬，搬得風景不斷變幻。中國人說「三搬一燒」，我卻是一再遭火劫。

掙扎了兩個星期，終於在大小書架、檔案、資料的箱箱櫃櫃中，在離陽臺拉門一英吋處放下了「書桌」，跟著一個接一個的把高矮不等，肥瘦不勻的各種書房必有陳設一一順門排開。我向家人宣布：陽臺大得無可比擬，有三個門可以出入，我這一角永久關閉，有不便之處，請原諒。父子兩人都非常紳士地表示理解。

這一畝三分地是開出來了，但是，離「方便」相距太遠。我沒有想到把書房縮小到五分之一是如此艱難。以往井井有條，一目了然的一切忽然在不斷的重疊和堆積之中消失得無影無蹤。有了卡片盒A找不到卡片盒B，看到海外文友來信檔找不到臺灣文友來信檔在何方。手拿C型釘書機，卻只看到D型釘書針。於是，一切重新來過。最重要的，每天必要接觸的稿紙、筆（粗、細、大、小各若干）、修正液、日誌、日記、讀書筆記、來往信函登記錄等等等等，放進手邊「工具箱」，其他一律「堅壁清野」，放進抽屜、箱箱、櫃櫃，貼上標籤，明示內容。

如此「精耕細作」之後，情形大為改觀。坐定下來，不僅「坐擁書城」，且那風景直逼眼前，幾乎動彈不得，玻璃板下條目一大串，題材、背景連翩而至，竟是不能不寫了！

正想閉上眼睛，享受一下夢想成真之前那點興奮，再沉澱一番，化成文字。

忽聽門鈴驟響，房東太太帶著大隊人馬來訪。相詢之下才明白，房東一片好心，要為我們裝置特別天線，如此，我們住在雅典，也可以看美國HBO節目，不致寂寞……

夢已遠去，我急急問道，這天線何等模樣，將裝在何處？

順著房東太太手勢看去，只見一長方形半人高的匣子連著無數電線，正向我的「書房」移動。

情急之下，大呼Oxi（註）！人們呆住了，不知世上什麼東西可以抵擋HBO的魅力。

緩過勁兒來，我一再感謝房東的好意，並且馬上動手把那大匣子推移開去，以保持「書房」風景的完整。

終於送走了那熱鬧滾滾的一批好心人。我回到我那靜靜的一角，站在其中，四周暖暖的，書、信、字紙，一樣又一樣散發著熟悉的、溫馨的氣息。窗外，秋陽高照，繁花似錦，卻是另一番風景。我將守住這小小一隅，故土、故園、故人，我的文字和她將有的氛圍將帶我入夢，將化為新的神奇，將打開生命中新的一頁。

我站在那風景裡，醉著，站了很久。

註　Oxi是希臘文，意為「不」。

在雅典看艾黎舞團

中秋將近的時候，在這十足的他鄉異地，不敢設想獨自一人去賞月會是怎樣的光景，恐怕一顆心碎成萬片，再也拾不攏。

想了個法子，和上萬的人一齊賞月。弄到了票，去奧克拉蒲利斯山，在巴特農神廟俯瞰下的希羅德阿提庫斯劇場（Herod Atticus Theater）看美國黑人舞團奧文・艾黎（Alvin Ailey）的演出。

我在演出前將近四十分鐘抵達阿提庫斯。那時候，已經是雅典時間的晚上八點鐘。奧克拉蒲利斯高地被無數車輛圍得水泄不通。人們從四面八方擁向這裡。向山上步道走去，須得穿過「等票」的人群，人們有禮貌地輕輕詢問：「您有多餘的票嗎？」更多的人豎起一個或是兩個手指，手臂高高舉起，明白宣示，他（她）在等一張或是兩張票。

每一個臺階都有一英尺高，我費力地攀上半山，進入劇場。可容五萬人的劇場只餘了不多的空位，且在最高處，我須再努力攀登數十臺階，才能在水泥加了坐墊的位置上，放下自己。真正是人海，漂浮在巴特農神廟腳下。神廟在高高的一側，更高處，黑絲絨背景上，是那輪滿月。

強光燈照射著古劇場的殘壁和新設的寬闊舞臺。舞臺是整個半圓梯形劇場的圓心，艾黎的舞者將在這活躍了二千年的圓心上帶給我一個美好的晚上。

真正的座無虛席，有坐墊的位置坐滿了。最後一排的石塊上，擠著不少年輕人，很快的，座位之間的通道上、水泥臺階上也坐滿了男女老少。

雅典人向來自紐約的艾黎舞者傾注了他們難得一露的熱情。

我一向深愛黑人舞者的矯健、奔放和掩蓋不住的勃勃生命力。

艾黎舞者在初抵雅典的第二天，受到美國駐希臘使館人員的熱情歡迎。在雞尾酒會上，那些美麗的青年舞者也對雅典流露出好奇。我記得那些晶亮的眼神、粲然的笑容和雪白的牙齒。

現在，他們在紫色、紅色和金色的光柱中，以剛健的舞姿昭示他們非洲文化的傳承。鼓聲陣陣，令雅典人沉醉其中。

月光高遠了些，不再溫柔，和舞臺上的姹紫嫣紅成了鮮明的比對。

人都是有根的，艾黎舞者中的大部從未踏足非洲，但他們的根在血液裡，在舞步中，在伸向蒼穹的手臂上。

有著悠遠遷徙史的雅典人深諳其中的五味，看得如醉如癡。

艾黎舞團是著名的現代舞團，在表演形式上也一再求變、不斷革新。第二部分的演出中，舞者表達著對人類的關懷。

音樂加旁白，或完全沒有音樂只有旁白，舞者以他們特有的身體語言詮釋人類的困惑、迷茫、孤寂、不被瞭解甚至無從溝通的苦痛。

旁白沒有一句希臘文，全部是英文的。雅典人熱情地回應著，他們大笑，熱烈鼓掌，對旁白者的每一段述說作出反應。

雅典人善用肢體語言，即使在閒話家常的日子，他們的手勢和表情也非常豐富。雅典人更懂得啞劇，懂得人類共通的情感可以跨越任何語言文字障礙。

他們一次又一次為艾黎舞者的強烈訴求熱情歡呼。

人類共通的情感在阿提庫斯像波濤般翻滾。

我抬頭仰望，月光如水，灑在這充滿激情的波濤上。

巴特農神廟籠罩在清輝裡，神祇們大概也在含笑觀賞人間的悲喜劇。

希臘人說「不」的日子

希臘各地都有用「十月廿八日」命名的道路。在雅典市，無論市中心或近郊區都有十月廿八日大道、大路、街等等。十月廿八日是國家的法定節日，是「Oxi Day」，是希臘人說「不」的日子。

一九四〇年十月廿八日凌晨三點鐘，墨索里尼政府派駐希臘大使敲開了希臘政府領導人官邸的大門，大言不慚地告訴對方：「或是由義大利軍隊和平地佔領希臘，或是打上一仗。」希臘政府當時的領導人馬上回答：「Oxi！」而且毫不猶豫地表示：希臘不惜一戰。結果呢？勇猛善戰的希臘人把根本不想打仗的義大利軍隊乾淨、徹底地遠遠趕出了邊界，捍衛了希臘的主權和尊嚴。

今年的十月廿八日，我在雅典，親眼看到希臘人怎樣慶祝這樣一個節日。

在每一個社區十月廿八日大道、路或街的中心，通常都會有個小小的街心公園，公園裡或是雕塑，或是墓碑，都會為抗擊法西斯入侵的英雄們設立。每年的紀念活動就從升起國旗，敬獻花圈開始，盛裝的希臘人來到街心公園，重溫近代史上輝煌的一頁，向犧牲了的英雄們致以崇高的敬意，然後有一個小小的遊行活動，走上半條街費時十五至廿分鐘而已。走在前面的是參加過第二次世界大戰的老兵，雄糾糾、氣昂昂地接受大家的敬禮，然後是奏著鼓樂、擎著國旗，步伐齊整的中、小學生。後面就是喜氣洋洋的老百姓了。我也和希臘友人一起揮舞著希臘國旗，興高采烈地走了一程。

活動結束，大家各奔東西，路邊的酒館、咖啡館一下子熱鬧起來，五顏六色的氣球繫在門前的廊柱上，更添節日的色彩。

朋友熱情地邀請去喝一杯卡布其諾，心想正有許多問題要請教，於是欣然同去擠在歡天喜地的雅典人中間。

簡直是嘉年華嘛，毫無劍拔弩張的火藥氣氛！我向朋友說明我的觀感。

「那是因為歐洲的法西斯已經徹底投降，認罪了。否則希臘人才不會用這種方式紀念Oxi Day。」朋友一針見血。

我沉默不語。

同是面對法西斯不惜一戰，亞洲與歐洲的情形卻是如此不同。更妙的是，今天，口口聲聲說「不」的卻是在第二次世界大戰期間，使亞洲人民，特別是中國老百姓（包括海峽兩岸）損失無數生命、財產的日本。

我在想，如果，今天的義大利和德國也像日本的石原慎太郎一樣，在戰敗五十年以後，仍然把侵略說成「進出」，把殺戮的罪責一筆勾銷，希臘人和希臘政府又將怎樣對待？

朋友字句分明地向我說明希臘人的性格：「如果是那樣，雖然我們只有一千多萬人口，雖然我們缺乏資源，我們的土地貧瘠不堪，但我們決不會讓步，一定要討回公道。」

也就是說，現實的利益不能作為交換尊嚴和正義的籌碼。

我們也談及釣魚臺最近發生的一系列狀況，朋友認為日本軍國主義復活不僅表現在文字中，也已經表現在行動上：

「如果我是中國人，無論我住在臺北或是北京，都會密切注意日本人的動向。」朋友如是說。

由此，我們又談到今年夏天，在中國大陸鬧得沸沸揚揚的書《中國可以說不》以及在「保釣」熱潮中剛剛問世的另一本新書《中國還是能說不》。

朋友是科班出身的社會學家，對於這兩本書以及出版源起和造成的效應甚至大陸當局在出版過程中所扮演的支持角色都有相當了解，很容易表示出意見。

我驚異地發現，希臘朋友的見解竟和知名學者余英時教授的意見非常接近。他認為幾位年輕人審時度勢，寫本情緒化的書賺它幾兩銀子本來不是什麼大事，書中的暴戾之氣雖非營養午餐，但有識之士看在眼裡也不致產生什麼過激行動。然而政府一經介入，事情就麻煩得多，特別是在大陸這麼一個地區，意識形勢的潮湧常會造成滅頂之災：「民族主義氾濫，不僅會危及那一個地區與周遭國家的安全，對臺灣更可能產生直接的威脅，『順我者昌逆我者亡』的心態絕對不適宜今日以及廿一世紀的世界形勢。」

我在想，其實大陸當局對《說不》一書的推動主因仍在國內因素，政權不穩的後鄧時期，矛頭對外可能有利於「穩定」大局。君不見，「保釣」只不過嘴頭子上的功夫而已，決不像香港、臺灣，真的衝出去宣示主權，連性命都不顧的。更何況，同是書生論政，劉曉波、王希哲不過是提出一個雙十宣言，希望海峽兩岸可以重開談判，走出僵局而已，結果是關的關、逃的逃。「還有那個在天安門長大的男孩子呢！王丹簡直什麼都沒作嘛，也要判重刑。」朋友終於憤怒起來了：「不知保護人民的政府，有什麼資格談民族主義！」

我們異口同聲：大陸百姓該有向政府說「不」的自由，那才是希望所在。

我們喝乾最後一滴咖啡，走進歡樂的人群裡，走在與世無爭的雅典人中間，在秋陽高照的雅典街頭。

那一天，是希臘人說「不」的日子。

落葉紛紛

——訪雅典無名古董書店

在雅典市正北方，一個擁有許多高級住宅和一條條名店街的基菲夏區(Kifissia)，在燈光閃爍的精品店擁簇下，一家沒有招牌，沒有名號的書店靜靜地峙立其中。

希臘友人親切地稱她「斯塔佛羅斯的店」。店主斯塔佛羅斯(Stavros E. Stauridis)先生經營的是古董書，古董地圖，印刷品，以及稍縱即逝的報紙，雜誌甚至有趣的插圖，插畫等等。

書店沒有市招，但是每逢節假日卻擠得水洩不通，空手離開這家店的人極少。

我喜歡在周一到周五的工作日去這家店，靜靜坐下，細細看書，慢慢尋找，每次必是滿載而歸。

一來二去的，和店主斯塔佛羅斯先生成了朋友，知道了他開店的經過。二十年前，他曾在旅行社工作，他的任務是帶領遊客去訪倫敦。在倫敦，他不斷看到愛書人和收藏家收買古董印刷品，無數殘卷得到了歇息之所，成了主人回顧歷史，欣賞前人藝術成果的珍品。倫敦是古董書籍、印刷品的巨大而豐富的集散地。斯塔佛羅斯在艷羨之餘萌生了將這一收藏勢頭引進希臘的念頭。

十八年前，斯先生在繁華的市中心克魯納基區開了雅典第一家古董書專賣店。六年之後，他再受不了克魯納基的喧囂，搬到了當時還相當清靜的基菲夏。十二年後的今天，基菲夏也成了喧鬧不堪的商業區，斯塔佛羅斯的店信譽卓著，再也無力搬遷了。

在這家店裏，愛書人可以得到極大的享受。你要地圖嗎？雅典、希臘、歐洲、中近東、中東、遠東，甚至中國，以及世界地圖，應有盡有，有航海家捉摸不定的筆觸，也有正宗地圖出版社的產品。你要舊書中的插畫嗎？人物、建築、花草、禽鳥、風景，分門別類，彩色的、黑白的，任君選擇。你想要某一時代，某一事件，某一國家或地區當時當地的報導和圖文並茂的印刷品嗎？多半當時可得，如果店裏沒有，斯先生會登上飛機，直奔倫敦，上山下海去為你尋得來。

一日，我正在店中，呆呆凝望哈尼亞(Chania)海濱黑風惡浪的險景，斯先生靜悄悄打開一個大畫夾，招手要我過去看。

裏面，全部是歐洲各強國十九世紀對中國的報導，有文，有圖，也有地圖。積弱成疾的中國被欺侮，被瓜分，被蠶食的一切一切生動而細緻地呈現。

看著我板著臉一張又一張地翻閱，斯先生後悔不迭，他搓著手，心慌意亂地解釋：「這只是歷史……希臘也曾經只剩彈丸之地，也曾經完全，幾乎完全消失……當然，我們只有民族主義，沒有愛國主義，只要希臘人還在……一切都可以恢復。」

他喃喃自語著，我卻把一張舊報翻了上來。那是一張一八五七年三月在倫敦出版的英文報紙，半版大小的版面上一艘木製戰船正昂首前進。劃槳手齊心合力奮勇劃槳，這條船視死如歸的英雄氣概震撼人心。

一八五七年，正值第二次鴉片戰爭期間。那麼，這條船上的水軍確是決心赴死去了的。驕橫的大英帝國居然也有此類記者和編輯，面對了中國人的不屈和英勇，將這艘戰船逼真地呈現給國內讀者，為中國人的精神留下了一筆。

「我要這艘船。」我對斯先生說。他馬上取過硬紙板和鏡框架，比試著如何裝幀這張一百四十年前的舊報。

「我要報頭和年、月、日，我要最好的博物館拓紙和義大利畫框……」我對斯先生說。

他一直點頭。

然後他說：「中國人是很不一樣。」

我說：「中國人會喜歡你的店。」

這時候，那張載著中國木製戰船的報飄落在各式各樣的圖片上，像極了一片大大的落葉。

清新可喜

——讀希臘本土畫家哈拉・帕桑妮的〈水中風景〉

八月份，希臘人稱之為「渡假月」，許多人都在小島的避暑勝地忙著把皮膚曬成美麗的古銅色。

雅典的畫廊多半完全關門。

我漫步在空曠無比的雅典街頭，十分的無奈。

終於進入了九月，雅典人湧回都市，海水漲潮一般，雅典「活了過來」。

我穿梭於大街小巷，忙著「發現」畫廊。

用「發現」這個詞是有原因的。

希臘在經過數百年的異族統治之後，歷史、文化、宗教的重負極其深刻地表現在藝術領域裏。

從眾多的畫廊走過，櫥窗裏展示的沈痛、哀傷、憤怒與無助的堆積使我無法長時間駐足。

歷史無疑是殘酷的。傷痕累累的文明古國走到了今天，竟無法踏出陰影。

疲憊不堪的我，在雅典街頭繼續尋找著。

九月中的一天，我走在雅典最時髦、最歐洲風的克魯納基，腳下磚與石塊砌成的美麗街巷讓我想到華盛頓的喬治城。

自然，大選將屆，市聲喧囂，也有一些旗幟和標語牌夾雜其中。

在喧囂中，一家畫廊的櫥窗悄然立在街角，以它的平實和端莊成為整個繁華中一個淡雅的點。

不必思考，不必作任何決定，我已經邁開急急的步子奔向那個雅緻的點。

櫥窗裏一幅畫，鑲在極樸素的原木框裏，框極扁，寬寬的，別有韻味。

畫面是清澈見底的水，水下有石，五顏六色，渾圓的美石記錄著歲月的沖刷，水清見底，一派寧靜、祥和。

很想用手去撩那水，被污濁的空氣糟蹋得滿目灰敗的雅典，和那清冽的水形成了多麼尖銳的對比。那清冽該不是夢吧？

畫廊主人正在清潔白色大理石的地面，她不好意思地說：「這個展下午才開幕……」

我笑答：「在SOHO，畫廊只要沒上鎖，就是開著門呢……」

她也笑了，握著拖把，閃開了道。我一步邁進一塵不染的展室，站在泛著水光的白色地面上，睜大眼睛驚喜地看著哈拉・帕桑妮(Xapa Παρθenh)的〈水中風景〉。深深的海洋有漩渦也有正將掀起的巨浪，但那一尾金色的游魚卻怡然自得悠游其中，該是希臘民族的智慧使然抑或只是帕桑妮的真性情。

看這女畫家的小傳，她是真正的本土畫家，雅典是她的家鄉。作為青年藝術家，她的處女展卻在巴黎。之後，她的多次個展除了有一次是在保加利亞以外，也都是在雅典進行的。和許多藝術家一樣，她也有另一個職業，她是室內設計師，為美化人們的家居生活忙碌著。有餘暇，她好用壓克力在畫布上創造出一個澄淨、和平、唯美的世界。

「你喜歡哈拉的作品？」畫廊主人終於忙完了，走過來，親切地問我。

「非常喜歡。」我答道。

「我也喜歡。」畫廊主人很快樂地告訴我：「只為那清新可喜。」

何止於此呢？看帕桑妮如此大膽使用金色、紫色和無窮變幻的藍色，對她的心情不值得再多作些探究嗎？

騙子？誰是騙子?!

雅典街頭全是戲。此話非虛。初抵此地不幾日，體會已經很深了。

一天，正逢雅典市內交通的高峰時段，我開著車，在密不通風的車陣中以每小時不超過八英里的速度緩緩移動。前面紅綠燈轉角處，交通警察正嚴密監視著右側為公共汽車設立的專用道，雅典人慣於在這條道上「偷跑」一陣，現在既然警察先生正嚴陣以待，大家也就樂得作良民，乖乖蝸行，不敢造次。忽然之間，一輛計程車風馳電掣從右手邊公車專用道上直衝過來，一直到了交通警察面前才急煞車，停在我的右面。看著警察向司機走去，我倒很想知道下文如何。

警察的咆哮和車內的尖叫聲幾乎同時爆發，原來車內坐著一位女乘客，警察先生一出現，她就抱著肚子大叫起來，似乎急病纏身，再遲個一時半刻性命不保的模樣。司機向警察雙手一攤，明白表示：「這局面，我不上專用道還行嗎，救人要緊……」

警察哈哈大笑，揮手讓那計程車走人。我看看周圍，大家面露笑容，似乎沒有人為那婦人的病情憂心。

真是山不轉路轉，飛馳的計程車終於被公共汽車堵住了，動彈不得。我的車也慢慢趕了上來，轉頭一看，司機正和那女乘客有說有笑，婦人臉上姹紫嫣紅，毫無病容。

這一下，我可就對雅典人隨機應變的作戲功夫有了一點瞭解。

又一天，是個星期六，友人興匆匆地提了一盒點心，拉著我去看她新結識的「雅典朋友」，一位專賣大理石花園飾品的女店主。友人一路上興高采烈，說這位「天使」多麼有品味，她的飾品充滿了愛奧利亞建築形式的遺風。我問了一句：「今天可是星期六，她開門嗎？你那位天使？」

「當然，我們昨天在電話裡約好的。」友人信心十足。

很可惜，我們在一人高的鐵欄上撞了鎖。友人不屈不撓，在點心盒上留了言，就從鐵欄外攀爬上去，準備將點心「空投」進去。

我正提心吊膽看友人踩著三吋高跟鞋爬高，裡面忽然一聲爆喝，衝出一位瘦小但力氣十足的老婦人。她指點著爬在半空中的友人又喊又叫，滿臉皺紋和大大下垂的嘴角似乎更加深了她的怒意。

我和她只有一欄之隔，忙向她解釋，我們和那「天使」約好了今天見面的，沒想到撞了鎖，友人只想留下點心云云，不等我把話說完，奇蹟出現了，老婦人的怒容掉進了皺紋裡，消失得無影無蹤，現在她一手掩面，一手撫胸，老淚縱橫地向我們訴道：「……那小天使何其不幸啊！她的兄弟竟遭了橫禍，她去為他收屍去了……」

老婦人伸手接過點心盒，繼續吟唱。友人卻三腳兩步爬將下來，隔著鐵欄，和那老婦人相擁而泣。

我忍不住問了一句：「這老婦人是不是那『小天使』的母親啊！」友人連連點頭，一逕地珠淚漣漣。我又忍不住地納悶，「天使」的兄弟不就是這老婦人的兒子嗎？晚年喪子，她不嘆自己的不幸卻忙著為女兒未曾守約而開脫，不太奇怪了嗎？再說，由憤怒而憂戚，似乎是太快了一點，我竟是滿腹狐疑。而且，死人的事開不得玩笑，拿自己親生兒子來搪塞，實在不可思議。我只得說了許多勸慰的話，拉上友人走了。三、五步之後，回身去看，老婦人帶著點心回房去了，一路上健步如飛。當然，一場戲演下來，鐵欄也始終未曾開啟。

友人訝異於我的「無動於衷」。我笑而不答，只是過了兩個禮拜再問她「天使」近況如何，她也笑了，說那女店主「再也見不著了」。我忙問究竟，她說，連去多次，只見鐵將軍把關，女店主連同她的老母親和那「遭了橫禍」的兄弟都不見了。我倆忍不住哈哈大笑，可不是嗎?戲演到這個份兒上，實在是接不下去啦!

這些畢竟是遠觀，終於有一天，舞臺搬到了我家裡。

先是使館工作人員送來了兩臺嶄新的冷氣機，並請我第二天不要出門，「有專業技師會來安裝」。

第二天一早，很準時的，「技師」和他的「助理」帶著大批工具出現了。技師人近中年，其貌不揚，一進門就告訴我:他的「助理」不懂英文，所以任何事都只能和他本人溝通。第二——這時候，他挺了挺腰，在肚子上比劃一下，告訴我:「我太太今天要生孩子，那是我們的第二個孩子，她會生得很快，這裡的工程也要快點作完，我好去照顧她。而且，我也得常打電話去醫院，問問看，情形怎樣了。」

「技師」說話的當兒，「助理」進了門，那是位漂亮的年輕人，一肩扛著梯子，腰上別著工具，臉上掛著微笑，嘴上還叼著一支菸，點了個頭，就直奔工作崗位。

在房間裡，我告訴技師，希望冷氣機可以掛在門楣上，他說:「絕無可能，因為那是鋼筋水泥，打通了，牆也毀了。」然後他說:「唯一可以裝冷氣的位置是窗戶上方，管子通往牆外，轉到陽臺上，我們辛苦得多，但那是沒有法子的事，這個房子的設計有問題。」他舉起小錘輕敲門楣和窗戶上方，為他的決定增添說服力。房子不是我的，對其設計，我知之不詳，我聽那「篤篤」聲又沒啥區別，他是技師，就隨他去好了。

以後的時間就是「助理」在幹活兒，技師在打電話，看他在電話上輕聲漫語，心想這不知是多麼體貼的丈夫和多麼有愛心的父親！

半個鐘頭之後，一臺冷氣機已經裝好，身手矯健的「助理」已經轉移戰場，準備裝第二臺了。我看了看，線路多半都貼墻固定得很好，只是插銷附近沒有固定。技師當然遠在另一頭，正在電話中，我只得用最清楚明白而簡短的英語，再加上手勢和表情請那助理把最後一段電線固定一下。那位年輕人笑著從嘴上拿下燃了一半的香菸，用熟練已極，帶著牛津腔的英文很客氣地回答我：「請放心，夫人，我馬上就把這段線弄得妥妥貼貼。」我驚訝得不知說什麼好，他只笑著，擠了一下眼睛就去忙了。

這一下，我知道，「技師」的可信度已經降至零了。

不一會兒，全部工程進入尾聲，助理只用一隻腳鉤住窗臺，整個人吊在窗外，手裡捧著水泥盒正在細心地填補外墻打洞留下的縫隙。技師心滿意足地放下了電話，我問他，太太生了沒有，他說：還在待產。然後，雙手插在衣袋裡，開始對美國的大選，發表意見：「……天哪，你們美國人怎麼會相信這種騙子？又逃兵役，又搞女人……」

我馬上回敬：「你怎麼看你們的新總理席米蒂斯呢？」

他仰天大叫：「老天爺，那個騙子！什麼無聲的革命，簡直是一派胡言……」

「助理」已經完成了工作，在收拾工具了，他臉上平靜得很，不再微笑。

門鈴大響，房東先生氣急敗壞衝進門來，對著「技師」大吼：「你怎麼可以在外墻上打洞，兩條管子把整個建築的美觀都葬送掉了。我們在門楣上預留了內空的水泥磚，就是為裝冷氣用的，你們怕麻煩，居然裝到了窗戶上，毀了我的房子……」

技師一臉無辜：「是夫人的設計啊！我有什麼辦法?!」

我看到了「助理」的冷笑，決定不表示意見。

「胡說！夫人怎麼會給你這樣的建議?!」房東又轉向我：「妳知道嗎？他把洞口開在風口上，冬天到了，會把妳凍壞的呀！」

我和「助理」交換了一個目光，他又擠了一下眼睛，我明白，不過是又一場鬧劇而已。

隨著年輕人扛著梯子出門，我也就向「技師」道別：「希望你太太生產順利……」

房東毫不客氣地插進來：「你太太天天給你生孩子?!天哪！只有工會能容忍你這種寄生蟲……」

我關上大門，奔到陽臺上，年輕人已經把工具裝上車，我向他揮手，跟他說再見。他揮著手，笑得很開心。

天氣轉涼了，又是風，又是雨，室內溫暖如春，鬱金香和水仙開得熱鬧，我讀書、寫字、喝茶，一點不覺得外牆上有什麼洞，更沒有感覺吹進什麼冷風。

到雅典不過四個月而已，再聽人們「騙子、騙子」地指責什麼人，我會和那年輕「助理」一樣冷笑，自忖：騙子，誰是騙子？啊?!

德爾斐隨筆

雅典人又罷工了，這一次是部分的政府公務員和全部的中學教員。罷工原因自然是要求增加工資——聽說剛入行的新教員月薪只有四百美金，只是菲傭的五分之一。於是雅典街頭擠滿了「被放了出來」的少年男女。保齡球館生意興隆得無法想像。這種日子，雅典住不得，我們開著車子跑到希臘中部山區去。這一次，我們去了德爾斐(Delphi)。我嚮往那裏的太陽神神殿已經很久了。

從我住的雅典市東北方的薇麗西亞(Vrilissia)出發，一小時之內可以開上希臘的國家公路。這種公路是雙線，最多三線道，應該和美國五十年代的高速公路旗鼓相當。在馳向拉米亞(Lamia)的路口下來，順著一條平整的山間公路繼續向西行駛，經過繁華的山城阿拉赫亙(Arachova)不久，就進入了美麗的德爾斐市。一個建築在山坡上，遙遙面對科林斯灣(Korinthiakós Kólpos)，紅亙白墻的美麗小城。時間只是一月下旬，滿城的杏花卻像粉紅色的雲霞一樣開得極其嫵媚。

車子一進城，迎面一家旅館的一個停車位剛好空出來，馬上把車子順進去。沿級而上，運氣真好，這是一家A級旅館，一天一百美金包括早餐。「當然，現在是淡季，否則遠遠不止此數。」櫃檯小姐如是說。

殷勤的服務生快手快腳為我們推開陽臺大門。一步邁出去，鼻子似乎要碰到對面的大山。蘢蔥的橄欖樹林從山下漫延到山頂。耳朵可以聽到不遠處瀑布的轟鳴，放眼向右手邊望去，山腳下的房舍掩在花樹之中，再遠一點點，海灣乍隱乍現。

夕陽西下的德爾斐像微醺的少婦，意興闌珊地展示著她的嫵媚。

放下行李，馬上走出去踏勘一番。只有一條主要街道的小小山城滿佈著旅館，飯店，酒店，咖啡館和迪士可舞廳。夜幕剛一垂下，華燈初放，一片燈火通明。去鄰近山區滑雪的，來德爾斐「朝聖」的，一下子涌上街頭，飯館、酒店座無虛席。主要街道附近的小巷也是華燈高照，櫥窗內的希臘手工藝品招徠了無數旅客。避開人潮，我向山坡上的一條小街走去，那可算是一條陶藝街。燈火輝煌處，一位畫師正在陶瓶上作畫。推門而入，細看他的作品，較我在雅典所見無數陶瓶彩繪傳神得多，尤其是人物的眼睛和嘴角，多有表情，是通常彩繪匠人描摹不出的。我選中一隻細長的單耳瓶，橙色陶土，黑色彩繪。宙斯一手托缽一手持短劍，滿目凝重正在昭示神諭，走在他前面的卻是如醉如痴的歌者斐彌俄斯(Phemius)手抱豎琴，仰頭高歌。如此畫面引人發噱。看我微笑，畫師漲紅了臉，他說，這不是某些古董的複製品，只是他有一天異想天開，把兩件古代陶繪放在了一處，開了天神一個小玩笑而已。我卻喜歡這玩笑，欣然買下陶瓶，也和靦腆的畫師成了朋友。他自告奮勇充當導遊，要第二天一大早陪我們遊覽太陽神神殿。我笑說：明天是星期天，一大早你不要去教堂嗎？他笑答：有老女人和小孩子代勞就行了，他樂得去神殿「尋找靈感」。

清晨七點半鐘，我站在陽臺上，朔風凜冽，那山川之秀美卻不是住在雅典可以享受到的。旭日在山巔之間露了面，灑向山谷的只是柔和的金色霞光，毫不刺目。橄欖樹披上金色的披風，一下子雍容華貴起來。

依依不捨告別德爾斐市，我們開車踏上歸途，只消十分鐘車程就到了舉世聞名的太陽神神殿所在地(Sanctuary of Apollo at Delphi)。

神殿博物館正在擴建中。友人告訴我們，擴建的工作，百年來從未停止。由於地震，山洪，德爾斐曾被埋藏於地下數百年，而且土層之上更有其他的城鎮出現過，所以百多年前開始的發掘工作相當的艱苦。法國政府和法國的考古工作者付出了無數人力物力，今日的博物館說明文字仍是由希臘文和法文寫成。好在，關於這個博物館的介紹早已翻譯成無數外文，

「朝聖」的人們都是有備而來的，很少有人要借重展品下方十分簡略的說明文字。

一進博物館大門，我家三口和畫師友人各奔東西，直撲各人最心儀的展品。

相傳天神宙斯曾令兩位神祇自宇宙「兩極」同時向中心飛來，祂們碰面的地方就該是宇宙的中心，結果，祂們在德爾斐相遇。之後，人們把德爾斐太陽神神殿附近的那塊美麗的橢圓形雕刻稱作地球的肚臍(Navel of the Earth at Delphi)。

我的兒子早在網站上見過了這個蛋形的大理石雕刻，這次終於來到了神殿，他一進門就直奔那「肚臍」而去，興奮得兩眼發光。

我的先生筆直地奔向女像柱和「三個舞者」的雕刻，看得津津有味。

友人卻踱到了阿波羅彩繪陶盤的面前，目光盯住了阿波羅的微笑再也不肯移動。

我要看的，是斯芬克斯(Sphinx)。這個在希臘神話中出現在忒拜城外的「怪物」。她「怪」嗎?我看著高踞在柱頂的這個神物，她有一對高高張起的翅膀，她的身體和下肢是獅子的雄健和有力，她的頭卻是美麗的女人，她的表情聰慧而平和。

我看著她，感慨不已。這會出隱謎的靈異，當初是不是想抵擋阿波羅神諭的完成呢?當初，俄狄浦斯(Oedipus)已經在無意中殺父，尚未娶母。斯芬克斯提出的隱謎如果俄狄浦斯回答不出而不得不葬身於忒拜城外，對無辜的俄狄浦斯大概是好事，他將永遠不會遭受悔恨的煎熬。當然也不會有晚年的尊貴和榮耀……然而，阿波羅的神諭是不可對抗的，智慧而有力的斯芬克斯難逃墜落峭壁的厄運。德爾斐人卻留下了斯芬克斯高踞柱頂的英姿，二千五百年後，我可以在這裏面對她而馳騁我的想像……

神諭不可逆轉。我們四個人默默走在當年巡禮的人們虔敬地走著的甬道上。這裏，曾有無數塑像，銘刻著無盡的謝意。雅典的祭禮更以宮殿盛裝著。不遠處，巨石上曾坐著女祭司，她高舉雙手，滿口不可解的狂亂言語。巡禮的人們捕捉那隨風而逝的語匯，苦心積慮從中解讀出阿波羅的神諭，且把自己交給命運。再往上走，太陽神神廟赫然出現。站在依然堅實如昔的神廟基石旁，想像著神廟當年的熱鬧與紅火。「因為想得到神諭，想預知命運，此地才如此受歡迎，財源才滾滾而來。」聽到我先生如此清楚、明白地提醒兒子，忍不住想笑。友人卻作出不得不向現實低頭的「痛苦」表情。

好在，古希臘的輝煌不止於此，再轉上去一點，就看到了可容納五千人的古劇場。再翻過半座山，我們就進入了保存最為完整的古希臘競技場。希臘人瀟灑、浪漫，當年是席地而坐，而臥的。羅馬人來了才用石塊砌成了一排排的看臺，正中更設了主位，威權才在競技場中現出其重要性。

先生和兒子怡然自得地坐上了主位，我和畫師友人仍站在競技場裏東張西望。

怡然自得是有條件的，沒有沉重的過往，今後的命運不致多舛的人才能如此怡然自得。

友人一針見血：「你，我都永遠不會享有他們的怡然自得。」他又問：「如果今天有位女祭司端坐神廟中，你想問什麼？」

「我要問：香港六百萬人能否繼續享有法治、安定、繁榮、自由和民主？無論人說五年不變或五十年不變？」我馬上回答，未假思索。

友人雙手一攤，「為什麼是香港？」

「因為今年已經是一九九七，因為十多年來，香港人驚魂不定，因為一再的幻滅與失望。」

友人若有所思：「變」是絕對的，「不變」才是相對的。人類畢竟有著「希望」與「等待」的智慧，必會迎來曙光再現的日子，就好像德爾斐，被埋葬數百年，不是又重見天日了？

我卻不依不饒，向山下一指。那圓形建築的遺址是至今人們發現的保存最為完好的雅典娜神廟，但誰又能說得清為什麼這座神廟是圓形的，當年的盛況又是如何？還有那排列齊整的石塊呢？它們被人們從地下發掘出來，誰也無法拼湊出一個完整的畫面，更無人能描述昔日的輝煌。它們可能歷經人類歷史上偉大的變遷，但今天，它們不發一言，考古工作者圍著它們團團轉，仍無法解讀。它們隱藏的過往比阿波羅的神諭更不可解。似乎「希望」和「等待」不能昭示一切?!

四個人中最少一半人是意氣風發的。我和畫師友人中止了這沉重的對話，大家步下山來。友人回德爾斐市，我們則驅車返回雅典。

車子行進在山中，尚未離開阿拉赫互，雪中夾雨，在大風的呼嘯中兜頭罩下。公路變得陰暗，慣於開快車的希臘人減慢了速度，緩緩在山道上爬行。

我卻猛踩油門，希望愈快愈好地衝出黑暗。道路兩旁不要說見不到杏花，連四季長青的松樹都被風雨擊打得東倒西歪。山風猛烈地呼嘯著，疾跑的車身也搖晃起來。

人類除了希望和等待之外，是該有一點更積極的意念吧？我一聲不響，繼續驅車猛衝。終於，烏雲漸漸稀薄，藍天一寸寸地擴大著。下了山，一進入平原，視野豁然開朗，雲淡風輕，路旁的綠樹紅花喜氣洋洋地迎接著剛經過暴風雨、雪洗禮的車輛。

前面，風情無限的雅典已遙遙在望。

自由的代價

——阿爾巴尼亞的貧困和騷亂

美國政府又一次在海外撤僑，這一次是在阿爾巴尼亞。對於一些一輩子靠汽車過日子，不坐火車，更不搭飛機的美國老百姓而言，阿爾巴尼亞不僅遙遠而且陌生，大概有不少人要借助電子傳媒才能大致弄明白這個小小山國所在何方。

對於中國人，尤其是大陸人來說，阿爾巴尼亞代表著一段啼笑皆非的歷史。這個「同志加兄弟」的「友邦」在中蘇交惡的六十年代成了中共當局呵護備至的「歐洲的社會主義明燈」。北京——地拉那，地拉那——北京，幾乎成了所謂「正宗」社會主義的中流砥柱。

一九八九，中國的民主運動又一次失敗在血泊中，而自蘇維埃解體開始的骨牌效應也使這小小山國不再「屹立不搖」，阿爾巴尼亞發生了根本變化。

將近半個世紀的專制制度造成了徹底的貧困。政治上陽光乍現的國家，人民卻不得不面對赤貧的現實。阿爾巴尼亞老百姓在二十世紀九十年代為改善生活不斷付學費。最沉重的一次，發生在不久以前的投資銀行破產，人們血本無歸的事件上。「投資」一般而言，不是拚命，無需押上身家性命，應該是有了餘錢剩米之後的一種行為。從娘肚子裏一冒出頭就過好日子的西方人不懂阿爾巴尼亞人怎麼這麼「笨」，會相信這種空中樓閣式的「投資計劃」。

不是笨，是窮怕了，是對極其渺茫的希望也不肯放手的極度饑渴。

雖然西方金融機構和世界銀行頻頻示警：月付百分之十利息的買空賣空，全然沒有真正投資建設的所謂「計劃」是短命的，尤其是後上船的，本錢全成了先上船旅客的利息，翻船的時候，後來者將一貧如洗。

沒人聽從勸告，阿爾巴尼亞人爭先恐後登上這條已經漏水的船。

阿爾巴尼亞當局聽之任之，聽任危船傾覆。船沉了，帶著人們的希望和安身立命的僅有的那一丁點錢財。

一無所有。真正到了一無所有的地步的人是無所畏懼的。驃悍的，能征慣戰的民族性格在這種時候表現出來，他們不肯打落牙齒合血吞，他們抄起自動武器，過起「各取所需」的日子來。

當街上奔跑著荷槍實彈的人群，當政府已經不能控制局面，外國僑民只好離開了。

美國老百姓看著自家的大人、小孩戴上安全帽，魚貫而行，由直昇飛機接運到艦船上，心想，這個世界真是瘋了。

鄰國義大利派船穿梭在海上。和阿爾巴尼亞接壤的希臘加固了邊防，也派出艦艇，接回自己的僑民。

希臘與阿爾巴尼亞的恩恩怨怨真是夠久遠。在希臘，有人如果遇到不測，遭到搶劫或小偷光顧，希臘人一定告訴那不幸的人：毫無疑問，是阿爾巴尼亞人幹的！按希臘人的想法：希臘雖不是富國，比起阿爾巴尼亞來說可是強得太多了。窮人到了富人的地界，非偷即搶，自是意料中事。

我在雅典住了八個月了，我卻看到了事情的另外一面。在餐館裏，沉默著清理桌面的工人，面帶笑容，手腳勤快的侍應生，是阿爾巴尼亞人。凌晨，在寒風中細心清掃街道的婦人，是阿爾巴尼亞人。車子停在紅燈前，拿著刷子幫人洗窗戶，卻不伸手要錢，好心人給了五十元德克瑪（相當於美金一角八分），仍會感激地道謝的孩子，是阿爾巴尼亞人。

壁壘分明的街坊菜市萊依基(Laiiki)，是希臘社會一個有趣的縮影。冷風凜冽或是雨雪交加的日子，萊依基上面的攤位少了許多，那些攤位的主人一定是希臘人。一些賣花、賣菜、賣水果的商人聚在一起烤火、喝酒、啜飲熱咖啡，他們也是希臘人。

端坐或「端站」在自己的攤位後面，將貨物嚴實實地蓋好，沉默著，任憑風吹雨打，決不後退半步，耐心等待陽光出現的，是俄國人。

穿著單薄的衫褲，手裏捧著一包包洗碗用的塑膠「海綿」、火柴、幾粒大蒜這種利潤最低的貨物，沒有攤位，在大風和雨雪交加的天氣仍和平常一樣，輕聲向顧客兜售的，是阿爾巴尼亞青年，他們掩蓋著自己的饑寒交迫，盡可能地保持著良好的風度，做著小得不能再小的生意。

還有很多，我見不著的，他們在碼頭上，在陰暗的倉房裏，在開採大理石的礦山，在雅典無數餐館、咖啡廳的廚房裏，他們在作著希臘人不願或不屑於去作的工作，領取不知能不能糊口的酬勞。

「人人都想跑！」希臘政府官員如此形容目前阿爾巴尼亞的亂局，他們勉強把平日的慵懶和隨便收拾起來，嚴密注視著西北邊界。「要知道，最近幾年，我們已經有了三十萬阿爾巴尼亞人入境且滯留不歸！」他們驚恐著，如是說。

我也在CNN尋找事態的新進展。在商店已空無一物，當自動武器的威嚇已不能使空蕩蕩的貨架上出現任何奇蹟的時候，阿爾巴尼亞人並沒有開始自相殘殺。

西方國家聚在一起想法子穩定阿爾巴尼亞脆弱不堪的經濟。每個家庭的桌子上得有麵包！歐洲發達國家有了起碼的共識，希臘也加入了救援的行列。

三月十四日，雅典東北方的潘達利山烏雲壓頂，乍暖還寒的三月天，冷風撲面，萊依基菜市空前蕭瑟。我為了一把小蔥，幾個西紅柿，披上大衣，迎著大風衝出門去。

依稀可辨，市場上飄蕩著歡快的手風琴的樂聲，如此天氣，顧客稀少，竟還有人如此執著，一定要把快樂帶給人群！

循著樂聲，我看到一個頗為悲壯的場面：狂風中，一位青年叉開修長的雙腿，穩穩地站在市場中央無人的空場上，風撕扯著他深色的長髮，他卻一心一意地拉著一架手風琴，十個手指輕靈地撫著琴鍵，樂聲乘風飛揚。在街頭獻藝的，通常是三、四人組成小團體，有人負責收錢。獨行俠們通常會在胸前掛一小袋，供好心人投幣用。面前的青年只穿薄薄的夾克，洗成灰藍的牛仔褲，衣袂在風中飛舞，根本看不清他的「錢袋」在那裏。

青年專心拉琴，聽得出來，他是行家裏手，他身後不遠處，一位老婦人端坐著，小桌上貨品蓋得整齊，不知她賣些甚麼，頭上一角手工編織的黑色頭巾卻是精美無比。老人面色莊重，頭巾下，銀髮閃爍，齊齊整整，和青年的長髮飄拂正成對比。

一曲終了，我走上前去，問那青年，可不可以請他喝杯咖啡。青年坦然地跟我走進近在眼前的一家咖啡店。

雙手捧著滾燙的咖啡，青年笑得燦爛。原來他是地拉那大學的學生。他的教育完全仰仗寡母手工編織所得。希臘物價較高，老人家收入比較好，他自己每有假期都會奔來雅典，多少分擔一些母親的辛勞。

我向他打聽他家鄉的情形。他笑說，他和很多朋友都相信在投資銀行惡性倒閉事件中，政府難逃罪責。

「好在，現在不再是政府說了算。普通人可以用選票作出抉擇。」青年選擇著適當的英文字。

「但是，對投資人來說，損失已經造成了。」我按捺不住自己的同情。

「我們得交學費，雖然很貴。」青年正色道。「那麼，會不會有更多的人選擇離開呢？」我也小心地選擇著字眼，希望不要傷到這位可愛的青年。

青年搖頭說：「不會。我們，我，還有我母親，還有別的人，都會在六月間投下我們的票，選擇我們的未來。我們可能再次弄錯，再次付出昂貴的代價，但是我們不會長期離開我們現在還很貧瘠的國家。」

「為甚麼？」

「因為，我們是阿爾巴尼亞人。」青年回答我。

我付了賬，青年道了謝之後，他走向櫃檯，數出幾個硬幣，為他母親買一杯熱巧克力。走出咖啡店，風已經停了，太陽終於從雲層之間露出了半張笑臉。

老婦人的小桌旁邊圍著穿皮衣的希臘人。小桌上，老人精心編織的桌巾、花邊閃耀著典雅和富麗。

我離開的時候，老人手捧巧克力杯，向我微笑點頭。正用嫻熟的希臘話招呼客人的青年也直起身來，快樂地揮手告別。

剛剛轉過街角，明快、豪放的手風琴樂曲在身後驟然響起。我放慢了腳步，讓那旋律將幾天來因為撤僑而堆積在心頭的憂慮蕩滌盡淨。畢竟，他們是自由的，有獨立思考和作出選擇的可能，那些阿爾巴尼亞人。

圓

——錫克拉迪克藝術(Cycladic Art)

在廿世紀末的今天，當你走進歐洲、北美或者地球上任何一地的一家藝廊，當你發現一座大理石雕成的頭像，頭頂扁平，五官只剩一隻通天鼻，你有什麼想法？如果，你的運氣好一點，竟遇上了一尊全身的大理石雕像，頭部仍是一隻通天鼻，脖子以下的部分線條規整，雙臂環抱於腰際，淺浮雕像煞了中國漢玉蟬的所謂「漢八刀」。你又作何感想？

你會不會強烈感覺這是現代藝術家的作品，正向愚頑的人類昭示著什麼？

很可惜，那不是現代藝術。那是非常古老的文化成就，年代在公元前三千二百年到公元前二千年，距今已有四、五千年的歷史，而那文化與藝術出現的地點，在愛琴海上，在團團圍繞起的一群小島上。

打開一張愛琴海的地圖。在克利特島以北的海面上，如果你正好站在一個叫迪洛斯(Delos)的小島上，你一定會感覺暈眩，北邊的蒂諾斯(Tenos)，西邊的基奧斯(Keos)、米洛斯(Melos)，南邊的錫拉(Thera)，東邊的阿莫爾葛斯(Amorgos)諸島形成的圓正在團團轉著，海流加倍地使這旋轉更加令人暈眩，漩渦的中心正是輝煌藝術成就的發源地。古希臘人念念不忘那圓帶來的眩暈，而將這一系列群島稱之為圓(Kyklades)，在今天多種語文的希臘地圖上，這一系列島嶼仍然叫作Kiklades。考古學家和藝術史家終於將此地的藝術成就稱作錫克拉迪克藝術(Cycladic Art)。那時候，此一群島已經進入早期青銅時代，比歐洲文化的源起——克利特島的米諾斯文化，比邁錫尼文化都要早上一千年。

那麼，這是否就是俗稱的愛琴文化呢?是，也不是。或者可以更確切地說，它和愛琴文化在時間上是同期的。愛琴文化的地理位置包括了希臘本土、群島及克利特島和伯羅奔尼撒半島，愛琴文化的中心在克利特島的克諾索斯(Knossos)和邁錫尼等地。

根據考古學家在本世紀的最新發現：愛琴文化的起源就在錫克拉迪克，在這些遍地大理石的島嶼上。在克利特島和邁錫尼所發現的藝術品，尤其是我們剛剛談過的那些大理石雕像，正是通過海上貿易從錫克拉迪克流到克利特和邁錫尼去的。

公元前二千年，強勢的希臘文化、邁錫尼文化、克利特的米諾斯文化如狂飆襲捲愛琴海，直撲小亞細亞，更北上成為歐洲文明的起源。錫克拉迪克藝術在瞬間消失了，整個文化落入海流的漩渦中心不見了。

然而，五千年前的藝術，卻拜海上貿易之賜而在希臘土地上流傳，僅是流傳而已，沒有新的發展。五千年後的今天，雅典市中心出現了錫克拉迪克藝術的專門博物館，大收藏家格蘭卓斯夫婦（Goulandris）將他們以二十五年時間從希臘及世界各地購得的錫克拉迪克藝術品公開展示，他們籌組的基金會更使收集、展示、研究的工作得以順利進行。

終於，今天的人們得以走進一座博物館而看到此一藝術源流的全貌。

考古學家將錫克拉迪克文化分作三期，最令人著迷的是第二期，時間大約在公元前二千七、八百年到公元前二千三、四百年間、地域的分佈則在西若斯(Syros)島和基洛斯(Keros)之間的島嶼上，因為能從這兩個島上尋找到最多的蛛絲馬跡。這一段時期被正式命名為基洛斯——西若斯文化期(Keros-Syros Culture)，而其中的西若斯部分更可以精細地歸類於早期的錫克拉迪克文化第二期，想來是真正處於四千七百、八百年前的藝術。

除了平面臉形和雙臂環抱（Foldedarm figurine縮寫為FAF）的立體雕刻之外，還有相當數量形似小提琴的雕刻出現。我們更驚訝地發現，除了像極了近親的FAF以外，我們也可以看到坐著的飲者以及或坐或站的音樂家，他們的臉依然扁平，但他們依稀也有眼睛和耳朵，手中拿著笛子或七弦琴。大約要再過一千多年，人類才懂得把七弦琴和阿波羅繫在一起，成為古希臘藝術中另一個圖騰。

考古發現中數量最大的FAF引起了許多討論：為什麼五官中只有通天鼻？為什麼雙臂環抱？討論並涉及宗教和人文，焦點尤其對準女性的胸與腹。那自是生命繁衍的重地，卻也可能反映出人類早期文化中對生命的崇拜。無論如何僅僅只是推斷而已，沒有太多的根據可作有力的證明。

然而，我們無法忘記那圓，那海流與島嶼形成的圓。在今天的希臘藝術裏，那源於海的環形紋飾無所不在，它提醒我們，世界上最古老的文明之一是由神秘的深海中噴湧而出的。廿世紀末的今天，當我站在愛琴海濱，看碧海白帆後面那些無語的小島，充溢於胸滿是感激之情。

克利特巡禮

到克利特島去，我們選了一個遊人稀少的季節，秋末冬初的十一月。克利特島在愛琴海的最南端，也是歐洲的最南端，十一月，正是在野外漫步的好季節。

希臘沒有金秋，樹葉不等被霜染紅就落盡了，雅典的無花果樹到了這個時候伸著禿枝，張牙舞爪，非常獰惡。一離開雅典，青翠就成了山川之間的主色調，空氣也明顯地潔淨起來。

我們的運氣不錯，雅典的交通業正因罷工而陷入泥淖，克利特島自然也會波及，但是希臘行政效率之慢正好使那波及要遠在五天之後，我們利用了那寶貴的五天，去了心儀已久的克利特。

差不多是個笑話，選了一艘名字叫作卡贊特扎基斯(Kazantzakhs)的渡輪，卡氏是位著名的作家，左巴(Zorba)就是他的名作。

亨利・米勒(Henry Miller)說克諾索斯人(Knossos)好像是為生活而生活，毫無明確人生目標，他們從不迷戀過去，也不拘泥於傳統。雖然他們信奉神明，可是也有自己獨特的生活方式，一句話，他們盡可能地享受現有的一切，從稍縱即逝的每一瞬間，汲取生活的甘露。

我們將要在克利特島上見到的克諾索斯人真的如此嗎？不知古代如何，米勒的話大概是今日希臘人生活方式的最佳寫照。

在港口上了這艘雪白的大船，侍應生一律是制服筆挺的帥男。他們百無聊賴地在接待櫃檯前列隊恭候頭等艙的客人，愉快而有禮地將客人送進艙房，微笑著拈起小費。多數的希臘旅客帶著行囊，在寬敞的統艙內過夜，吧臺上吃的、喝的應有盡有，多臺電視在艙內放送著各種節目，助旅客度過漫漫長夜。

我們把隨身行李留在艙房內，在這艘大船上逛了一逛，看到了燈光閃爍的舞廳、電動玩具室以及多種餐廳。選了一個餐廳，找了個臨水的位置坐下來，一邊吃晚飯，一邊看著大船悄無聲息地離開雅典，在夜色中向愛琴海進發。

小小的艙房內，衛浴設備一應俱全，一家三口在艙窗看著雅典的燈火完全消失在暗夜之中，這才互道晚安，各自上床休息。

船身非常平穩，偶爾輕搖，我躺在床上想著宙斯被愛神的箭射中，幻化成一頭美麗的牡牛，吸引了美麗的歐羅巴(Europa)（註），阿格諾爾國王的女兒。終於歐羅巴騎上了牡牛的背，被牡牛跨海帶到了克利特島。

船身平穩，一如宙斯的背，他馱著歐羅巴，小心著海水不要沾濕了她，一路小心著，帶著他心愛的女孩來到克利特。歐羅巴命中注定要作宙斯大神人間的妻子，她為宙斯生下的兒子就是舉世聞名的米諾斯王(Minos)，克利特的締造者和統治者。

美麗的歐羅巴也使這塊由克利特起向北延伸的大陸有了美麗的名字……克利特——米諾斯，歐洲文明的起點。這是一個多麼浪漫而美麗的故事啊！

我想像著那牡牛美麗、細長、彎曲的角，想像著牠額上銀色的新月，想像著牠溫柔、聰慧的眼睛，期盼著第二天的旅行。

毫無準備，待聽到人聲和廣播裡語音並不清晰的通告，我們才從夢中驚醒，船已經穩穩停靠在克利特島北岸的赫拉克里昂(Herakleion)港。希臘神話中，宙斯之子，希臘最偉大的英雄，半神半人的赫拉克里斯(Heracles)一生戰績輝煌，但祂似乎沒有在克利特建立什麼豐功偉業，也許，這就是赫拉克里昂名字的由來，既仰慕英雄又不好意思就用英雄之名命名自己的城市，所以在詞尾部分作了小小更動。

雖然沒有顯赫的命名，但赫拉克里昂在凌晨六點的曦光中卻是美麗而安詳的。計程車在十分鐘之內把我們送到了銀河酒店(Galaxy Hotel)。稍事梳洗，同船而來的紳士淑女們一掃旅途的疲憊，在瞬間恢復了優雅。

咖啡廳七點半已經開門迎候賓客。寬敞的餐室上方有一個高高的天窗。美麗的霞光透過天窗流瀉進來，整個餐室罩上了一層淡淡的粉紅色，人人看起來氣色極好，連原本已經非常新鮮的蔬菜水果也變得更加豔麗，看起來有點誇張。餐室一角的電視機放送著CNN的新聞節目，主題竟是今日中國面面觀。旅客們當中有不少人投以關注的目光。世外桃源的美景似乎一下子就被現實弄得支離破碎了。

更沒有想到的是，大街上成排站立的扶桑，竟是枝幹粗壯的樹，修剪得短短的枝椏上，開著鮮紅的碗大的花。在日本，在臺灣，在我家陽臺上的扶桑多數端莊秀麗，遠不如克利特島上的扶桑來得豪放，滿溢著英雄氣概。

走走停停，不到十五分鐘，就來到了世界著名的赫拉克里昂博物館。這個博物館建立於一九〇四到一九一二年之間，雖然經過地震和第二次世界大戰戰火的摧殘，博物館卻一再經由修復和擴建日臻完善。現在廿個展廳中的藏品涵蓋了米諾斯王朝三個發展期，自公元前三千年至公元前一千年的精美藝術品和古文物，以及直到公元三世紀希臘與羅馬建築、藝術形式廣泛出現為止的各世代的藝術成就。藏品來自宮殿和民居遺址、墓葬和山洞。當年的米諾斯王朝繁榮而鼎盛，海上貿易頻繁，和埃及、愛琴海諸島、小亞細亞都有來往，流傳至各地的克利特藝術品自然也不在少數。其中的一些精華也千難萬難地回到了赫拉克里昂。

傳說中的藝術大師代達羅斯(Daedalus)是最早將浮雕進化到立體雕刻的藝術家。很希望在赫拉克里昂看到他留下的蛛絲馬跡。那些栩栩如生的大理石雕像卻使我感覺埃及的古樸，完全沒有日後希臘與羅馬雕刻的美麗和咄咄逼人。

英國考古學家們把克利特島上米諾斯王朝的分期作了研究之後，繪出相當複雜的圖表，其實對中國人而言，卻是可以簡單明白地作個說明的，因為那段輝煌的歷史正和中國的夏、商、周同期。

那時候，在克利特出現的陶器，極為古樸，其彩繪表現的多是海浪、太陽、植物和魚，與古代克利特人的生活極為貼近。有一樣東西卻是在其他同時出現的文化中少見的，就是內涵極其豐富的印記(Seal)。在公元前二〇〇〇年，米諾斯王朝中期，印記是用黏土製成的，上面不僅有鳥獸，且有象形文字出現。之後，印記越作越精巧，到了公元前十七至十五世紀，銅和鋅廣泛使用，出現了金屬製成的印記，浮雕的鑄造也已經非常精美。同時，石刻的印記更是美不勝收，有些甚至鑲了金，更顯示出權貴的不容置疑。有些印記本身有好幾面，每一面或刻出人物，或刻寫文字，或雕出獅子猛獸，似乎每一面都有特別含意，派作不同用途。想來，那時的米諾斯王朝已經有完備的建制。

當然，我們也看到了由小到大到巨型的雙面斧，斧上也有文字。也有許多兵器和頭盔。據說那時候，克利特的「海軍」和「陸軍」已經非常厲害了。

當然，我們也看到了美侖美奐的壁畫。人們告訴我們，「原件」在此，複製品在克諾索斯(Knossos)。原件只是模糊難辨的黏土而已，大多的畫面是由那塊狀黏土生發出來的，盛滿了今日考古學家和藝術家的想像。

我的心，已經飛向了克諾索斯，想像著「還原」了的壁畫將有怎樣的風貌。

然後，我們看到了那著名的神牛。

就是祂，宙斯幻化成的牡牛，令歐羅巴神魂顛倒的華貴的牡牛。石雕的頭部覆蓋著黑色滑石，眼睛也是石雕，半透明，充滿了蠱惑和狡黠。角是木雕，彎曲、細長，飾以金色。

離這隻神牛不遠，我發現了許多塑像，人物的表情或快樂、戲謔，或悲憫、驚詫，或好奇、疑惑，甚至有無數不同的大笑、微笑、冷笑，豐富至極。我不禁想到戲劇中不同角色的誇張表情，也許這些雕像就是先行者，也未可知。

很可惜的，米諾斯王朝後期，大地震摧毀了無數藝術成就。恢復的工作卻作得非常粗陋，和千年之前的作品不可同日而語了。

懷著感傷的心情走出博物館，迎面一家出售手工刺繡的店吸引了我的視線。

一位五十幾歲的婦人熱情地向我介紹克利特聞名世界的手工刺繡。她本人從事這一行已有四十年歷史。「眼睛看不清楚了」。她抱歉地笑，拿出許多她認為「做得好」的，供我挑選。

雖然已經升作經理，不再親手刺繡，但這位婦人確是行家裏手，她選出來給我看的，件件是精品，所繡製的圖案多是橄欖葉、百合、扶桑等等克利特島上常見的花木。我想，克利特刺繡的靈感源於生活，每件成品都自然、大方，少了矯飾，多了樸拙，非常出色。按捺不住的，選購了一大堆，高高興興走出店來。

開著租來的車子，一家人向克諾索斯進發，不過十幾分鐘而已，車子轉進塵土飛揚的小道，克諾索斯王宮遺址已經到了。

關於繁榮鼎盛的米諾斯王朝，我們從考古文獻中已經了解了不少，但是，當我們腳踏實地，沿著石砌的通道，聽著松濤的吟唱，迎著朝陽，一步步走向那壯麗的宮殿遺址的時候，對於這人類於數千年前建立起來的藝術成就不由得心生敬仰。這是一個多麼靈秀的所在啊！

放眼望去，宮殿建立在一個平緩的丘陵上，如同一葉方舟飄盪在由無邊無際的橄欖樹形成的波濤起伏的大海上。筆直的通道引領今人走上這美麗的方舟。

方舟之上，寬闊的臺階，古老的石塊在修復了的建築裡閃耀著古老而悠遠的光芒，所有的復建工作都是在把那些古老的石塊摩挲了上千次上萬次之後，再逐漸地拼接，逐漸地使米諾斯王宮一點點地「恢復」舊觀的。所謂恢復也不過是一個大概的輪廓而已。今天的人們需要調動個人的想像力，才能在心目中恢復米諾斯王宮的輝煌與壯麗。

著名的迷宮，今日已是毫無遮掩地一目了然。當年，傳說中的最偉大的古雅典建築家代達羅斯，因為嫉妒自己的外甥塔羅斯的天分而謀殺了那個未能成人而且很可能將遠遠超過自己的天才，畏罪潛逃到克利特。米諾斯王禮遇他，請他為牛首人身的惡怪彌諾陶洛斯建造住宅，迂迴曲折的迷宮於焉誕生。當年的克利特是遠比雅典強盛的，每九年，雅典都要依照古老的規定，向克利特進貢七對童男女，他們都被送進迷宮，變成彌諾陶洛斯的大餐……。迷宮建造者代達羅斯卻裝上自行設計、製造的羽翼，「飛離」克利特島，「飛越」大海，且在中途失落了愛子（那孩子「飛」得太高，離太陽太近，羽翼熔化了，墜落海中），終於飛抵西西里，終老在那裡，成為後代義大利偉大雕塑家們的導師和先驅。

在神蹟與人類歷史交向輝映之中，我們無法忽視人與神的溝通。在米諾斯王宮南部入口，我們可以看到巨大的神牛角，直刺青天。那原是巨大的石雕，今人用水泥修復了祂，但其中四分之一仍是原件。那是一個人與神交換意見的所在，是人向神作貢獻的所在。

相傳米諾斯王曾經向海神波塞冬(Poseidon)許願，要把深海裡最初出現的無論何物獻祭給祂。米諾斯王說，他的國土上實在找不出什麼好東西可以獻給這樣一位偉大的神靈。

波塞冬馬上讓一匹美麗的牡牛從大海裡升起。沒想到，國王竟非常喜愛這匹牡牛，他偷偷地把這匹牡牛放進自己的牛群，找了另一匹牡牛來代替祂，作為向波塞冬的獻祭。海神氣壞了，大發雷霆，讓那美麗的牡牛發了瘋，在克利特島上大肆破壞和搗亂，直到日後大英雄赫拉克里斯制伏了牠，並把牠帶到了伯羅奔尼撒。很久以後，那瘋牛又在馬拉松肆虐，最終被雅典王特修斯(Theseus)制伏。

瞧瞧，海神波塞冬的震怒多麼可怕，這還不算祂在十年之久的特洛伊戰爭中和雅典娜、阿波羅諸神一起煽風點火，鬧得愛琴海上血雨腥風，鬧得特洛伊城下橫屍遍野……

如此看來，祭臺上高聳著神牛角是理所當然的了。

獻祭除了犧牲之外，當然還有美酒。克諾索斯王宮的祭臺前和儲藏室內不乏巨型陶甕，其中不少是酒甕。由這些兩米多高，口大肚圓，裝著二十多個把手的大酒甕，我們不但可以想像當年陶藝的發展是多麼可觀，更可以想像克利特是如何的繁榮，人們豪飲時的情狀又是多麼熱鬧。

拾階而上，進入米諾斯王的宮殿，進入他議事、宴客的廳堂。地上的石塊仍是當年米諾斯王留下足跡的石塊，牆上的壁畫和王座是複製品，原件的殘骸在雅典和赫拉克里昂的考古博物館裡。鳥頭獅身吉祥獸大概和中國宮殿的龍、鳳一般是權力的象徵，是神話的延續，也是今人的想像。潮水、土地、陽光與青禾卻與民生息息相關。克利特畢竟是島，環繞著這個大島的海洋、浪濤、游魚和海豚當是克利特人最為心儀的景觀，成了壁畫的主要題材。

至於為什麼殿堂的廊柱漆成大紅色，則無人可解。數千年來，米諾斯黃金時代的古文明毀壞於不可避免的火山爆發、地震與海嘯，當然也要加上人類的拿手好戲：戰爭與劫掠。米諾斯遺址上層層疊疊地又出現了羅馬人所建築的各種附著物。十九世紀末，米諾斯古文明才在英國考古學界不倦的努力下重見天日。當然，也在又經過了兩次世界大戰的停頓之後才得以漸漸修復。我們抵達這裡的廿世紀末，這個修復的工作尚未完成，許多的建築內腳手架林立，人們仍在重重迷霧中追索。

今天的希臘人對那悠遠的古文明不甚了解，雖然遊客稀少，在我們離去的時候，一個希臘人組成的訪問團抵達了，他們在祖先的業績面前啞口無言，他們並不比任何外國遊客更了解他們自己的古文明。

這，令我感傷，忍不住按動快門，把今天的希臘人和他們祖先的輝煌留在同一張畫面裡。

自克諾索斯驅車向南行駛，穿過丘陵起伏的諾莫斯・伊拉克里昂(Nomo's Iraklion)地區，再向西，在平坦的鄉間公路上跑上一個小時左右，我們在下午時分抵達米諾斯王朝的另一個著名的宮殿遺址菲斯托斯(Phaistos)。在那裡，幸運地和一位在古遺址工作已達三十五年的希臘考古工作者談得很愉快。這位希臘友人指著腳下真正的廢墟告訴我們：某處是入口，某處是殿堂，某處是宴客的廳堂，某處是儲藏室和廚房。滿地的碎石殘垣，我實在無法真正認同友人的說明，只能靠著我的想像力，跟著他的指點去幻想昔日的輝煌。

真正的廢墟，一片荒涼，歷史在這裡碎成小片，無從整理和拼接了。

友人告訴我們，在古遺址上面，羅馬、拜占庭、威尼斯、土耳其，無數建築層層疊疊數千年，地震、海風，又一層層將其剝去。但是，遺址的恢復在眾說紛紜中不斷地被擱置。

「義大利人說要這樣作，英國人又說要那樣作……」友人攤開雙手，表示他的無奈。

「那你們自己呢？」我好奇地問。

「無法解讀古文字，沒有充分的根據支持我們的推斷。」友人臉上盡是悲愁。

文字！沒有古文字的民族的悲哀簡直是無邊的黑暗。

在菲斯托斯出土的許多圓形石塊上，沿著一個個同心圓，密密麻麻的線形文字，今日仍不可解。它們頑強地沉默著，折損著今日希臘人的尊嚴與智慧。

天近下午，友人向南一指，「此處幾乎是歐洲的最南端，再過一會兒，地中海的風挾帶著雨撲過來，你們就走不成了。現在離開，順著公路，經過斯比里(Spili)地方，趕到瑞薩蒙(Rethimnon)正好吃晚飯。」他善意地勸告我們。我們向他告別，發動車子，南風挾著雨在身後緊緊追趕，我們只好猛踩油門，向西北進發。

一個不當心，車子進入岔道，我們離開了較為平坦的大路，開上了山道，海拔二四五六米的卜西洛瑞蒂斯峰(Psiloritis)積雪的峰頂一直在右前方閃爍，記得雅典友人告訴過我，克利特的靈魂是山，山與山民的樸拙、堅實才是克利特的真正象徵。雖然山路曲曲折折，驚險萬狀，但我們仍從山間乍隱乍現、藍白相間的山村和在路邊含笑行走的山民中間感受到許多的美好和快樂。

待車子奔進港口城市瑞薩蒙，迎接我們的已是萬家燈火。

夜裡，克利特海的濤聲在枕邊吟唱。清晨曙光中，古老的衛城和繁華的港口都市共迎黎明，古典與現代在這小小的地方親密無間地迎風而立。

沿著海邊，我們開車西行，中午時分，抵達克利特名城哈尼亞(Chania)，這個城市的聞名是由於威尼斯人的建築使這個都市滿溢著水城風情。

我們來到著名的舊港(Old Harbor)附近尋覓一家典型威尼斯建築形式的旅館。雖然十一月底是旅遊淡季，但多數旅館依然客滿，只有一些民居仍在門口掛上牌子「客房出租」。民居有它的好處，旅館更有它的方便。在幽靜的巷弄裡穿梭一陣，我們終於在一座四層的旅館「Porto del Calombo」的最高層落腳，坐在臥室床上，憑窗眺望，克利特海就在腳下。遠航的水手和船員捧著美酒和食物，在大街上互相打著招呼，被久別的女人招呼到家中，船塢附近傳來歡快的樂聲。

華燈初上，我們信步來到著名的「日落咖啡」(Kafe Sunset)，俊美的侍應生熱情地接待了我們。咖啡館對面是個露天集市，靠近海港則有一圓形的土耳其建築，我們向侍應生打聽那建築的由來，他頭也不回地告訴我們：「那不過是個土耳其澡堂而已。」語氣中的輕蔑和不屑是那樣明顯。

第二天清早，在哈尼亞考古博物館雜亂無章的庭園裡，我們又看到一座土耳其建築，那是一個早已棄置不用的泉源，這個小小的尖頂建築所遭受的冷遇和博物館內自石器時代到羅馬時代的古文明在輝煌、典雅的廳堂內所受到的呵護形成非常鮮明的對比。

今天的希臘人把文化的失落歸罪於土耳其的佔領和淩虐。古文字的不可解是其中的一項。目前只有數字以及一些極明顯的象形文字得到說明，例如禾、酒、公山羊、牛等等可以解讀，絕大多數古文字仍是天書。

但是，文字在被割裂之後又經過了許多年了，今日之希臘文仍是一個相當模糊的存在。我們不談觀光圖冊，因為那是為了方便而用多種語文印製的，就拿哈尼亞的考古博物館來講，就在展室之內，哈尼亞這個地名，竟有四種不同的寫法。更不要說在那些世界罕見的古墓葬和岩洞中出土文物的說明文字了。在一個極為精美的石雕面前，看著那一臉憂戚的老人，我費了一點時間才終於弄明白，那不過是羅馬良君哈德良(Hadrian)的頭像而已，作怪的只是那絕不規範的文字說明。

美麗的博物館，清晰可見的歷史仇恨，不可解的古代文字與混亂的現代語文使我對哈尼亞考古博物館留下了複雜的感情。

走在海濱，那些美麗的城堡是威尼斯人在十四世紀首先建設起來的，經過兩個世紀的風吹雨打，威尼斯人在十六世紀再經過完善或是重建。今天我們仍然可以在雄偉的城牆上看到那些嵌進去的石彈，它們是土耳其攻佔此地的見證。

市中心的教堂端莊、肅穆，那卻是十六世紀希臘人自己建築的。

古代與現代，東方與西方，戰爭與宗教，所有的衝撞與激盪中，文化與藝術不屈不撓地挺立著，閃著溫潤的光。

走在曲曲折折，石塊鋪地的巷弄裡，手工藝品不斷地出現在民居樓下的櫥窗裏，許多的作坊製作陶甕、泥塑、石雕、地毯、刺繡、針織和彩繪。情不自禁地，買了一隻典雅的陶甕，又被一家櫥窗的泥塑吸引，推門進去。

泥塑藝術家卡特瑞娜抬起堆滿鬈髮的頭，快樂地招呼我們。

工作檯上堆著塊狀、厚重的黏土，呈墨綠色。卡特瑞娜告訴我們，那是西西里的黏土，燒結之後，才能呈現美麗的暗綠色。

成品掛在牆上，每一件都有神話作背景。一位美麗的婦人靜靜坐著，海水在她四周形成圓形漩渦，她的臉上表情寧靜，但她握著衣裾的手卻是緊張而不安的。

「如果我沒有猜錯，那是海中女神特提斯(Thetis)，宙斯的女兒，希臘大英雄阿喀琉斯(Achilles)的母親。她的兒子在特洛伊戰爭中無比英勇，但她得到神諭，兒子終將被太陽神的神矢所傷。兒子的時間有限，母親無可奈何命運女神的決定，所以你在這件作品裏這樣來表現……」

我的話還未說完，卡特瑞娜神采飛揚地奔了過來，「我們希臘人總是在命運和智慧之間掙扎。人類之間的情愛，人與神之間的情愛也總是不得不對命運女神的嘲弄讓步……」

我的思緒卻飛得很遠，阿喀琉斯是大英雄，也曾是凡人，也有凡人的憂慮和煩惱，但是，阿波羅怎麼可以對他放出一支暗箭呢？暗箭傷人怎麼可能是太陽神的行為呢？還有那些唯恐天下不亂，看見人間屍橫遍野高興得又跳又叫的神祇呢！「其實，神的世界仍是人類社會……」我喃喃自語。

卡特瑞娜和年輕的助手們終於把我拉回了現實，我們笑著、聊著，當仁不讓地買下了美麗的海中女神。晚飯之後，我們又踱回卡特瑞娜這裡，助手們已經下班回家，她從樓上搬下來她最心愛的作品。我們摩挲著這些人間的歡笑與哀傷，啜飲著「毒藥」般的希臘咖啡，在卡特瑞娜吞吐出的煙霧裡，久久地聊著，直到月落星斜。

終於，要走了。

踏著吱吱叫的木頭樓梯，告別了哈尼亞老城；迎著一彎彩虹，我們的車飛奔在海濱公路上，飛奔在歸途上。

飛回雅典的途中，我雙手緊抱著陶甕，「海中女神特提斯」則穩坐背包裡，在我先生懷裡紋絲不動。航空小姐見怪不怪地打量了我們一眼，主動幫我們放下小桌，並在飲料裡插上吸管。

窗外，克利特島像一條狹長的船，浮在蔚藍色的大海上。美麗而高傲的克利特，我會再來！

註　本文中希臘英雄和神祇的名字，多參照德國學者 Gustav Schwab(1792–1850) 原著之英譯本 *Gods and Heroes*。

人間與「天堂」

還未調來雅典工作以前，我就對希臘人男女有別的文化感到好奇。一位臺灣出生的女友剛剛和希臘裔的丈夫離了婚。照片上，太陽神般俊美的男人摟著嬌小的東方妻子，如此溫柔，應不忍分手才是。友人一臉不屑：「繡花枕頭而已啦。」又聽說：一對希臘夫婦在華府住了二十年，先生按捺不住思鄉之情，一定要搬回雅典，太太卻堅持要留在美國，無論先生如何許願，太太抵死不從。萬分詫異，兩人意見何以南轅北轍至此？太太不耐煩道：「不等飛機落地，他就會變成一個道地的希臘男人，我才不要過那種日子！」

「道地的希臘男人」是甚麼樣子？希臘女人又過的是哪種日子？

到了雅典不幾日，男人的「天堂」與女人的人間就清晰無比地呈現在眼前了。

所謂男人與女人，準確地說，是中年男女，青年人不是在學校念書就是出國賺錢去了，在「天堂」裏過日子的是中年男人，他們有妻小，有家產——不必腰纏萬貫，略有薄產即可。

我們看到他們的時候，永遠西裝筆挺，面露微笑，優閒無比地漫步街頭，或是已經和三五好友（都是男人）在咖啡館坐定，人人手中一串憂慮珠(Worry beads)在指間翻來倒去，折騰出許多花樣。此憂慮珠，可在珠寶店買到銀製，穿著寶石的珍品，也可在一般的小擺飾店買到錫製，穿著水晶珠子，小得可愛，甚至在報亭也可以買到塑料珠串。價值不同，作用一樣，供不同身價的希臘男人消磨時光且昭示其「憂國憂民」的好品德。

男人們在咖啡館甩著憂慮珠聊天聊地的三、五個鐘頭裏，他們家裏的女人卻在手腳不停地忙碌著。

菜是必須每天買的，先生要吃得新鮮；衣服是必須每天洗的，先生要穿得體面；桌布、餐巾是要每天洗淨、熨平的，先生要生活得精緻而典雅；陽臺是要每天刷洗的，先生要乾淨的居住環境；陽臺上必得花團錦簇，先生要面子，美麗的陽臺是和樂家居的寫照；室內更不用說了，傢具地板光可鑒人，窗簾、沙發布整潔如新都是必需的。

所有的必需使得女人們手中永遠有拖把、抹布、熨斗。天未亮，家家陽臺上已晾滿衣物。女人們數十年如一日的勞作使得腰身、臂膀、腳腕粗壯有力，臉上的笑容卻完全地消失在縱橫交錯的皺紋裏。

當衣冠楚楚的男人們踱回家中的時候，滿臉皺紋的女人決不會提醒他們把鞋子擦擦乾淨，而是任由他們邁著從容不迫的腳步穿堂過屋走進臥室。男人們對身後光可鑑人的地板上那一連串的灰白鞋印毫無所覺。他們知道，一塊乾濕適度的抹布會迅速揩去鞋子留下的任何痕跡。當他們午睡醒來，在門邊伸手可及的地方，一雙同樣光可鑑人的鞋子在等待他們。有甚麼可煩惱的呢？完全沒有嘛！

晴轉多雲間有陣雨的天氣，看鄰居主婦們在陽臺和樓頂平臺上「搶收」衣物或看她們在風中一腳高一腳低地追逐床單、桌巾，常常納悶她們為甚麼不用烘乾機。鄰居主婦們見我常在陽臺上喝茶看報紙也會在街坊菜市上用生硬的英語相詢：「怎麼不見你晾曬床單、毛巾？」我回答：「我用烘乾機。」她們羨慕地睜大眼睛：「那是甚麼？」作了一點市場調查後我發現，在雅典冰箱、洗衣機幾乎家家都有，烘乾機和微波爐絕不普遍。超級市場內買聲最旺的是搓衣板和晾衣繩。現代科技帶給美國婦女的便利並沒有進入希臘婦女的生活。

食品工業的進步也沒有帶來甚麼新氣象。希臘男人對快餐深惡痛絕，超級市場冷凍食品一應俱全，前往採購的卻多是外國人。就拿栗子來說，生栗子不經過浸泡、慢煮、再冷浸的過程是休想去殼剝皮的。超市出售罐裝、真空包裝的去殼栗肉，希臘主婦卻絕少問津，忍不住好奇，問她們何以捨簡就繁。她們竟答：「先生喜歡剛剝出來的新鮮栗肉。」

希臘有長長的夏季，大家「門戶開放」，互相之間都可通過陽臺而一目了然。鄰居們羨慕我有先生和兒子幫助洗碗，常在見面時一再稱許。許多希臘家庭在加拿大、美國、澳洲度過長長的歲月，她們會一再回憶在國外的好日子，告訴我，在國外，她們的先生和兒子也熱心幫忙，並不是「現在這個樣子」。一句話，一回到希臘，男人們就進了天堂，油瓶倒地都不會扶一把，更不用說作家務事了。

至於兩性關係，那更是妙不可言。希臘電視節目多半不大耐看。電視連續劇更是粗俗不堪，千篇一律描寫大男人在外面尋花問柳，女人則在家忍氣吞聲，忍不下去向友人傾訴，如果那友人又不幸是位英俊小生，先生一定不失時機地撞個正著，拳腳交加是免不了的了。那英俊小生決不扮演英雄救美的角色多半是逃之夭夭。一日，看到一段劇情，太太在忍無可忍的情形下，衝到丈夫的情人家，捉姦在床，拔出手槍來，要射殺那無情無義之人，雙手顫抖，硬是狠不下心。結果花花公子轉敗為勝，太太自殺了事。

這實在太荒謬了，於是請教希臘女友，希望她告訴我，那不過是荒誕的連續劇而已，沒想到友人表情凝重：「希臘社會是男人的社會。」

一天，在街上散步，忽見街對面陽臺上，一位主婦正焦急地囑咐出門的丈夫：「請先去買藥，把藥送回家再出去辦別的事。」那男人一邊回答：「我忙得很，改天再說吧！」一邊鑽進車子。沒想到一分鐘以後，他作了個U字迴轉，徐徐駕車在我身後緊跟，搖下車窗，春風滿面地要求「送」我「一程」！我一頭火，忍不住向他大吼：「你不去給太太買藥，卻在街上追逐女人！你真不是東西！」回家以後，依然氣不平，講給先生聽，他忍不住哈哈大笑，說那男人如果挨了罵，得了教訓，倒是不錯。否則，恐怕還是積習難改。

十個月下來，希臘社會的形形色色終於見怪不怪了，友人早就說過的「繡花枕頭」說一再被證實，我也就明白，那真的不是一句氣話。心裏總還抱著希望，時代不同了，該有轉機出現吧？

一位美國女友興沖沖來電話，說是國家藝術館有一大型畫展，主題是「女人的世界」。我們兩人興奮莫名，專程奔了去。

從來沒有見過一個畫展這樣將女人齊集在一種完全被動的狀態中，她們嚮往、等待、企盼，她們的風度、教養、美麗無一不在強烈表示，她們已準備好被欣賞、被選擇、被眷養、被寵愛。更有一張巨型油畫，題為「戰利品」，一位衣不遮體的美麗少女被縛住雙手和一堆傢具、銀器、地毯、刀劍、弓矢雜亂地堆在一起，她的目光哀憐不已，她已被完全物化，她的優勢只是她是個活物能夠取悅戰勝者而已。

我的友人拉著我，飛也似地逃離展場，兩人沉默不語地吃了一頓中飯，周遭或意氣風發或優雅無比的男人們的閒談使我們更提不起半點興緻。

終於，凶信傳來，我們的一位友人，二十四歲的女孩自家中頂樓跳下，立時斃命。曾有過很多次，她悄悄告訴我們，她能拖就拖，希望婚期延至將來再將來。她的未婚夫英俊瀟灑、事業有成，但是她卻說「希臘人，嫁不得」。她的母親百思不得其解，「我們待她如同公主一般，而且婚期將至，她怎麼會『病』了呢？」她的父母給她披上婚紗，使她成為一個躺在棺木中的新娘。希望以此獲得夫家的諒解。

死者的小妹，十八歲的美麗女孩卻坦率地說，姐姐只是死於恐懼，死於對婚姻的恐懼。她看著我在碗槽邊清理盤盞的兒子低聲說：「他將來會善待他的妻子。」我問她：「你的父母有沒有這樣教導你的兄弟呢？」她搖頭。她祖母健在的時候，絕對禁止兒子、孫子幫助兒媳。祖母去世了，走出黑暗的母親並沒有改變甚麼的勇氣與決心，只是常說「Σιγα, σιγα慢慢來吧，從人間到天堂，一步是邁不過去的。」(註)

「你怎麼辦呢？」我再也不能忍耐，發急地問。

「走得遠遠的，嫁一個懂得體恤妻子的好男人，大概是個外國人……」

我無言以對Σιγα, σιγα，希臘婦女的路何其漫長！

註　Σιγα, σιγα希臘文，除了有「慢慢來」的意思，也有「急不得」的警示意味。發音Siga, siga。

暴風中心談荷馬

五月十二日傍晚時分，我收到了莊信正先生寄自美東的信。在信中，莊先生就荷馬史詩《奧德賽》中的名句"Epi oinopa ponton"中的Oinopa一詞再次提出討論。莊先生重視荷馬史詩英譯中的疑問，熟讀各國學者專家就這個題目所發表的不同意見。如今，我人在希臘，莊先生希望我可以就近請教希臘的荷馬專家。我和莊先生已經就這個詞的詮釋通過幾次信，這次莊先生特別就Oinopa一詞所表達的狀態提出質疑。

五月十二日，是以色列獨立四十九年紀念日。以色列駐希臘大使庫瑞爾先生和夫人在雅典北郊基菲夏最豪華最昂貴的潘達利昂大酒店舉行盛大招待會。我們應邀前往，行前，把莊先生的信放進手包，心想這種招待會上必能遇到荷馬專家可以討教一番。

車子駛進基菲夏區，離燈火輝煌的酒店少說也有五、六百公尺，警察和安全人員組成的監視網已經清晰可見。酒店周圍，希臘警方幾乎組成了人牆。各國駐希臘使館和代表處的安全人員更是同行中的最佳人選，個個表情凝重，警惕地掃視著與會的客人。街上看不見一個閒人。

美國使館的安全官笑笑，對我說：「放心，這裡今天是整個雅典最安全的地方。」我掃了一眼緊張得面無人色的大堂經理，回答他：「也可能今天這裡是最危險的地方。別忘了，日本使館的危機。」他馬上正色道：「那是日本人掉以輕心，恐怖分子才得逞。別忘了，以色列人睡覺都睜著眼睛！」我看看他，記得他的猶太血統，也記得他一次次化解危機的豐功偉績。笑著謝了他，隨著人流，邁步進入宴會大廳。

大廳門口赫然安放了電動安全門，清一色的以色列安全人員把守著這一關。放眼望去，到處是警惕的眼睛，世界上最先進的監聽、監視、通訊系統在這裡有效地使用著，真正是天羅地網，不給歹徒一線機會。

走在向大使先生夫婦賀節的隊列裡，我輕鬆地在人群中尋找一張張熟面孔，特別是曾經和我們討論過荷馬的希臘友人。

我尚未有任何行動，一位西裝筆挺的男士彬彬有禮地攔住了我，他雙手擎著兩杯飲料，把果汁遞給我，把紅酒留給自己，興致勃勃地準備長談。

我們當然認識他，此公任職希臘外交部，荷馬史詩是他的案頭書，他欣然發問：「紐約的莊先生對我們的討論結果還滿意吧？」我搖頭：「Oinopa談的是顏色，他尚可接受，在狀態方面，他仍有疑問。」

Oinopa好像是一個有魔力的字眼。頃刻之間，我們周圍如同滾雪球般地聚集起十幾位紳士、淑女。大家舉著飲料，端著盤子，作了自我介紹之後馬上加入討論，題目迅速地移動著，由Oinopa的英譯轉入其他文本，一時間人人尋找懂得自己母語的談話對手，希臘文、英文早已不夠應付，法文、拉丁文、德文、葡萄牙文參加了進來。

正忙著，忽然一位先生用大家不懂的語言興致勃勃地發表意見。人人錯愕，一位美國外交官又擠了進來，原來那位急於參加討論的先生是羅馬尼亞大使，無論是希臘文還是英文都無法確切表達他的感想，只好用母語上陣。大家都非常體諒，熱心地聽著他的宏論以及英文的同聲翻譯，用點頭和搖頭表達著自己的意願。

終於塵埃落定，一位衣著講究的法國人凝視著杯中陳年葡萄酒，抑揚頓挫地作結論。他是著名的法國航空工業掌門人，他吟著：「Oinopa就像這杯中的瓊漿玉液，你從上面凝視它，請不要晃動，請不要讓變幻無窮的燈光干擾它，你就終於可以看到Oinopa的神髓，那充滿魅力的海水的色澤。」

站在他身邊的德國銀行家一板一眼地接了下去：「靜止的只是你的凝視而已，瓊漿玉液的周遭仍然是波濤翻滾、險象環生、危機四伏，就像這宴會大廳一樣。」話未說完，大家哄堂大笑，惹得周圍安全人員側目。

輕咳一聲之後，我的希臘友人微笑著發言：「從伯羅奔尼撒航海到特洛伊城，需穿越眾多的海灣、海峽，海島周圍的海域，對於阿爾哥斯英雄們而言，Oinopa表現了海洋風貌的眾多特質，不止是《奧德賽》，荷馬和他的同行們在《伊里亞特》裡面已經對這些海域作了描述，Oinopa的複雜內涵已經有所表現……」

五月十二日晚上，在雅典還有另外一個重要的聚會，為歡迎來自普林斯頓的學者而舉行的大型招待會。一大票史詩專家都會雲集在那個招待會上。目前聚在潘達利昂的多是政府官員、各國駐希臘外交官、工商界鉅子、醫生、律師、銀行家。荷馬史詩並非他們的專業，只是他們的業餘愛好，只是閒書而已。我感慨著。

人們已在舉杯了：「為荷馬！」「為熱愛荷馬的各國同好！」

我加上一句：「為《伊里亞特》和《奧德賽》！」

畢竟，在人世的紛亂中，還有詩，還有文學，如同暴風圈中那最寧靜，最深邃、最美麗的圓心一樣，神秘而魅力四射的Oinopa！

出海人的原鄉

公元前一一五〇年左右，遠在希臘內陸的邁錫尼人乘著小船，在奔向廣大世界的途中，在海天一色的愛琴海上，發現了一個美麗的小島，並且開始把這個小島當作再出發的修整之地。這個小島就是安德魯斯(Andros)。

三千年前，人類文明早已點亮了這個星球，遠東的中國已進入商代，精美的青銅器、玉器已經展現人類的藝術成就。古老的埃及也早已超越金字塔時代，進入新王國時期，尼羅河畔卡納克的阿蒙神廟早已屹立在藍天與黃砂之間。在希臘，最典型的彩陶繪藝進入了幾何圖形時期，希臘人已經在動腦筋向亞洲邁進。

在愛琴海上，古老而只生存了一千年的錫克拉迪克藝術在這個時候已經完全消失不見了，代之而起的是南方克利特島上的米諾斯文化以及邁錫尼文化。

在愛琴海群島之中，安德魯斯位於北端，是個不算小的小島，總面積在三百八十平方公里左右。整個小島佈滿岩石，丘陵起伏，丘陵之中，清泉叮咚。數千年前，這個小島吸引人的恐怕就是那些天然良港和甘甜清洌的山泉吧！

三千年來，在以聖島迪洛斯為圓心，三十八個小島形成的一個圓裏，安德魯斯如同帆船頂端的那面旗幟，在海風中呼拉拉地飄著，成了出海人心中的聖地。當第一次的奧林匹克競技活動熱辣辣地在希臘本土展開的時候，當行吟詩人荷馬的時代來臨的時候，在安德魯斯已經出現了美麗的城池、肅穆的修道院，精美的陶甕以及迷人的大理石雕像。那個令人神往的地方在安德魯斯的西南部扎葛拉(Zagora)。

真正吸引我的，不是那沉沒於海嘯與地震的城池，不是那些已經收進考古博物館的古陶器碎片，甚至也不是那我所見到的最美的荷米斯(Hermes)雕像。不是的，我要去那裏，因為那個山岩小島是出海人的原鄉，今日世界上最著名的船王們來自那個地方，那裏是水牛的聖地，是弄潮兒出發征服大海的地方，那個地方有海洋文化最深邃、最迷人的精靈。我要去看看她。

當我的車子衝出渡輪的船艙，輪胎剛剛觸到地面的時候，我就明白這個小島的性格有多麼堅毅。石頭，遍地的石頭在瞬間向來人敞開了襟懷：寶石藍的海水，堅硬的石頭，粗礪而清澈見底成了安德魯斯風格的主調。

沿海公路上，看得見土耳其玉般的海水下面，古城扎葛拉遺留下的最後痕跡，一條直直伸進海灣的小小碼頭。彎彎曲曲的山間公路上，從我身邊呼嘯而過的是一輛又一輛的十輪大卡車，它們和我有同樣的目的地，我們都在奔向阿比基亞(Apikia)，它們去裝水，我去著名的清泉旅館薩瑞扎(Pighi Sariza)。

車子在險峻的坡道上停住。我搖下車窗，一位上了點年紀的希臘男人正笑瞇瞇地瞧著我。暮色中，他的白襯衫被山風吹得如同漲滿了風的帆。一臉花白的大鬍子也被風撕扯得亂七八糟，瞇起來的藍眼睛閃著銳利的光。

「請問，旅館賬房就在這裏吧？」我大聲問。

大鬍子一把拉開車門，「非常榮幸。」隨著聲音，一朵碗大的杏黃色玫瑰伸到我面前。玫瑰的濃香幾乎讓人喘不過氣來。

我跟著那面白帆步上臺階，白帆下面是穩健的雙腿，白帆上面搖動著寬闊的雙肩。

「您早年當過水手？」我笑問。

他猛地回頭：「我是在甲板上學會走路的。」

半個小時之後，我已經和他成了老朋友，他就是這家旅館的主人尼可斯・瑪納索斯先生(Nikos Manousos)。

尼可斯在海上生活了一個甲子之後，終於不得不退休了。他無限傷感地告訴我，他是怎樣地想念大海。他無論如何無法退居到雅典那樣的地方去，安德魯斯是他的故鄉也是他「一睜眼就可以看到海，夢中也可以聽到海」的地方。

無論怎樣可口的美食，流水般的美酒，安定和樂的家人都無法治療他「對大海的饑渴」。我們對坐在漆成雪白的陽臺上，桌上鋪著海藍的桌布，技藝精湛的廚師正一碟碟地送上略帶法國風味的佳餚，我喝著旅館樓下取來的泉水，細細品著那清泉的甘美，尼可斯大杯喝著威士忌，滔滔不絕向我這天外來客傾吐他對永恒的情人——大海的思念。

夕陽無比嫵媚地籠罩著大海，盡情地在海上塗抹著各種無從想像的色彩。陽臺上慢慢地熱鬧起來，尼可斯用希臘話，英語，法語，義大利語，德語，甚至阿拉伯話招呼著他的朋友們。聽他豪氣干雲的笑聲，看他熱情地拍著什麼人的肩膀和人家親兄弟一般地用著莫名其妙的語言拉家常，我直覺著，世界是多麼小，而人與人之間可以是多麼親！

「你知道嗎？」尼可斯在燭光映照下，滿臉笑容地在對面輕聲細語：「世界實在是太小太小了。各種文化都可以找到共通的東西。只有大海，是太大太大了，神秘莫測，變化無窮，美得讓你甘心情願奉獻一切。」四周濤聲大起，他的聲音一下子消失得無影無蹤。

月光昇起，客人們談興正濃，尼可斯手向前方一指，淡淡問我，「在那盡頭，是什麼？」

我回答：「達達尼爾海峽。」他笑笑，濃情蜜意地吐出一個字：「博斯普魯斯海峽。」

「東方！當船兒通過博斯普魯斯海峽的時候，一塊神秘的大地在你面前昇起，那是東方，美得無以倫比……」

夜正如尼可斯所說，是大海的夜，旅館在山上，在安德魯斯島的山上，卻如同漂在愛琴海上的一隻搖籃，我一整夜都在聽海的低語和吟唱。

一九八一年，這個島上出現了考古博物館。這不會令人驚訝。這是一個富裕的島，不僅有世界聞名的清泉也有煤和鐵，這裏的人是出海的人也是出海人的後代，他們在世界各地留下足跡，他們也把世界各地的財富帶回家鄉。安德魯斯的經濟不靠旅遊業也不靠扎葛拉的遺址，出海人修建了考古博物館只是把那些文化遺產以最科學最完善的方式加以保存。

讓我訝異的，是出海人在此地修建了一個重要的現代藝術博物館，除了本土藝術家的作品之外，他們運用巨大的多層次的展覽空間，展示世界著名的現代藝術成就。

今年的七月份，在這裏，在這個人口不足一萬的小島上，和巴黎同步展出現代著名攝影家的作品，展覽的題目叫作「視線」(Lines of Sight)。

在展覽館服務的多是在國外受過教育的安德魯斯青年，他們是新一代的出海人。他們親切而嫻熟地使用多種語言接待各式各樣的訪客和藝術愛好者、藝術工作者。對被展出的諸多名家，青年們多有研究，每一論及完全脫出一般導覽的俗套而娓娓道出其真知灼見令來訪者眼睛一亮。

我進入這項偉大的工程，二十世紀二十位世界級攝影大師和他們的近一百三十幅珍品以及希臘六位攝影家眼中的希臘。自一九二五年到一九七〇年，由小亞細亞的大災難，戰敗的希臘從土耳其撤回百萬難民，從此離開有兩千年淵源的亞洲，經過戰爭一直到動蕩不安的六十年代末。

我心情激動地遊走在一層層的展室內。從納達爾 (Nadar, 1820–1910) 極為著名的肖像攝影，包括音樂家羅西尼、詩人波特萊爾、畫家馬奈……一直到遊走於東西方之間的亨利・卡蒂爾—布瑞森(Henri Cartier-Bresson, 1908–)，無論他們怎樣地傾心於古典主義或超現實主義，他們的鏡頭卻無一例外地直面人生，人的內心以及人必得面對的紛亂世界。

自一八三九年起，攝影成為藝術。優秀的攝影家們不允許這一百五十年留下空白。這是怎樣的一百五十年啊，兩次世界大戰，無數區域性戰爭、內戰、饑餓，文明的復甦與經濟的再起、動亂，對人權、人類尊嚴的踐踏，以及貫穿始終的人類為和平、進步而從事的無休止的努力。有誰會比卡拉(Robert Capa, 1913–1954)更了解巴黎，更能深切反映戰爭對人類的摧殘。有誰比尤金・史密斯(W. Eugene Smith, 1918–1978)和索葛托(Sebastião Salgato, 1944–)更深入非洲的苦難。身為人類學家的索葛托一九八五年在非洲乍得拍下一家泥墻草頂的健康中心的場景，肚腹隆起的幼兒緊抓住母親的衣裾，年輕的母親背上背著另一個嬰兒，站在滿臉無奈的人群中間，臉上直露著對人生的疑懼。

每一張照片都直搗觀者的內心，引起強烈的震撼。這二十位攝影家也多是記者、作家、學者，沒有一位只為自己的國家和種族奮鬥，他們的足跡遍於五湖四海，他們把視線投向苦難的人類，無一例外的，他們是地球村的村民，是真正的人道主義者。

希臘攝影家更將自己的成果直接地叫作「內省」(Introspection)對希臘社會的困境充滿了批判精神，對希臘文明則禮讚不已。

拖著疲累不堪的兩條腿，我走出這個令人驚嘆的藝術館，沿階而下，一直走到海邊。淺海，水是天青色的，水下色彩繽紛的圓石拼成美麗的畫，視線可及之處，藍色深深淺淺飄向遠方。右手邊，在離威尼斯式的鴿子樓不遠，一座青銅雕像面海而立。一位現代的出海人將小包背在肩上，正大步向前邁進。我記得，那雕像是本地藝術家的作品。

他的視線投向哪裏？尼可斯說：「博斯普魯斯海峽」。

我想，大概更遠。

雅典嘉年華

每年八月份，是雅典人奔向海島，奔向群山，暫別都市生活，享受自然的大日子。整個八月，除了勉強維持都市運轉的人力之外，雅典幾乎變成一座空城，開車行駛在八月雅典街頭，如入無人之境，那種感覺會使初抵雅典的來客久久難忘。

今年，一九九七年的八月，卻有所不同，雅典人毫不猶豫地留了下來，八月初，街上仍是車水馬龍，雅典人正忙著作主人，熱情接待來自世界各地的朋友。自八月一日起，連續十天，世界田徑錦標賽在雅典舉行。

眾所周知，希臘是一個崇尚競技的民族，奧林匹克競技活動源於此，在世界性的體育活動中成了當今世代最大規模的一項。

雅典人明白表示，他們要辦好這第六屆世界田徑錦標賽，目的是爭辦二〇〇四年的奧林匹克運動會。主辦國的投票決定將在一個月後舉行。雅典人怎能掉以輕心？

八千警力構成了田徑賽的安全屏障。座落於雅典東北部的奧林匹克體育館，煥然一新，絕大部分競賽項目將在這個體育館舉行。

雅典人將這個體育館叫作「斯畢爾頓・路易斯」。這位長跑名將在第一屆現代奧林匹克運動會上（一八九六年，雅典）勇奪金牌。雅典人熱愛他，以他的名字命名自己的現代體育館。

八月九日傍晚，當我走進這裏的時候，馬上被充溢的嘉年華氣氛所吸引。

這裏沒有美國職棒、職籃等等超級大賽場那種巨無霸的氛圍。體育館周圍不可免俗的，有著一個個小賣場，明信片、T恤、田徑健將們的照片、海報、飄揚著的各國國旗都在售賣之列。引我動容的卻是雅典人正向世界展示傳統的一面：與古典奧林匹克有關的書籍、圖冊，田徑運動的歷史源流，各項世界紀錄及其誕生與持有的歷程。一句話，在跑、跳、投這個專門領域裏，人類發揮自身潛能的一切努力均在展示中。自然，餐飲是不可少的，但沒有任何現代連鎖業的痕跡，除了可口可樂之外，一切都盡可能地表現出希臘的典雅和纖巧。可口可樂雖然仍是水銀瀉地一般的無處不在，但沒有鋪天蓋地的威勢，含蓄了許多。

走在人群裏，聽得到無數種語言，見得到各種膚色，雅典人向世界展開最美麗、最親切的笑顏，愛琴海上多層次的迷人藍色吸引無數外國來客的視線，旅行社，航空公司乘便掀起希臘之旅又一熱潮。

進入館內，號稱有八萬個座位的體育館，二分之一的座位已經坐滿。當時鐘指向六點十分，女子八百米決賽鳴槍起跑的時候，場內五分之四的位置上人頭攢動，旗幟飄揚。九日晚間所舉行的項目中，以女子跳遠最為扣人心弦，一向被希臘體壇看好的田徑名將尼基・漢索正在衝刺。這位端莊的女孩一九七三年出生，最好成績曾達七米零一，距一九八八年蘇聯名將契斯蒂阿柯娃創造的七米五二的世界紀錄尚遠，但卻超過現在的「世界第二」，俄國好手葛爾基娜保持的六米九八。

大家屏息以待，期望尼基衝向新高峰。

無論館內女子標槍、女子四百米接力、男子四百米接力，各類項目進行得如何緊張刺激，高踞體育館兩端的巨型顯示屏上一出現尼基的身影，館內必是歡聲雷動，希臘國旗滿場飄舞，「尼基，加油」、「尼基，我們愛你！」的歡呼聲震耳欲聾。

希臘人訓練有素，隨著尼基助跑的腳步，數萬人跺腳聲、掌聲整齊劃一，直如戰鼓擂動，待她起跳時達到高潮。無論她跳得好與不好，那掌聲經久不息，表示出對她忠心耿耿，始終如一的支持。

田徑運動不似球賽，少有花樣，技巧也沒有什麼出奇制勝的變化，田徑好手的成功來自百折不回的磨煉以及將天生的優異體能發揮到極致的頑強意志。

一句話，田徑運動員並沒有滿場飛的表演舞臺，他（她）們要一次次挑戰和超越的是自己創下的高度。作為人類優秀品德的勇敢、頑強、堅韌就在一次次的完成中得到體現。

雅典人深深了解田徑運動的含意，他們為每一位好手獻上掌聲和歡呼聲，無論起跑線上站著哪一國的運動員。無論最先衝向終點的是哪種膚色的運動員，雅典人一視同仁地致以最熱烈的祝賀。

幾位外國觀眾想為自己的運動員加油，揮動國旗，號召大家聲援，不消一時三刻，雅典人馬上響應，啦啦隊馬上形成，大家隨著旗幟的揮動，整齊有力地爆出掌聲和歡呼聲，其熱烈並不下於為自己的尼基叫好加油。

雅典人充分展示了他們熱愛運動的良好素養和寬闊的胸襟。

艱苦的賽程終於結束，尼基沒有達到她的巔峰，以六米九四的成績為希臘贏得女子跳遠銀牌。雅典人歡聲雷動將她迎上領獎臺。男子一千四百米接力準決賽進行中，雖然希臘隊落在了最後，雅典人一直以掌聲鼓勵運動員，當大家獲知希臘隊雖然沒有奪得名次卻刷新了國家紀錄的時候，掌聲掀起前所未見的熱潮，雅典人欣喜若狂。

九點正，男子四百米接力分組比賽順利結束，數萬觀眾欣賞了各國飛毛腿的精采表現之後，步出體育館。

館外餐廳播放著輕鬆的希臘樂曲，數量更多的雅典人湧入，擅長在溫暖的夏夜找樂子的雅典人快快樂樂地和外國運動員，遊客聚在一起。想樂個通宵達旦嗎？雅典人奉陪到底！真正的嘉年華直到此刻才進入高潮。

——一九九七年八月十二日

當筆者將這篇小文付郵的時候，雅典人正以飛快的腳步奔去度假，人人匆匆揮手：

「九月再見！」

雅典在一夕之間又成了空城。

——作者謹註

一九九七年九月五日，國際奧委會宣佈，雅典以高票奪得二〇〇四年奧運主辦權。希臘全國歡騰，股市持續上揚。在世紀交替的七年中，雅典人有得忙，也有得樂，好戲已經揭開了序幕……

——一九九七年九月十日再記

山中一晝夜

——訪希臘正教聖地邁泰奧拉

凌晨五點自雅典出發，沿著北上的濱海公路，飛車三個半小時之後，將愛琴海留在身後，左轉，駛過一馬平川的色薩利平原(Thessalian)，進入丘陵與山地，風景秀麗的班都斯山脈(Pindos Range)遙遙在望。車子在山間公路繞來繞去，路標指示，離卡拉巴卡(Kalambáka)已經只剩五公里車程了。一個急轉彎，面前筆直一座石峰「阻」住了去路，山迴路轉，路邊異峰突起，希臘正教的聖地邁泰奧拉(Metéora)在晨光中向我們展示她的瑰麗和奇妙。

一座座石峰如同遭過刀砍斧剁，岩壁陡立，沒有任何的起伏，只是拔地而起，直衝雲霄。車子順著彎度極大的公路慢慢爬行，雲霧之上，建築在絕頂、紅瓦白牆的修道院在霞光中端然肅立。

這裏，是希臘人心目中的聖地，是他們精神的寄託之地，是他們傲立於世界最重要的精神支柱。無論冬夏，此地沒有「淡季」或「旺季」。希臘人在需要的時候，就會來到這裏，親近上帝的容顏，在五、六百年前繪製的壁畫前安頓心神，和修士、修女們談心，點上一隻細細的蠟燭，道出內心的嚮往。在一級級攀登而上，一級級緩緩而下的過程中得到鼓舞和安慰。看著老人喜悅地扶杖而行，看著傷病的人慢慢地移動仍面露微笑，看孩子們蹦跳著上山，純潔的目光裏滿溢信賴。深深感動。

無論現代思潮如何湧動，此地的莊嚴數百年來屹立不搖，女訪客必須穿裙，褲子、露肩的衣裝都不被接受。男士無論大人小孩都必須著長褲。為了盡可能減少和外界的接觸，修士和修女們仍然堅持日用品的供給，修道院的維修材料等等都使用吊籃、絞車來運送。訪客如要造訪雲端中的修道院仍必須氣喘如牛地攀爬石階，沒有任何電動設備來簡化這個攀登的過程。

大邁泰奧朗(Grand Metéoron)修道院建在海拔六一五米的石峰峰頂，公元一三四〇年左右落成，今天仍是這個神聖地帶最高而且最大的一所修道院。十八位修士住在這裏，多數整日研習神學經典，思索，潛修。只有一、兩位修士輪班接待訪客。在修道院的偏院中，有一小屋置放所有在這個修道院去世的修士的骨骸。很奇妙的，透過窗口凝視這些枯骨並沒有陰森之氣，頭骨一個個整齊排列，眼洞裏似乎只有祥和，顎骨不覺猙獰，彷彿仍含微笑。這不只是成年人的感覺。小孩子被大人抱起來，貼近窗戶，看他們的表情也是自然而平和的。

用一個古舊的餐廳改裝成的小博物館裏，我們見到了十一世紀的神學著作。今天修士們研習的多是新的版本，印刷清晰而精美。

在羅莎諾(Holy Monastery of Roussanou)修道院，進門就見到一位修女正坐在禮拜堂看書，室內光線昏暗，修女白皙的手指撫過書頁，想來書上字句早已念念在心，看她低頭讀書，上山來時路的艱難瞬間消失。修女們主持的修道院較之修士們主持的有所不同。乾淨，修院內外纖塵不染；石階兩邊，盆栽整理得井井有條，花兒開得正好，禮品部除了一般宗教畫像之外，也出售修女們的手工製品，她們手織的花邊只有著名的比利時花邊可以與之比美，精細、勻稱的藝品出自巧手和寧靜的內心。修女們除了潛修、研讀之外，就是用她們的雙手美化人生。石峰上，只要人手可以搆得到的地方，修女們都在石洞中放進一盆盆碧綠的盆栽，將一座五百多米高的險峻石峰裝點得生機盎然。

最令人嘆為觀止的是聖尼古拉斯(Saint Nicholas Anapafsos)修道院，遠遠望去，並不太高，走到石峰腳下才知道這個攀登過程絕不好玩。仰望修院，腳下更加不穩，人幾乎後仰翻倒。這個修院已沒有修士住持，只是每天清早到傍晚，兩位修士上得山來值班，修院沒有了廚房、餐廳以及人可以走進去的巨型酒桶（作彌撒用），但是禮拜堂的壁畫仍和別處一樣十分精美。修士們也同樣輕聲慢語。

站在一個個修道院的屋頂平臺上，俯瞰周遭山脈，平原，鄉鎮，小城，公路上移動著的玩具般的大小汽車，直覺得心如止水，再不覺世俗的煩擾和喧囂。

我們離開這些高險的石峰，開車駛向卡拉巴卡的途中，夕陽西下，石峰更見輝煌，飄動的雲塊使人煙稠密的小城迅速暗下來，車子駛入城內，正是華燈初上的時分。酒館內外早已客滿，餐館則剛剛開始營業。城中心廣場上希臘共產黨(KKE)正在組織活動，紅旗飄飄，鐮刀斧頭的標幟張掛得通紅一片。

在一家烤肉店坐下，剛剛點過菜，有人開始演講，批評現行教育系統，不激烈也沒有什麼新意。演講臺下沒有什麼人在聽，酒館內外的男人們緊盯著電視屏幕，雅典正舉行職業足球賽，歡呼聲嘆息聲一直傳到街上。餐館內外食客多起來，大家照舊閒話家常。

演講者不屈不撓，繼續四平八穩地演說。

我好奇地向鄰桌一位中年男子打聽：「他們是布爾什維克，還是孟什維克？」他笑瞇瞇地看看我，還好心地拍拍我的手背：「布爾什維克的世代已經過去啦，這些不過是孟什維克而已！」他周圍的男女都笑著點頭。

這位中年人忽然站起來，嗓音渾厚地向著臺上喊道：「你說夠了沒有？放段音樂來聽！」博得整條街上的掌聲。

演講者三言兩語作了結束，擴音器播出「蘇聯紅軍軍歌」，這一下不得了，酒館內外，餐館內外，整條街鼓噪起來，拍手的，跺腳的，叫喊的，鬧成一片，我兒子也大喊：「酷！」忙問究竟，我先生在震耳欲聾的鼓燥聲中大叫：「他們不要聽進行曲，他們要希臘民歌！」果不其然，擴音器隆隆一陣之後，一個小樂隊跳上臺，在暴風雨般的掌聲中唱起了舒緩、悠揚的民歌，掌聲和歡呼聲使小樂隊和歌手更加興奮，一不會兒，典型的希臘搖滾登場。我稱它搖滾是它有搖滾的節奏，但它又是希臘的，不像歐美的流行搖滾那樣狂燥。當然，也沒有Bob Dylan的詩意和猙獰，它比較單純，帶著希臘的哀怨、浪漫與激情。雖然平和，整個山城還是震蕩不已。

夜幕籠罩了近在咫呎的石峰，峰頂修院隱身於暗夜之中，世間只剩了狂歡的人群，大塊吃肉，大杯喝酒的人群，沉醉在球賽和搖滾之間的人群。

忽然，如同海風吹過，一波又一波地，喧囂漸漸止歇，先是酒館和餐館內安靜了下來，電視主播宣佈了英國威爾斯王妃黛安娜車禍重傷的消息。

三十六歲的年輕生命，危在旦夕，正以她曲曲折折的經驗粉碎著仙蒂瑞拉的神話。

人們黯然不語。

我們悄悄離開，山城的喧鬧已完全靜止，所有的活動都草草收場，山間公路非常幽暗。

夜深了，旅館露臺上，夜涼似冰，石峰和修院隱沒於暗夜中，遠處，山城只剩點點燈火，在夜幕裏時明時滅。

靜寂中，修道院的鐘聲此起彼落，高高的，正前方，一點黃色的光漸漸地亮起來，羅莎諾修院的燭光溫柔而堅定地劃破黑暗。

那燭光正在援助著一個美麗的靈魂，那善良的，親民的靈魂，與死神對抗。

夜深沉，唯有那燭光，在高遠的空中，溫暖地亮著，安撫著悄無聲息的邁泰奧拉。

清晨，遠近鐘聲起伏，在山峰間迴蕩，人們站在晨曦裏聽那接引的鐘聲久久不肯止歇。

第二輯

尼羅河與多瑙河

尼羅河抒懷

1

檢點行裝，準備離開雅典飛往開羅。我記起法老王在他們的陵寢和金字塔裡留下的毒咒。我緊握一個小小銅幣，上面鐫刻著林肯總統的頭像，我深信，這位主張平權的總統一定是法老王的剋星。小小銅幣將如同護身符一般隨我踏上奔赴埃及的旅程。當然，我也沒有忘記帶上一塊溫潤的老玉。老玉在手，底氣又壯了許多。

埃及航空公司的飛機老舊不堪，但仍然搖搖晃晃地把大家平安帶到開羅機場。飛機開始降落，憑窗眺望，暮色蒼茫，沙漠一望無際，巨大的沙丘連綿不斷，看不見任何人類與沙漠爭戰的痕跡，沙漠狂野、驕矜地舒展著自己。真正是絕望之地，望向那無邊無涯的灰黃，我絕不相信人定勝天的神話。飛機飛臨美西，眼見綠洲一點點、一寸寸分割著沙漠，縮小著沙漠，心底升起的那股豪氣在開羅上空消散得無影無蹤。

正沮喪著，銀光一閃，匕首一般，插在沙漠肋間的，是那條河。不錯，正是尼羅河，萬年如一日地奔流不息，在絕望之地帶給人類希望的偉大母親和戰士。

煙霧瀰漫般的砂塵之中，尼羅河漸寬，漸漸展現出輝煌的藍綠色，一條寶石鑲嵌的錦帶，挽住了人類渴盼的綠原，成就數千年文明的搖籃。機聲隆隆，腳下已是開羅的土地。

為了花更多的時間在吉薩(Giza)。我們住進了開羅以西已在吉薩境內的「金字塔苑」酒店(Pyramids Park Hotel)。

自機場到酒店，必得穿過開羅市區，離機場很近的民宅幾乎令人懷疑那是不是真的民宅，人真的可以住在如此低矮、簡陋，除了四壁土牆之外，幾乎沒有任何附加設施的建築物。然而，敞開著的類似窗戶卻沒有玻璃的所在常有人影晃動。敞開著的「門」口，也有人出入。但是，那一個巨大的「窮」字卻是一目了然地浮現著的。無以計數的窮苦人的住所和豪華的清真寺，令人眩暈的超級酒店形成的鮮明對比讓人窒息。

據說，長住開羅的人口有一千五百萬。每天上午，還有二百萬人湧進開羅，尋找工作機會。這二百萬人無法在此地棲身，暮色中，他們會離去。這二百萬人是埃及人當中年富力強，尚未對生活完全絕望的人群。

據說，尼羅河建壩之後，一年一度的氾濫不再出現，下游河水中鱷魚已絕跡，兩岸綠洲也有縮小的趨勢。人們為求生存，拚命湧向埃及東北部的尼羅河三角洲，埃及的人口也絕大部分集中於此，目前，已成了國家的頭號難題，下一世紀，這一難題恐怕將成為埃及的絕症。

埃及的經濟倚賴旅遊業。四月下旬，進入埃及冬季時間的最後時段，一進入五月，暑熱難當，旅遊業進入淡季。我們趕上了今年上半年的末班車。

酒店建立在吉薩轄區，前不著村，後不著店。孤零零立於荒野中的五星級酒店，各種遊樂設施卻一應俱全，佔地寬廣的泳池水清見底，人一走近已覺十分清涼，近在咫尺的沙漠，幾乎觸手可及的金字塔都不能把悶熱帶進酒店的藩籬。巨型的水管澆灌出紅花綠草，給人一種極不真實的感覺。

華燈初上，遊客們在溫度怡人的餐室、酒吧享受人生，我站在露臺上，望著金字塔隱沒於夜色中，沙漠無聲無息。腳下的酒店如同露珠般晶瑩在一片無涯的粗糙之中，我細心傾聽，只有酒店內的爵士樂還在響著，在沙漠沉重的寂靜裡，樂聲輕薄得可憐。

2

古代埃及人相信「生於東、葬於西」是常理。在曙光曦照中，我們驅車自酒店向南行駛，四十分鐘之後就抵達古代埃及的首都孟裴斯(Memphis)。古埃及曾分為上下兩部。尼羅河塑造了埃及，近上游地區稱為上埃及，尼羅河三角洲成為下埃及。孟裴斯在尼羅河三角洲的最南端，在地理位置上將上下埃及統一、折衝，君權功在統一表現得相當徹底。五千多年前，米尼茲(Menes)統一埃及開始了歷經三千年卅一個王朝的三個王國時期。

埃及人告訴我們，古王國時期的日常用具都是易碎的，並沒有多少可以保存下來，但是孟裴斯作為首都曾經有過近八百年歷史，中王國時期的法老王尊重藝術，於是這個古老的首都就出現了一些「古仿古」的雕塑。目前在孟裴斯的許多巨型雕像卻是從其他地方運送到此地的。最令人嘆為觀止的是蘭薩二世(Ramses II)的巨型雕像，膝部以下已經毀損，所以他仰臥於一個巨大的二層樓展室當中，這位十歲已經領兵打仗，活了九十歲，君臨天下六十六年的法老王，留下的子女多達一百七十八位，西方人笑稱他是「精力充沛」的法老王。看他塑像，臉上表情祥和而滿足，倒是得其神髓。他身上有一條線，雕得清晰，如同楚河漢界一般不容混淆，表示上、下埃及壁壘分明。蘭薩在世時，埃及統一已近二千年。可見統一之說，並非絕對。在孟裴斯，我第一次見到了埃及的人面獅身像，這座雕像在公元前一三四一年開始建造，一百四十一年後才完成。希臘的Sphinx是女性，埃及的卻是男性，人面、獅身、蛇尾。三、四千年前的石雕，非常的傳神，近看莊嚴、肅穆的面容，拉開距離之後卻是非常的溫和且面露微笑。

埃及法老王是神的繼承人，生而為神，死後仍是神，身體作成了木乃伊，靈魂卻要棲息在雕像之中，人形雕像或人面獅身像通常都以某法老王作模特兒。埃及藝術以宗教為本恐怕是事實。孟裴斯在很大程度上是宗教中心而非行政中心，相信也離事實不遠。

由孟裴斯向西不過二十分鐘，我們進入撒卡拉(Sakkara)，所謂西方極樂世界，該是此地。荒砂之上，階梯式金字塔赫然矗立。這就是世界上最早的金字塔，由佐瑟王(Zoser)的助理英霍東(Ptah-Hotep)為他設計建造。金字塔高達六十二公尺，由石材建成，周圍還建立了祭殿、神廟、列柱廊、中庭等等附加設施，氣魄極大。英霍東本人和他的兒子只有小小的墓室。室內浮雕沒有全部完成，但是從那些已經完成的祭獻畫面來看，英霍東父子有完全不同的需求，父親重物質，兒子卻重精神。

在佐瑟王的列柱廊左近，有一個入世門，輪迴與再生的意念在四、五千年前的埃及已經成形，入世之門的門楣作成波浪形，以示和平。古埃及用石頭雕刻，今天埃及農家用木頭排列成行，同樣表示對和平的企盼。

列柱有兩個特徵引人入勝。那時候的埃及人尚不相信柱子可以直立，砌一堵小牆支撐著，非常有趣。柱頂則以石雕莎通草(Papyrus)作裝飾。莎通草是古埃及的造紙原料，可見，書寫與記錄的可能性，在那時代已經存在著了。

走上高崗，吉薩金字塔似乎就在伸手可及的不遠處。我已經急不可待了。

3

事實上，沒有那麼近，車子向西、向南，跑了二、三十分鐘，吉薩的巨型金字塔才真正矗立在面前。

三座金字塔一字排開，看著四千多年前，完全沒有機械的條件下，人類用巨型石塊堆砌成數十米高的側面等腰三角形。每個金字塔計畫十年，興建廿年，其中損耗的人力、物力可達天文數字。

埃及人否認金字塔修建過程中使用了奴隸。他們說，沒有奴隸只有戰俘。反問他們，猶太人的情形是怎麼回事，他們笑答：「那是另外一個故事。」

埃及人說，古人修建金字塔和今人在教堂或清真寺做義工一樣，完全是奉獻。

人用自己負擔不了的沉重工作當作奉獻嗎？這種奉獻常常是要把命搭進去的。當我表示懷疑的時候，他們又說修金字塔的過程也是一個慈善救濟的過程。聽到這種說詞真是滿心的悲涼：金字塔工地有飯吃，在餓死與累死或被巨石壓死之間，人可以做出選擇。

緊緊握住我的小銅幣，詛咒著興建金字塔的法老王的無道，我一頭鑽進卡佛拉(Chephren)金字塔的通道，通道是石砌的，不足一米高，我們將身體盡可能放低，腳下的梯狀木板被遊客踩得溜滑。通道向下延伸，好不容易到了一個平坦處，右手邊出現了一條比較容易走的小道。

通往一個空空的墓室，據說是為盜墓賊準備的陷阱。回到「正途」，向上攀爬，才能進入主墓室。石棺蓋子已經掀開。室內雖然相當寬敞仍是陰氣逼人。陪葬品聽說在數千年前已被洗劫一空了，但金字塔本身卻是毫無損傷地矗立著。

金字塔是為法老而建，人面獅身像的誕生卻有其偶然性。為了蓋這三座金字塔，整座石山被砍挖成「小小」一塊，雖然比金字塔小了很多，仍然有二十多公尺高。怎麼辦呢？如此難看的一塊石頭？雕刻師們用的法子正是後來羅丹用的法子，「將不必要的部分」去掉。人面獅身像於焉誕生，成為吉薩最美麗的一景。

至於這座完成於公元前二六〇〇年的人面獅身像的鼻子被毀損的原因，埃及人怪到拿破崙頭上，說他揮師進軍埃及的時候，一炮轟掉了那偉大的鼻子。人總是以成敗論英雄，如果拿破崙不等慘遭滑鐵盧就英年早逝，鼻子的問題恐怕也怪不得拿破崙。事實上也有史家說，早在拿破崙出世以前，那鼻子已經不見了。我倒寧可相信這個說法。

夕陽西下，深深陷在沙漠裡的金字塔和人面獅身像一片金光燦爛。無論當年的勞作何等艱辛，四千多年後的今人仍然能被早年古埃及人的智慧絕倒。嘆息也好，驚詫也罷，金字塔默然屹立，人面獅身像含著永恆的微笑守著日落之門，凝視歷史的流淌。

心頭沉甸甸的，很想走一走，於是搭酒店的車，去一家有名的飯店吃晚飯。這個Oberoi

Hotel是有點來歷的。伊斯莫・帕沙是個所謂的國王，他攝政的時候，埃及早已納入鄂圖曼土耳其的版圖，待蘇伊士運河修成的一八六九年，埃及又陷入英國勢力控制之下。就這麼一位身不由己的一「國」之「主」，花起錢來可是大方得很，Oberoi Hotel的前身正是伊斯莫帕莎的一個宮殿，他用這個宮殿來招待前來參加蘇伊士運河通航典禮的各國政要、王公貴族。他一口氣建了兩座招待所，我們看到的，只是其中之一。

埃及是個無樹之國，飯店內的金碧輝煌不去管它，單是內部的木結構裝飾就非常可觀了。這些來自黎巴嫩的昂貴木材充分顯示了帕沙的奢靡。坐在典雅萬分的餐室內，我不能不想著那數百萬居住在土屋內的現代埃及人。

一頓飯吃得沒情沒緒。

4

在開羅的第二天，乘著天光尚早，暑熱還未蒸騰起來的時候，直奔著名的埃及博物館。尼羅河消消停停穿城而過，博物館立於河東，與希爾頓酒店一街之隔。

博物館收藏之豐，舉世聞名。遊客們忙著去看圖坦卡蒙法老(Tut Ankh Amun)的寶藏。圖坦卡蒙是個年輕的法老，公元前一三五二年死去的時候，不過是個十八、九歲的小伙子。他出生於新王國時期（公元一五六七至公元前一〇八五年），離興建金字塔的古王國時期（公元前二六八六至公元前二一八一年）已經晚了千年有餘，沒趕上「好時候」，自然也就沒有金字塔。他的「寶藏」是在帝王谷的墓室中發現的。尋寶人是英國考古學家卡特。一九二二年的十一月，在考古學界，真是振奮人心的大日子，二千來件黃金製成的人像、面具，棺廓以及大量的無價珠寶一下子出了土。於是這位英年早逝，什麼業績也沒有的法老一下子變成了最著名的法老王之一。

炫目的黃金並沒有讓我動心，真正吸引我的，是展室中的許多石雕。一具石棺上，雕了一隻羊面。羊面獅身也同人面獅身一樣是日落之門的守護神。這尊羊面雕在一個樸素無華的中王國時期（公元前一九九一至公元前一七八六年）的石棺側面，羊面端莊肅穆，表情寧靜、祥和，毫無冥界陰森之氣，使人聯想日落距日出已不遠，來生將充滿希望。

埃及博物館內專闢一室，保持科學的溫、濕度，存放數具木乃伊。其中，有一具就是蘭薩二世的屍身。這位生前「精力充沛」的法老王，其雕像俊美無比，其木乃伊竟也顯示出他曾有高壯的身材，頭骨和手骨勻稱、完美。最妙的是，他的頭骨讓人覺得他是含笑而眠的。這位已死去三二〇〇年的法老王今天還在為他的國家製造財富。（人們得花五十埃及鎊才能看到蘭薩二世的真面目）。

據埃及友人說，本來有更多木乃伊可供展示，可惜保護不當，損毀了不少。數千年前，古埃及人懂得製作木乃伊，且由貴族而平民，甚至連家中寵物都有製成木乃伊的，可見其醫藥學之發達。數千年後的今天，原有的木乃伊保存不善，活人的生活品質也相當低下，走出這舉世聞名的博物館，心緒煩亂。

好在世上的事情有好有壞，一心想看莎草紙(Papyrus)的製作過程，終於如願。莎通草莖粗大，呈三稜狀，頭頂寬鬆一大蓬，如同雞冠，只是顏色碧綠，非常喜人。長長的莖切成大小不同的段，泡在水裡，六天之後，莖中糖分溢出，去皮、切片，柔韌無比，呈井字形排列成大片，再用大石鎮壓，一壓六天，紙成。莎草紙的誕生和使用已經有四千多年歷史，埃及人今天仍然採用古法製造莎草紙，並且在莎草紙上繪畫、寫字，其內容也是數千年不變，且非常驕傲，因為英文的「紙」——Paper是由Papyrus而來，自覺是人類文明的先祖。

莎草紙硬而且脆，買了用莎草紙繪製的古代曆法，回到雅典趕快裝裱起來，否則很快就會乾得斷裂了。與紙的性質相近，古埃及的繪畫也是直線多，曲線少，質樸、清晰，一派陽剛之氣。

5

再一個凌晨，五點鐘光景就直奔飛機場，七點鐘，飛機離開開羅，向正南飛去，在阿斯旺(Aswan)轉機，十點鐘抵達了離蘇丹很近的阿布・辛貝(Abu Simbel)，旅遊車把我們一直送到蘭薩二世所建的神廟附近。那一天是四月廿三日，在埃及仍算冬季時間，上午十一點鐘，阿布・辛貝的氣溫是攝氏四十九度。

重回沙漠的心情很特別。同車的北歐和西歐旅客一個個神情委頓，好像霜打的茄子葉，蔫得可以。我從冷氣開得十足的遊覽車下來，雙腳一踏上滾燙的砂石，竟有回家的感覺。塔什拉瑪干沙漠比撒哈拉小，也溫柔得多，砂石不像這般粗礪。順坡走下去，十五分鐘而已，就在尼羅河畔，巨大的神廟拔地而起，數十米高的雕像非常雄偉，法老王正襟危坐，道貌岸然。王后自然縮小到不及膝高，筆挺地立在身側，兩膝之間站立著的，自然是法老王之子。

退後幾步，細細端詳這龐然大物，再走進去，仔細看神廟各部的銜接。為防水害，廿多個國家的科學家、考古工作者、技術人員將這座神廟用大鋸切割成八千多塊，每塊數噸重的石塊。移高六十五米之後，在高坡上重新組合、還原。望著這巨大的曠世罕見的工程不由得不念及三峽，不知三峽庫區的古蹟有沒有搶救出一些？

阿布・辛貝的搶救工作卻是相當及時，尼羅河在阿斯旺建壩後，阿布・辛貝一帶水位提高，但止於神廟腳下，不會帶來任何危害；更有趣的是，蘭薩二世建廟時，每年三月二十一日和十一月二十一日早晨五點五十八分，陽光穿門而過造成的奇景，在重新組合的神廟中仍然可以再現。

神廟內部壁上的裝飾浮雕清晰記錄著蘭薩二世法老王的赫赫戰功。另一座小神廟則是為王后而設，母神伊希斯(Isis)和歡樂女神哈特霍爾(Hathor)庇佑著王后尼菲媞迪(Nefertari)長留於此。這也是古埃及第一位有雕像、有神廟的王后。

阿布・辛貝的雕像還不是最美麗的，稍後，在卡納克(Karnak)出現的浮雕受到希臘藝術的影響，美麗的伊希斯才呈現出更加生動的形象，變得更為端莊、富麗。

離開阿布・辛貝，路邊有個紀念牌，向納瑟總統（Gamal Abdel Nasser 一九一八至一九七〇）致敬，牌上寫到，如果沒有納瑟的支持，神廟的移建工程是不可能進行的。一位英國遊客輕蔑地撇著嘴：「納瑟不過在計畫書上簽個字而已，他又沒有搬動一塊石頭！」

忍不住心裡的不平，我給了那位女士一句：「他收回蘇伊士運河自主權卻不只是簽個字而已，還差一點狠狠地打上一仗。」那位英國遊客這才訕訕地閉上嘴，悄悄離去。

世間事都是如此，備受爭議的納瑟畢竟為他的國家作過貢獻，雖然在他身後，埃及這個信奉回教的阿拉伯「社會福利」國家仍然窮得可怕。然而，大英帝國的子民卻沒有什麼資格來批評納瑟。

6

回到阿斯旺，美麗的遊輪「尼羅河女神號」已經在碼頭等我們。船長親切地安頓我們住到「樓上」去，我卻堅持要住在「樓下」，站在艙內，尼羅河就在眼前流淌。我要平視，我不要居高臨下地俯視這條偉大的河。

喝下午茶的時間，遊輪公司為我們安排的導遊來到了我們面前，面孔黧黑，步伐矯健的導遊彬彬有禮地向我們介紹他自己：「穆罕默德一萬」，因為世上已有九千九百九十九位穆罕默德，所以他自稱「一萬」。

其他遊客已經被阿布・辛貝的暑熱擊倒，不想再動了，於是我家三口跟上「一萬」，跳進一艘裝了小馬達的小船，開上了尼羅河。

我把手插進溫暖的河水裡，水流溫柔地從指縫間淌過。

「一萬」告訴我們，他今年四十五歲了，對他來說，「水」的意義就是尼羅河，他長這麼大，沒有見過雨。他說，有朝一日，他要去美國，等到看到了雨和雪就要回到埃及來。我兒子興沖沖地告訴他：「不必跑那麼遠，過了地中海，希臘的雨季不算太短。」「一萬」不肯接下去，只說，他不怕遠，還是想去美國看雨。我懂他的心情，他對一個佔領過埃及的國家沒有任何好感。

我試著從文化藝術的角度著手，講到克利特文化受埃及藝術的影響，「一萬」笑說，希臘藝術反過來也影響了埃及，從阿斯旺到費勒(Philae)、坎默堡(Komombo)、伊德福(Edfu)一直到卡納克，尼羅河畔美輪美奐的神廟建築和浮雕都是很好的證明。

小船在河上漂著，河岸上的民居清晰可見，紅牆上鑲嵌著木製窗櫺，比開羅的情形好多了。

「一萬」笑說，此地人的生活較開羅為易有兩個原因，拜尼羅河之賜是第一，阿斯旺的人口也少得多，是第二。岸上婦女兒童衣著整潔向遊客揮手致意，看他們的笑臉，心上為之一寬。

分手之前，穆罕默德「一萬」很誠懇地問我們，除了古蹟之外，還有什麼地方是有興趣的，我先生要去尼羅河水壩，我則提出對埃及香水有興趣。世界上最古老的香水為埃及人所製，公元前七五〇〇年，尼羅河畔的居民已經懂得使用「防曬油」。公元前三五〇〇年，古埃及人已經使用「寇丹」和用礦石製造「眼圈墨」。數千年來，化妝術俘獲的人類無從計算。用慣了香奈兒的今人也該去研習一番古埃及的香水世界。

「一萬」笑答，他會妥善安排，就下船去了。

入夜，遊輪上燈火通明，兒子在泳池裡戲水，我坐在上甲板喝咖啡、聽音樂。岸上很熱鬧，當地人在露天餐飲店歡聚，街上車水馬龍，店家敞開大門歡迎顧客。阿斯旺的繁榮和快樂真正令人心醉。

晚風陣陣。河面上的風涼爽怡人，岸上吹來的風卻帶著沙漠的燥熱。尼羅河與沙漠的爭戰日夜不得停歇。

夜空如洗，星光燦爛。古埃及人相傳，遠古時代，世上先有了海洋，太陽神瑞(Ra)躍出海面，驅散黑暗，世界始見光明。瑞帶來了四個子女，神舒(Shu)和蓋布(Geb)，女神特菲納特(Tefnut)和努特(Nut)。遵照瑞的旨意，舒和特菲納特成為大氣之神，祂們站在蓋布身上，蓋布成為大地，祂們把努特吹送上天，努特就成了天空。於是，天地之間豁然開朗。從此以後，宛如蒼穹的努特永遠地留在天上。祂每天早上讓太陽化成巨聖甲蟲（Scarab也叫作古埃及蜣螂），從海上升起，傍晚，太陽又化作老人沉下海面。夜色覆蓋大地，星星成了飾物，在努特的衣袂上閃爍。

尼羅河水溫柔地在舷邊輕聲吟唱，空中繁星點點將我們帶進古埃及的神話世界。靜悄悄的，阿斯旺的夜。

7

四月廿四日真是奇妙的一天。

曦光之中，我們已經和穆罕默德一萬來到了方尖碑(obelisk)採石場。著名的未完成的方尖碑躺在亂石之中，如果立起來，有四十一米高，一二六七噸重。現在，它躺在那兒，為埃及人賺門票。我跟「一萬」說，把它弄出來，滾過六公里之遙，推入尼羅河中成排的筏子上，再順流而下，再推上岸，再千難萬難地把這麼個大傢伙豎起來，用來歌功頌德，實在太划不來。留在這兒賺門票，挺好。

「一萬」完全同意，他只是提醒我，方尖碑是一整塊，不是用小石頭塊兒拼湊起來的。我馬上想到了華府市中心的華盛頓紀念碑。樸實無華的「方尖碑」，內部展示著美國的歷史和開國總統的事蹟，絕沒有蘭薩二世們自吹自擂地把自己說成舉世無雙的大英雄之類的說詞。看我出神，「一萬」誤會了，他解嘲地笑說，希臘人比較聰明，神廟大柱子像臘腸一樣一截一截地接起來，每一塊也就是一噸重吧，省事得多了。

我們都哈哈大笑。

笑聲中，尼羅河的阿斯旺大壩已經到了。

有了這個大壩，埃及可得到足夠的電力，自用和供應非洲許多國家。有了這個大壩，過去一年一熟的農作物，現在可以一年三熟。然而，有了這個大壩，尼羅河定期的恩賜不再出現，河水不再氾濫，魚兒絕跡，肥沃的兩岸谷地不增反減，沙漠也就更加猙獰。

離大壩不遠，有一個雕塑，很像科幻電影中的太空飛行器。「一萬」笑說，那是蘇聯援助埃及時候造的象徵友誼的紀念物。後來，薩達特總統發現蘇聯人只是希望把埃及變成共產國家，就把他們趕出去了。「那個東西是水泥作的，不是用作方尖碑的黑玄武岩(basalt)雕成的，沒有考古價值，就不看了吧！」又惹得我們忍不住大笑。

歷史常常是這樣，回頭一看，真是啼笑皆非。

越接近費勒，穆罕默德一萬越興奮，身為導遊，這個地方他每周必來一次，但是每次都興奮、欣喜莫名。「一萬」如是說。

費勒的伊希斯神廟是在一九〇四年被發現的。每年八月，尼羅河水淺的時候，才露出水面，多半時間，整個神廟埋藏在水下。阿斯旺大壩建成之後，神廟的移建工作才有了可行性，終於在一九七六年，整個神廟拆散並重新組建在伊捷利卡島(Egelika)上。當我們離開渡船，拾級而上，走進神廟的時候，我完全瞭解了「一萬」的欣喜。

馬其頓王亞歷山大大帝佔領埃及之後才建築的這座神廟，其建築形式已經充分展現了希臘、羅馬時期的藝術特色，列柱完全是希臘式的，只是比希臘神廟矮小了許多。柱頂的莎通草雕飾卻又明白昭示，此地是埃及。

真正的淺浮雕(bas-relief)而不是古代埃及的凹刻(intaglio)使得人物更加鮮明、生動。「一萬」一往情深地講述著母神伊希斯的神話：相傳天空女神努特和大地之神蓋布育有兩子，賽特(Set)和歐西利斯(Osiris)，兩女，伊希斯和納裴斯(Nephthys)。歐西利斯和伊希斯結為夫婦，在這位賢內助幫助之下，成功地成為世界之神，眾神之王。賽特嫉妒他的弟弟，把他殺了，屍體切割成十四塊，拋撒在埃及各地。伊希斯走遍埃及，吃盡千辛萬苦，找回了十三塊。

「你們說，丟的那一塊是身體哪一個部分？」「一萬」發問。

大家猜不著。「一萬」沈痛地自揭謎底：「就是無論對男人還是女人都最重要的下腹部的那一部分啊！」

大家啞口無言，等待故事結局，「一萬」卻說要等第二天到了伊德福的霍爾斯(Horus)神廟才作分解。

懷著滿心疑慮，我們在神廟精美無比的浮雕前流連忘返。

「你看那肚臍，美得無法言說。」「一萬」看著美麗、高眺、端莊的「伊希斯」悄悄地說。

轉過一面牆壁，另一面浮雕卻被精細地破壞過，自上而下，一個個神祇的頭都被鑿掉了，一鑿又一鑿，整整齊齊。這是有計畫的破壞，和中國大陸文革期間紅衛兵的胡作非為大不相同。

「一萬」告訴我們：那是異教徒幹的，他們無法忍受古埃及的多神崇拜。「去頭」是對埃及神祇的輕蔑。

「可是，」「一萬」神情一變：「伊希斯法力無邊，法國人攻打此地的時候，死傷無數，穆罕默德・阿里把他們徹底打垮了。當然，他得到了伊希斯的神助。」

這時候，我們正站在「伊希斯」面前。這是一座完美無缺的浮雕，伊希斯左手緊握著象徵生命的♀形權杖Ankh，目光平視，面含微笑。「一萬」恭恭敬敬地向這位女神行注目禮。在「伊希斯」身邊的，是祂和歐西利斯的兒子，英武的霍爾斯，鷹頭人身的「青年」神祇。傳說祂子承父業，後來成為大太陽神在世間的代表，眾神之主，埃及的守護神。

當然，在離開阿斯旺之前，我們造訪了「香水之宮」，我也帶回了埃及人的驕傲——「伊希斯」香水。這種純粹由花朵釀成、不摻一滴酒精的純香水，正是香奈兒神祕配方的基礎。古色古香，幽幽閃爍著孔雀石色澤的香水瓶，淡雅的「伊希斯」，「香水之宮」美麗、好客的女主人，都讓我對阿斯旺更加留戀。

遊輪緩緩前行，穿過一道道閘門。待我們吃過中飯，抵達坎默堡。岸上，穆罕默德一萬站在他的「老爺車」前，正愉快地向我們揮手致意。

坎默堡曾因糖業而大富，被埃及人稱作「金山」。一座從公元前二百年開始興建、經過將近四百年才完成的神廟，由於「生正逢時」，成為埃及與希臘藝術成就的絕妙混合體，更為「一萬」所津津樂道。

夕陽西下，我們的導遊很莊重地提示我們，人生於塵土，復歸塵土，人非神祇，該將身外之物看得很淡才是。

正如莊子所說「死生為晝夜」，因為看得透徹，自然「不知悅生，不知惡死」。古埃及人的觀念又是何其相似！面對這座兩神共享崇拜的神廟，我感慨得很。想想看吧，生殖神錫別克(Sebek)也就是鱷魚神，與偉大的戰神赫若伊爾斯(Haroeris)竟同在一個神廟之中，一個主生，一個帶來無數死亡。

「一萬」提示我們的「平常心」，豈不就是不悅生不惡死的道理？

我們要上船了。穆罕默德一萬驅車駛往伊德福。我們知道，離謎底揭曉的時候不遠了。船泊伊德福，我們得享受又一個溫暖、靜謐的尼羅河之夜。

8

清早，和穆罕默德一萬會齊，我們去霍爾斯神廟朝聖。早就聽說這個興建於公元前二八〇年、花了四六〇年才得以完成的神廟，保存極為完整。

「神廟被砂子掩埋數世紀，這才躲過一次次浩劫，一旦出土，完整如新！」「一萬」神采飛揚。

尚未踏進殿門，雄赳赳立於殿外的下埃及王霍爾斯的雕像已經深深吸引了我們。

那時候霍爾斯只是下埃及王，戴著下埃及王的冠冕。祂完全是一隻鷹，兩眼圓瞪，雙眉緊鎖，臉上的表情充滿憂慮與憤怒。那時候的上埃及王是紅頭髮的賽特，邪惡的化身，充滿了不毛之地的暴戾之氣。他雖然是霍爾斯的叔父，卻也是霍爾斯的殺父仇人。

那時候，霍爾斯和賽特有一場惡戰，殺得日月無光……

「電影開場了！」「一萬」在殿門內招呼：「霍爾斯和賽特大戰，賽特的形象是這隻野豬。」「一萬」指著一壁浮雕，浮雕像連環畫一樣，一景又一景把這場大戰的結果揭示出來。「瞧！野豬越來越小，無敵的霍爾斯越戰越強，愈形高大……最後，賽特被霍爾斯切成十六塊，再也不能復活。」「一萬」莊容道出尾聲。

「那歐西利斯怎麼復活了呢？雖然祂少掉了重要的一塊？」我兒子追問。

「一萬」露出很嚴重的表情，「誰告訴你歐西利斯復活了呢？」十一歲的兒子在來埃及之前就讀了一大堆書，胸有成竹的回答：「書上說的。」

「一萬」搖頭，痛心疾首的表情引得我們忍俊不禁：「伊希斯雖然得到判官阿努比斯(Anubis)的幫助，偉大的歐西利斯還是因為缺少一塊而不能復活了。祂成為冥府之王，你看祂的樣子，祂像不像法老王的木乃伊？全身包裹在浸了藥的亞麻布裡，雖然有金子的裝裹，尊貴無比，但祂手持牧人的連枷和曲柄杖，再也回不到人世間了。」

「一萬」話音未落，迎面走來另一位導遊。他帶著十多位遊客從另一頭走過來，口若懸河地大講同一塊浮雕上的故事：「諸位請看：霍爾斯與賽特大戰，打得難解難分，霍爾斯越戰越小，也越勇猛；賽特這隻野豬越戰越大，也越粗笨、愚蠢……」

我們全體笑得人仰馬翻，不知那導遊如何收場了局？

「一萬」忿忿：「這些懶蟲，只要自己方便，信口開河……」

人生多誤旅，莫甚於此！

我早就注意到，兩天來，穆罕默德一萬到處使錢，總能佔據有利地點方便他的解說，也使我們看到「最精彩」、「最值得看」的古蹟。剛才那位「本末倒置」的導遊，用的是最偷懶、最不負責任的法子。好在埃及神話裡自相矛盾之處還多著，雖是「誤旅」，倒還只是個小笑話而已，不致鬧到下不了臺的地步。

兩天行程中，和穆罕默德一萬成了朋友，他倒處使錢是為了我們的方便，我們自然要補償他在經濟上的損失，同時邀他有空來美國看雨。珍重道再見，「一萬」開車奔回阿斯旺。我們上得船來，準備認真休息，好應付第二天的「帝王谷」(Valley of the Kings)之行。

再沒有二、三十年前去鳴砂山爬石窟看壁畫的腿腳和體力了，要對付帝王谷，需得吃了藥，安安穩穩休息一番。

一對同行的德國夫婦這時節已經筋疲力盡，對於明天的帝王谷，只說是力不從心了，看我在吃藥，於是建議明天和他們一起早早回船休息，不要玩兒命。我先生笑說：「來了埃及，到了路卡索(Luxor)，不去帝王谷，她怎麼會甘心。」

「你到底想看什麼？」友人好心相詢。

「我要去看杜斯莫西斯三世 (Tuthmosis III, 1490–1436 B. C.) 墓道中的壁畫。」我平靜地說。

友人紛紛點頭，再不多語。

那是十八王朝的極盛時代，杜斯莫西斯三世南征北戰，版圖擴至利比亞和敘利亞。那時候供奉王室和諸神的卡納克的阿蒙神殿(Temple of Amon)堆滿戰利品，埃及獲得了大量財富。首都昔比斯（Thebes，即今日的路卡索）所在的尼羅河東岸屋瓦相連，繁榮無比。西岸滿是陵墓和祭殿，成為死者之城。

盛世才會有藝術的繁榮，我無論如何不肯錯過。

尼羅河水哼著搖籃曲，一夜無夢。曙光曦微，汽笛鳴響，路卡索到了。

9

從尼羅河西岸向帝王谷走去，途中一定會看到荒原之上拔地而起的兩座坐姿雕像，雕像高達二十米，雖然毀損嚴重，仍然可以看出那是法老王的雕像。據說這兩座砂岩巨像身後本是一座神廟，只是蹤影不見了。科學家估計神廟失蹤於地震，但這一帶從未發生過地震，愈使神廟的消失變得神祕。

但是，荒原似乎不甘沉默，每天日出時分，砂岩發出悲悽的樂聲，蒼涼的旋律引得希臘人詩興大發，此地砂岩也就被命名為「歌石」。我們到達此地的時候，不僅晚了一步，而且荒原上人聲鼎沸，任何悲歌也是聽不到的了。砂岩莊重地沉默著，只把空寂和荒涼示人。

同在西岸，荷馬所說百門之都昔比斯的風采依稀可辨。王后赫特捷佩斯特 (Queen Hatshepsut)不但有巨型的未完成方尖碑，更在此地為她父親杜特莫斯一世(Tutmose I)和她自己依山勢建立了一個祭殿。事實上，原來這個祭殿是為歡樂女神哈特霍爾建造的。在埃及壁畫和浮雕上，哈特霍爾高貴而美麗，她是太陽神瑞的女兒，也是瑞的眼睛，她的一雙秀目擔負著監視叛逆者的使命。埃及人崇拜這歡樂、歌舞與藝術女神，正如希臘人對愛情女神阿佛洛狄特(Aphrodite)的崇拜。

王后赫氏大膽革新，女神祭殿不但為她所用，而且經過改建之後的祭殿出現了前所未有的奇觀，山岩竟如同屏風一般在祭殿身後成扇形排開，祭殿氣勢大增，形如宮殿。雖然在赫氏之前和之後，都有法老王進行過改建或擴建，但無人能及赫氏的才具和想像力。因此，祭殿仍以她的名字命名。

祭殿內部的壁畫中最為罕見的是蒼蒼鬱鬱的樹木，枝葉繁密，一片籠蔥。

埃及人說，當年，此祭殿大受崇敬，人們汲水澆灌庭園，祭殿之前一片綠意。回想來時路，可以汲水的處所離此地少說也有數公里之遙。祭殿處於高地，頭頂、肩挑水罐、水桶將這荒原變作綠苑是多麼辛苦的事！埃及人說，當時的人樂此不疲，硬是做到了改天換地的大工程，壁畫上自然留下了那一片美景。

公元前一二〇〇年左右，異族大肆入侵，埃及王權沒落，神廟、祭殿不斷遭到破壞，人們再也不能汲水澆灌他們的希望之園，綠色迅速消失。祭殿門前重新變成飛砂走石的荒原。因為這裡曾經有過人為的綠意盎然，我就想到了有關吉薩金字塔的討論。有人試圖論證，吉薩在古代曾是綠洲；甚至是人群居住的鬧市中心。

埃及人明明白白地說，金字塔的建造靠的是砂，是石。巨石的堆砌，固然要靠人力的推、拉，更重要的是用大量砂子作基墊，石頭在砂子做成的坡道上被推拉向上，金字塔層層疊高，周遭砂子不斷添補，廿年的建造過程中，人力的損耗自然可觀，山石和砂子的用量更為驚人。

食物的取得可以靠運輸，砂、石卻非得就地取材不可。這應當是常識。

金字塔建於鬧市說終不足信。

埃及人笑說，華府市中心，不但有華盛頓紀念碑，林肯紀念堂，大批博物館，甚至還有佔地廣闊的越戰紀念碑和韓戰紀念公園，那是要現代工業國家才能辦得到的。四千多年前的古埃及，技術條件有限，金字塔靠人力建於富砂石的荒原應是最合理的解說。

談談走走，車至綿延起伏的砂岩丘陵，帝王谷到了。

新王國時期的陵寢四十餘座都集中在這一個呈「人」字形的山谷之內。著名的圖坦卡蒙陵寢就在「人」字形兩劃相交處的正中心。

陵寢中的墓葬品不是被移入博物館就是早已被盜，如今，可以看的是墓室和墓道中精美的壁畫。

一九二二年十一月四日，英國考古學家卡特(Howard Carter)就是在這裡，距吉薩金字塔數百公里的路卡索西岸的帝王谷發現圖坦卡蒙法老的陵寢的。原封未動的墓葬品使這位法老王聲名遠播。

幾個墓室看下來，雖然圖坦卡蒙墓室中的諸神描繪精細，石雕霍爾斯和祂著名的眼睛刻劃入微，我卻覺得蘭薩五世和六世的墓室壁畫生動、美麗得多。紅、藍、黃成為主色調。尤其是冥府圖令人印象深刻。在一柄天平上，死者的良心裝入一小罈內放在一端，另一端則是羽毛狀的砝碼「真理」。埃及人堅信，世上最輕的東西是羽毛。一個人心地良善純潔，他的心應該輕如羽毛，心上罪惡越多，越沉重。當天平向死者心臟傾斜，足證死者生前作惡多端，他的靈魂就會被怪獸亞美米特吞噬，萬劫而不復。判官阿努比斯親自監督稱重過程，眾神的錄事索夫(Thoth)記錄稱重結果，諸神參與審判。

看起來是滿公平的司法制度。踏出入世之門並不難，只要心地純潔。然而能順利通過這一審判的人並不太多，可見心地污濁的人比比皆是，古今亦然。

在帝王谷「人」字形一撇的尾端，也是谷內最古老、最隱密的陵寢之一，杜斯莫西斯三世的陵寢已經遙遙在望了。我知道，在那裡可以看見世界上最美麗的綠色。

仰頭上望，細細一架鐵梯直通不可見的所在。同行的友人再次勸阻我，這道入口上上下下，曲曲折折實在不近，已經看了那麼多陵寢，大同小異，這一處就算了吧！

最後，踏上鐵梯的只有我先生、我，和一位埃及友人。鐵梯與石階連成的通道在許多拐彎處只能容一人側身而過。在流了許多汗之後，終於進入墓室。抬眼可見的輝煌讓我完全忘記了雙腿的痠痛。綠色，成了主調，「天花板」上綠色背景上的星狀圖案令人想到鮮花盛開的原野，不知是否從被征服的地中海東岸得到的靈感?壁畫中更有大量黑白兩色為主的精采勾勒。其中有一部分非常有名。一位雙頭，戴著上、下埃及冠冕的法老王，執杖而行，在他前面作前導的是太陽神和巨蛇神靈，霍爾斯的雙眼繪於圖畫中心。神佑、王權、統一的概念全部集中在一起，非常的明確、簡潔。太多的有關生死、輪迴、再生的圖畫，與文字和計數妥貼地安置在一起，邊緣則裝飾著整齊劃一的莎通草。紅、藍、黃、綠、黑、白，來自石頭的顏色塗料在三千年後的今天仍舊鮮明奪目。

管理墓室的埃及人看我久久不肯離去，特准我不用閃光燈拍一張照，我留下了那奇詭的綠色，相信那是杜斯莫西斯三世的夢。三千年過去了，對埃及人而言，仍舊只是夢而已。

10

雖然已經雙腿痠軟，走起路來已經搖搖擺擺，仍然鼓起餘勇去了卡納克的神廟和路卡索的阿蒙神廟，阿蒙本是昔比斯的地方神，後來竟成了大太陽神瑞的代表，人尊稱為阿蒙・瑞。這兩處神廟最有趣之處在於只要一架傻瓜相機在手，隨時隨地可以獵取極為動人的鏡頭，照片沖洗出來之後，人人可以讚嘆曾幾何時自己也有了如此高超的攝影技巧。而且，逃不掉的，可愛的巨大蜣螂一定和凜然的方尖碑相映成趣，在照片上留下引人入勝的景觀。

最後，在無人提醒，無人相伴，帶著碰運氣的心理，我們夫婦倆步入了沒有遊客的路卡索博物館。一進門，我們就欣喜的發現，雖然導遊書上，有關這個博物館的說明只佔四分之一頁，雖然我們走進來的時候同行的友人們沒有任何一位表現出一丁點兒的興趣。但是，我必須告訴讀者諸君，如果有朝一日你來到埃及，在尼羅河上，無論你順流而下或逆流而上，當你到了路卡索，無論行程多麼緊迫，你可以不去看帝后谷，你可以少看一座神廟，這個博物館你千萬不能錯過。因為精品都在這裡！另外，千萬不要忘記，雖然這個博物館的導覽手冊印刷粗糙，你也一定要買一本帶回家，因為古埃及藝術的精華也都收在這本一百三十頁的小冊子裏，且註明了材質、大小、出處。如果你對人類藝術史和考古學有一丁點兒興趣，那麼這本小冊子一定會讓你百讀不厭。

博物館的總體設計可以說是紐約現代藝術博物館的縮小版。沿著坡道盤旋而上，古埃及精美藝術盡收眼底。杜斯莫西斯三世可愛的傳令官長久地吸引了我的視線，黑色花崗岩雕像，將近一米高，是新王國時期，十八王朝，古埃及最為強盛時代的藝術品，距今已有三千五百年歷史。這座雕像是一九三三年，在杜斯莫西斯三世陵寢入口處二百米左右的地方發現的。

小傳令官採坐姿，雙臂放在膝上。自膝以下雕成平面，上刻古埃及象形文字，記錄著這位可信任的傳令官為杜氏所創下的功績。

雕像面容英俊，表情機警而聰慧，非常可愛。

當然，意料之中的，我們找到了雕成歐西利斯的形像，面容卻是蘭薩二世的著名雕像。

意外的是，一座綠色砂岩的杜斯莫西斯三世的雕像，其雕刻之生動，線條之流暢、細膩真是令人驚訝。這座雕像也只有一米高，是杜氏年輕時就已經完成了的。一九〇四年，在卡納克的阿蒙神廟被發現的時候，曾引得考古界一片歡騰。

將近一個世紀過去了，這座雕像終於被妥善地安置在路卡索博物館，從早到晚迎接著訪客。

直到燈火通明的時分，我們才依依不捨地離開這座博物館。雖然它的名氣還不是很大，但假以時日，以它收藏品的份量之重必會在世界重要博物館內贏得一席。

11

風，燥熱地撲向人群。河面上失去了涼爽，沙漠深處遠遠傳來低吼，尼羅河水躁動不安，往日細細的波紋高聳起來。

沙漠和尼羅河暗中較上了勁，深夜，河水大聲喧嘩，如同戰歌嘹亮。憑我的經驗，沙暴已然不遠了。

果不其然，沙暴在撒哈拉沙漠腹地掀起的狂飆把所有的航班都打亂了，我們先後在路卡索機場和開羅機場枯坐六、七小時，在夜色中才飛回雅典。

長時間候機，遊客們得到機會親眼看到虔誠的伊斯蘭教徒三跪九叩作禮拜的具體情形。

機場內有永久性的禮拜場地。正在值勤的機場工作人員在崗位上鋪下小地毯，面對麥加方向行禮如儀。

「神在心中」，掛在嘴上，一年不去教堂一次的基督徒們看著伊斯蘭的禮拜形式大起恐慌。

人人明白，儀式的莊重，一日五次對儀式的虔敬執行，其中的力量不可等閒視之。

我在機場內尋找電視新聞，我看不見尼羅河，我在惦記她，在沙暴面前，她怎麼樣了？可惜那裏的電視機播放的只是錄製好的節目，我沒能如願。

回到雅典，一進家門就打開電視，CNN正在播報埃及沙暴的消息。

塵砂迷漫，開羅不見了，金碧輝煌的清真寺不見了，高聳的金字塔不見了，沙漠中的丘陵不見了，帝王谷、帝后谷，高大的神廟都失去了蹤影，一片昏黃。

我緊張地注視著屏幕，仔細地搜尋著，忽然之間，我看到了，昏黃之中，一道黑色的閃電，一點點浮現出來，如同一條堅韌的鋼鍊緊緊的、紋絲不動地縛住暴虐的沙漠，昏黃深一陣、淺一陣，如同巨大的球體沉重地滾動著，那鋼鍊卻仍然閃著黑色的光芒，牢牢地堅守著自己的崗位，保護著人類無法保護的那一切。

那是尼羅河，孕育著文明的偉大母親，保護文明不被沙暴席捲而去的偉大戰士。

我坐在那裡，凝視那條世界上最長的河與世界上最大的沙漠之間的戰爭，感覺溫暖的河水在指間流過，萬年不息。

困頓前行

——布達佩斯印象

六月下旬的雅典，暑熱難當，自然想找個比較涼快的去處，我選擇了布達佩斯。今天的世界，到處可以碰到識時務的聰明人。在他們眼中，「不自由，毋寧死」不過是一種傻話而已。我卻多年來把這句傻話牢記在心，且常常喜歡找尋同樣把這句話當作座右銘的同類人。

我常想，為自由而生、而戰、而死、且歌之頌之的人裏面，是少不了匈牙利人的。我也常惦念，斐多菲(Saudor Petofi, 1823–1849)的後人在一九九〇年共產制度崩潰終於成為自由人之後，日子又過得怎麼樣了呢？

選擇布達佩斯，是出於掛念。

一下飛機，搭上了機場的小巴，穿行在由佩斯往布達山的途中。小巴駕駛先生不但在紅燈前停車，且常常在黃燈亮起的時分就減速了，與拼命三郎般的希臘人大不相同，使我一下子對匈牙利人生出了許多好感。

在布達山上，遙望布達佩斯市中心，市容景色多變，各種建築形式在此地各領風騷，形成獨特的景觀。坐上四通八達的公共汽車，下得山來。這才看清，布達佩斯確是一座宜遠觀而不忍近看的城市。

一座座建築被焚被搶，重修重建，再遭戰火摧毀，再修再建，如此這般不知多少次，傷痕累累，一目了然。匈牙利人百折不回的精神在他們一而再、再而三，再而四地修復布達佩斯的過程中表現得非常精彩。

在公共汽車上，上了年紀的乘客一出現，自然有人讓座，婦女、幼兒、殘障人士也會得到照顧，不熟悉此地情形的外國遊客也常得到通英語的本地人的指點。此事雖小，一個社會的道德風貌卻可以從這些點點滴滴中看出端倪。

但是，我很少看到熱情的笑臉，布達佩斯人表情凝重，一派滿腹心事的模樣。

和美國駐匈牙利的政治參贊蘇默先生(David Summer)談及我在布達佩斯獲得的第一印象，他表示，不苟言笑是匈牙利人的重要特徵。他更進一步表示：「匈牙利最值得尊敬的一點在於一九九〇年的巨變之後，他們不覺得這一下他們馬上可以成為西方社會的一員，可以坐享其成了。正相反，匈牙利人清醒地面對現實，知道要達到繁榮與進步的社會，還有漫長的路要走。他們一步一個腳印，走得很穩，這種實事求是的精神，很了不起。」

對比希臘人凡事都怪別人，怪先進國家沒有伸援手，怪落後的國家拖後腿，怨這個、怪那個，從來不知自省，匈牙利人可愛得多了。

更妙的是，新近結識的匈牙利朋友沒有馬上帶我去看巨大的國會大廈，驕人的大教堂，收藏豐富的藝術博物館，卻陪著我離開美國大使館，信步走了兩分鐘，來到一座小橋前。小橋上，一座紀念銅像，一臉書卷氣的納吉(Imre Nagy, 1896–1958)正手扶橋欄，微笑凝視橋下流水，旁邊一塊小小大理石紀念碑，並不多言，只是註明了這位偉大鬥士的姓名及生與卒的年代。碑前堆著花圈，鮮花仍在盛開。

一九五八，想到那一年就驚心。中國經過了把百萬知識人打成右派遣往各種煉獄的「反右運動」，正瘋狂地高舉「三面紅旗」，忙著為五十年代末、六十年代初的大飢荒舖路。

一九五六年帶領匈牙利人民展開自由運動的納吉，在蘇聯出兵將自由運動鎮壓之後，被傀儡的匈牙利政府於五八年判處絞刑。

匈牙利友人在納吉雕像身邊駐足良久，輕聲慢語告訴我：納吉雖然死了，他留下的火種卻一直在地下燃燒，早在一九九〇年以前，匈牙利的變革已在悄悄的、一點一滴地進行。所以，待時機成熟，匈牙利的情形較其他東歐國家就好一些。蛻變的過程就沒有那麼痛苦。

在街頭漫步，我驚異地發現，匈牙利人在指出某個建築毀於什麼時代的時候，從不動氣，從不訴諸感情，只是心平氣和地說，Matthias教堂始建於一〇一五年，之後一次次毀於戰火。他們只說毀於何時，卻不說毀於何人之手。稍讀匈牙利歷史，當然明白是何人所為，但匈牙利人卻不提，只是繼續心平氣和地告訴我，一九四〇年，又毀，我們再次重建修復，印痕清晰。順著他們的手勢看去，焦黑與白皙的建材對比鮮明地揭示那一頁頁歷史。

最明白無誤的，是位於Matthias近鄰的希爾頓飯店，這個飯店根本建於廢墟之上，打地基時，出土大量古建築碎片，於是將不同時代的不同碎片分類整理，重新組合，和現代建築融合在一起，成為匈牙利歷史分期的紀念碑。

在英雄廣場附近的美術館，我們從匈牙利藝術家留下的畫面中更可以看得仔細，緊跟著佔領和奴役的，是激烈的反抗。戰火與死亡是匈牙利歷史無法避免的重要篇章，匈牙利藝術家不斷以此為題材，刻劃出匈牙利的不屈性格。

匈牙利友人建議「換換心情」，我們走在佩斯的大街小巷，我注意到，這是個書店林立的城市。有些書店加設咖啡座、茶座。聽我講英語，在書店工作的女孩馬上帶我去一個書櫃前，告訴我：「我們有英文書。」相看之下，多半是旅遊圖冊，我手中已有一本布達佩斯導覽，就謝了她。誰想到，她竟把一本書捧到我面前，兩眼發光的說：「這是我們的文學，我們的小說，是英文本。」我拿起看，是《吻》(The Kiss)，包括Endre Ady在內的廿多位匈牙利作家作品的合集。「廿世紀最優秀的匈牙利短篇小說都在這裏了。」女孩熱切地看著我。我買了這本書，順便和那女孩聊一聊。她告訴我，雖然匈牙利經濟情況不好，大家都鬧窮，但是很多人捨得花錢買書，「尤其是母親們，捨得為孩子們花錢買書。」女孩特別強調。

因為談到了這個「窮」字，匈牙利友人坦率告訴我一些現實存在的問題。一句話，外國遊客到匈牙利，必得小心再小心。飯館的菜單上如果沒有價目，這家飯館的菜吃不得，因為三、五好友一頓簡簡單單的晚餐吃下來，店家可能敲你數千元美金。我在布達佩斯的五天內，就有六家飯館因為「詐欺」而被勒令停業。而布達佩斯的「三隻手」也是相當厲害的。如果你的錢包裏有信用卡，他們一定爭分奪秒，希望搶在你發現被竊之前先去買上一票昂貴的東西。

我心裏暗忖，埃及比匈牙利窮得多，埃及人可以伸手向遊客要錢，卻不會偷，更不懂得「詐」。

匈牙利友人誠懇相告：「我很遺憾，匈牙利的情形就是如此。我們還得和人性的弱點——貪婪和狡詐作戰。雖然我們已經進入了一個走向繁榮和富足的歷史階段。」

不怨天尤人，面對現實，小心謹慎，困頓前行，恐怕是今日匈牙利的實在情形。

凌晨五時，推窗下望，曙光乍現，多瑙河上雲蒸霞蔚，猶如萬千紅花灑遍河面，姹紫嫣紅之間，波光粼粼，生機無限，布達佩斯立於風情萬種的多瑙河兩岸，纍纍創傷不再刺目。

多麼期望，布達佩斯為自由而戰多年之後，終於可以走出歷史的陰影，撫平創痕，腳踏實地迎向一個瑰麗的前景。

熔融的激情

近代，世界矚目的畫家中，匈牙利藝術家古拉・孔法(Konfar Gyula)是極具特色的一位。

一九三三年出生於布達佩斯的孔法曾長時間用畫筆描摩他最熟悉的人群——工人，他最熟悉的生活——勞動者的生活。

然而三十五歲就榮獲匈牙利最高藝術獎Munkácsy Prize的孔法，在少年時期就已完成了古典油畫的嚴格訓練，他的才華已然衝出寫實主義的藩籬，進入一個無限自由的境界。

今天，愛畫的朋友們讀孔法的畫作，必然可以清晰地感受到這位生於匈牙利，但曾在英國長期居住的藝術家，在畫壇上無可取代的地位決非來自偶然。

在層次繁複的色彩中產生出無與倫比的透視效果，激情如同熔融的鋼水帶著沸點在畫布上流淌。

孔法的風景畫璀璨、深邃；那無限延伸的細部使我們的視線觸摸到層巒疊嶂之上的綠意；輝煌的山光水色，月光在水中的倒影，陽光在世間的恣意揮灑；流泉的飛騰，山城的空靈，海灣似乎在飄浮，在海洋和陸地之間那永恆的戀曲中飄浮……

還有那無處不在的無限生機，那在鄉野的寧靜與祥和之中，在靜物帶來的溫柔與靜謐之中，在春之慶典的富麗與典雅之中，那勃勃的生機，那樣熱烈的對生命的執著，那樣不可扼殺的熱情。

所有這一切，源於色彩。

孔法自拿畫筆起就不斷使用大量顏料，顏色於他而言是至關重要的。他曾被朋友笑稱揮霍無度的油彩使用者。但他卻回敬說，他所使用的油彩不會比倫勃朗更厚重。

孔法對色彩的追求自年輕時代到中年到現在的六十歲，中間經過幾個階段，除了金錢的因素以外（早年，孔法無經濟能力購買必需的油彩），他在西歐，特別是英國的長期居住也是重要緣由。他自英倫返國，開始為畫廊作畫時期，他的色彩開始大大的豐富了。在色彩的變幻中，他培養了自己對色彩冷暖度和音律的敏銳反應。

孔法創作過程中，永遠在等待那結果自色彩的層次中自然地浮現出來。看不到結果，他不會停止「塗抹」。他決不滿意於色彩停留在表面，他鍥而不捨地追求色彩的深度呼吸，使色彩具有生命。

孔法在描摩人物的時候，人體常在色彩深度呼吸後魔術般地出現，畫中人物肌理的張力，樸拙與真實帶著一種極其飽滿的情緒謳歌人生的喜悅和生命本身的美麗。

孔法也不在調色板上揉合色調而是直接地在畫布上向目的地前進。那目的地遠不是預知的，更無法在畫布的表面窺見，那是一種不可解說的激情。

激情調動起色彩，使它們入畫，成畫。不止成一張畫，而且使數幅作品之間出現連續一貫的情緒。

色彩在激情的驅使下變得無始無終、無窮無盡。色彩帶著樂聲成為一個美妙絕倫的演奏會。而孔法，則悠遊其中，並在畫布上留下那音韻。

孔法的作品常在抽象中仍有具象的表徵，但人們無法輕易地賦於他的作品一個意義或主題。孔法留在畫布上的是遠較一個說明豐富千百倍的內涵。

孔法和讀畫的朋友在創作和欣賞中都贏得了無限自由的空間。

一九九五年的春天，我曾有機會在高雄的王家美術館展讀孔法的四十多幅油畫以及六十多幅生動、精緻的素描。

兩年後，在布達佩斯英雄廣場附近的匈牙利國家美術館再次見到孔法、莫多凡等等當代藝術家的作品，好像見到了老朋友，倍覺親切。

多瑙河的顏色

一看這個題目，你大概會和我在雅典的好鄰居一樣揚起眉毛，兩手一攤，「這還有疑問嗎？多瑙河當然是藍色的。」

是啊，一點兒也不錯，約翰・史特勞斯(Johann Strauss, 1825–1899)創作的圓舞曲〈藍色多瑙河〉(The Blue Danube)一個多世紀以來醉倒了全世界的有情男女，由這支曲子又不知生發出多少賺人淚水的小說、電影、詩歌、戲劇。噢！藍色的，波光粼粼的多瑙河，是多少人夢中的美景，是多少人衷心盼望著可以親眼去看一看的那條風華絕代的河啊！

不瞞你說，我也無數次醉倒在那支華爾滋的旋律裏，也曾在無數白日夢裏真切地「看見」自己走在多瑙河畔。

但是，我得老老實實告訴你，多瑙河不是藍色的。而且，我和你賭一百元新臺幣，在史特勞斯的時代，多瑙河早已經不是藍色的了。

千萬別生氣，讓我告訴你我的經驗。

今年的六月底，我終於將白日夢變成了事實，飛到布達佩斯去，一來當然是惦記一九九〇年以後的匈牙利，希望看到這個近千年來戰火不斷，劫難頻仍的國家終於走在了一條和平而自由的路上；另外一個深埋在心底的願望，就是要親眼去看一看，那條在夢想中無數次「見過」的河！

布達和佩斯在多瑙河的兩岸，機場在佩斯，住處在布達山上，所以我到了布達佩斯以後，一小時之內就從機場開出的小型巴士裏，隔著玻璃窗，看見了多瑙河。第一眼望到時，我問駕駛先生，「這是什麼河？」他從後視鏡裏看我，目光好像看外星人：「這就是多瑙河啊！」

我的臉色大概變得很可怕，他喃喃地在說：「你沒事吧？你沒事吧……」

我卻慌張著摘下太陽眼鏡，搖下車窗，當時車子走在橋上，橋下的水和緩、平穩地流淌，河水是綠色的！不是玻璃窗的問題，太陽眼鏡也沒有作怪，多瑙河是綠色的！

「怎麼會，多瑙河什麼時候變成了這個顏色？」我迷惑地問駕駛先生。他在鏡中瞪著我：「多瑙河一直是這個顏色啊！」

一直是綠的?!我無法接受。

一整天，東看西看的，我始終悶悶不樂。

凌晨五點鐘，再也睡不著了，我起身，站在落地窗前，推窗下望。天哪！那是什麼？那是多瑙河嗎？

晨曦籠罩著布達佩斯，河水從城中流過，水中不再倒映著建築物，河水如同鮮花編綴成的項鍊在城市的頸上閃爍，紅色、粉紅色、玫瑰紫、甚至耀眼的橙色和金黃。多瑙河滿載「鮮花」在城中靜靜流過！噢，美麗的、嫵媚的、風情萬種的多瑙河，我多麼不願意相信，是陽光，是朝霞將你裝扮得如此鮮艷。

兩天之後，我搭乘火車奔向維也納，多瑙河全長二八六〇公里，從德國的黑林山奔流而出，在注入黑海之前，總有一段是藍色的吧？特別在維也納，在〈藍色多瑙河〉終年響徹雲霄的地方，在史特勞斯的家鄉？

這次住在市中心，決不敢再像在布達佩斯那樣，第一件事就想去看多瑙河，我小心地在皇宮、博物館、圖書館等等節目中，悄悄加進瞥一眼的可能性。一個傍晚，坐上了已經百年的大觀覽車，遠處，多瑙河宛如一條玉帶，綠得有點透明。

一個清晨，登上了二五二公尺高的旋轉塔，這個一箭衝天的建築物，名字就叫多瑙河高塔(Danube Tower)毫無疑問的，維也納的全部美景盡收眼底。多瑙河連波光都不見，靜謐無聲。維也納是精心建築的，到處是精美、精細的雕飾，一個完全靠智慧精雕細琢的城市。街道乾淨得、寬敞得、安靜得不見人間煙火。多瑙河是維也納的一部分，秀秀氣氣地閃著一點晶瑩的光。迎向太陽的一面，河水如鏡子，亮得晃眼，成了銀白。

到了維也納，夏宮的音樂會是一定要去的，那是傳統、是奧地利人的驕傲，那演奏廳也是莫扎特演奏過的地方。

曲目絕對是傳統的，有莫扎特，也有史特勞斯，當然有〈藍色多瑙河〉。

當那熟悉的旋律響起的時候，兩位舞者躍上舞臺，男舞者穿天藍色絲質上衣，白色長褲，女舞者一身白紗裙，手中卻飛揚著一條天藍色的輕紗。

世界上最美麗的華爾滋就在這皇宮的演奏廳內旋轉著，蕩起漣漪，那該是多瑙河的波濤吧？我傷心地想，只有在這裏，在這美侖美奐的舞步裏，「多瑙河」才是藍色的。

告別維也納的前一天，無論怎樣，按捺不住那想親近這條河的心，我踏上了遊輪，那遊輪將帶著我在多瑙河上晃兩個鐘頭。

為了有效地使用多瑙河的資源，奧地利建立了分流系統，甚至為多瑙河修築了一條運河。那運河的顏色根本是灰色的。

遊輪上播放著史特勞斯的樂曲，但是，船身沒有一絲一毫的擺蕩，這河水沒有尼羅河的歡聲笑語，沒有密西西比河的波瀾壯闊，更沒有黃河的奔放、狂野。為了引起旅客的遊興，遊輪的舵工操動起動桿製造人工的擺蕩，水平如鏡的河面上，船身扭動著，製造出「波濤起伏」的情狀。兩小時過去了，船靠回碼頭，我走下船來，把手伸進緞子般的河水裏，看著水滴一滴滴滴進修剪得整齊無比的綠色草坪，嘆了一口氣，頭也不回地走了。

飛機昇空了，維也納，真是美得不得了，精巧得不得了，其中，自然少不了那條留下太多人工痕跡的河。無論怎樣，這個地方的人在過著世界上最優雅，最怡人的生活，雖然，多瑙河「失去」了她的藍色，我還是愛著這個地方，這條河。我可以心安了。不是嗎？

回到了雅典，我筆直地撲向愛琴海，天啊！那永遠看不夠的多層次的一望無際的藍色！

整理衣物時，看到了在布達佩斯和維也納拍的一卷膠卷。我把它送去了鄰近的照相館。

幾個鐘頭之後，我去取沖洗好了的照片，看也沒看，準備付了錢就走。

希臘師傅笑問：「你不看一看嗎？」

為了禮貌，我把照片抽了出來，一瞥之下，大驚，趕快再翻下一張。

「有什麼不對嗎？」師傅也關切地俯下身來細看。

「這是不可能的……多瑙河，多瑙河，怎麼是這個顏色?!」我結結巴巴，完全語無倫次。

無論在布達佩斯還是在維也納，照片上的多瑙河都像藍寶石一樣熠熠閃亮！

「天哪！多瑙河竟是藍的！」我大叫。

師傅從眼鏡上面瞧著我，還伸手摸了摸我的額頭：「你沒事吧？多瑙河當然是藍的，那還有疑問嗎?!啊！The Blue Danube!」

我捧著照片一步三跳出門去的時候，師傅正吹著口哨在那裏搖頭晃腦呢。〈藍色多瑙河〉的旋律伴著我來到大街上，那，那該是多瑙河的笑聲吧！哈！

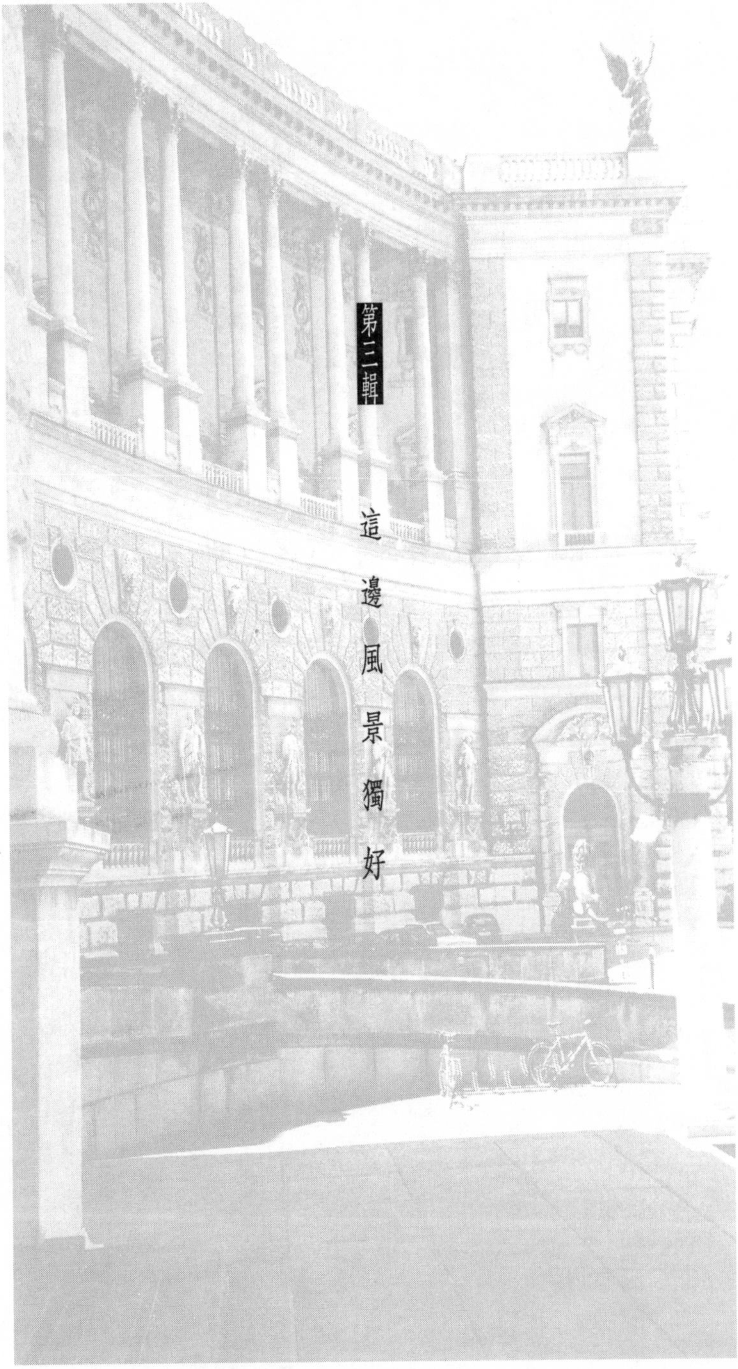

第三輯

這邊風景獨好

書生本色

——與夏志清教授、王鼎鈞先生、莊信正先生一夕談

素來不喜E-mail，也厭惡電話鈴聲在書房驟響的暴戾，寧肯規規矩矩寫封信，給友人，特別是給長輩。

紐約是我心目中的第一城，每次由海外回國度假，那是我「充電」的必到之處。在紐約，必須去看望的長輩有好幾位，其中一位是夏志清教授。

去年，因為張愛玲先生辭世，看到率先肯定張愛玲文學成就的夏教授發表的文字，可以想見他心情的黯淡。

去年，又因為是抗戰勝利五十周年，夏教授和叢甦、唐德剛諸君子邀到王藍、紀剛幾位著名的抗戰文學作者又一同在紐約討論抗戰文學。看夏教授引言，又覺他心情的昂揚。

和夏教授通信，關於張先生，他是非常的悲傷。關於抗戰文學討論，他說：「都是叢甦他們在出力，我只是掛名而已。」高興卻是高興的，因為抗戰文學的好與重要。

二月初，我就和夏教授約好，下旬去看望他，他說，要約幾位老朋友一起聊聊。

廿六日中午，我到了紐約，放下行李就往上城去，途中看了幾家位於Madison大道的畫廊，看看時間差不太多，就直奔夏家。

時間掌握得不好，結果是離約定的四點鐘還差半個小時，我已經到了距哥倫比亞大學一箭之隔的夏家樓下。

想想，夏教授大概不會怪罪，而自己是很想早一點兒看見這位令人尊敬的長輩的，於是就按響了門鈴。

一年前，我曾到過這座書城。這回剛踏進門去，就見夏教授站在書城前，神采奕奕，我本來想先問候他的健康的，一時竟完全忘了。一年未見，他依然談笑風生，只是，這次多了一個常用的句子：「……令人悲傷……」。

「令人悲傷」的事情又實在是太多了。我們從以色列的系列炸彈說到希臘的美國使館被炸案。夏教授關切著我的希臘行。我盡量輕鬆地回答他：「等我們去的時候，使館一定修好了。」其實大家心知肚明，炸彈事件絕不會到此為止。

「人類的沒有智慧，殺戮不止真是令人悲傷。」夏教授搖頭嘆息。

由國外說到國內，談到美國極端保護主義抬頭，更加憂心。

由國內談及臺海，那真正是令人悲傷了。

我順手從書包裏抽出一本小書，是周質平先生寫的《儒林新誌》。

「我剛才在車上讀周先生〈同胞相殘〉，寫得好！」

夏教授馬上喜形於色，伸手接過書去。

「哪裏出版？」不等回答就打開來看。

我就把三民書局的情形講給夏教授聽，他聽說三民書局當家人領著幾十位青年花十四年時間一筆一劃寫出一部大辭典，高興地直說：「了不起！了不起！」

「周質平，很好的，用功！」夏教授一邊讚美著，一邊回身去找書，搬過來一大本精裝書。

啊！這就是周質平編的《胡適英文文存》。

趕快幫著把那三大厚冊的精裝書搬過來。

漂亮！這是腦子裏的第一個反應。書頁中還有原來發表時在報刊上排印的剪報，不只是對當時的歷史背景多了一層認識，更增加了今日閱讀的美感。不由得對出版者生出許多的敬意。那是遠流出版社的傑作。發行人王榮文先生的大手筆。

師生兩人正看得高興，門鈴響，王鼎鈞先生、莊信正先生夫婦和下班回來的夏師母先後進了門。

我在一九八八年見過鼎鈞先生。那次是聯副蘇偉貞和夫婿張德模來美國訪問，其中一項重要日程就是和聯副作家見面。於是在一次聚會中我有幸見到了鼎鈞先生和夏教授。

「八年前，我見過您。」我對鼎鈞先生說。

「蘇偉貞來紐約的時候。」鼎鈞先生笑著接了下去。

何止是見過呢？鼎鈞先生喜歡我的一本小書，對《折射》這本書，他說：「……之可貴，在乎採取了『平視』的態度，『人』從你們中國來，『文』回到你們中國去，如斯最難得。」記得我回到美國，在華府的世界書局初初見到朱西寧、王鼎鈞、瘂弦這些名字並且見到他們的文字的時候，真是恨不能把他們所有的作品一口吞進去，那時候最激動人心的一個想法就是：「謝天謝地，中國還有這樣的文字！」

待我在五年後到了臺北，就有了機會，把他們的作品一本本收全，細細研讀，一輩子受用不盡。

莊信正先生我在臺北見過，在中央日報的餐會上，我坐在莊先生左手邊，他一晚上妙語連珠，我印象深刻。

「你，妙語連珠？」夏教授滿臉狐疑。

「都是跟您學的，只是學得還不十分到家而已。」信正十分的瀟灑。

夏教授聽得也忍不住地笑。

「我想，你貴人多忘事，不會記得我了。」信正又幽我一默。

「第一，我不是貴人，第二，我的記性還挺好。」我也笑答。

這一來，連不苟言笑的鼎鈞先生也樂了。大家遂坐下接著看書。

「非臺灣不可，現在美國印的書也沒有這麼漂亮！」信正不勝感慨。

這當兒，莊太太榮華正和夏師母說著，莊家也正在把書放上那種「頂天立地」的書架，看樣子，這屋裏的人個個「坐擁書城」且樂在其中。

鼎鈞先生注意到夏教授在書的扉頁上鈐蓋的藏書印，於是夏教授又找出印章請這位大行家給個評語。

由印章說到書的封面，我們又回到周質平先生這本新書。鼎鈞先生、信正和我都在三民書局出過書。

「封面是越作越出色了。」大家異口同聲。

我跟三位說，三民劉振強先生送到日本和歐洲學習的青年返國了，今後的封面設計會更上一層樓。夏教授非常高興，連呼「難得！」

由出書自會講到新書，我對鼎鈞先生說：「您的《怒目少年》一定會有許多的青年讀者。因為何寄澎先生親自寫了評介。」

信正熟悉臺灣文壇，連連點頭。

我解釋說：何寄澎先生不但是一位文學博士而且主持過幼獅文化公司的編務，更擔任過臺灣大學夜間部的負責工作，現在負責學務部，他的學問、人品令人尊敬，青年學生受他影響很深。他也不輕易寫評，一旦推薦又都是極富教益的好書，其影響自然不能小估。

再有，《怒目少年》出版的時候，文訊雜誌作的報導也極好，書的封面也被刊出，吳興文先生的案頭語尤其中肯……

話未說完，信正趕快接上來：「你回去以後，快寄份剪報給鼎公。」

鼎鈞先生說：「世界書局可以買到《文訊》。我去買。」

我心裏暗暗讚了一聲：真是讀書人！

夏教授對吳興文先生主持的《文學月報》很有興趣。我就向大家簡單報告聯經編輯吳興文先生每月報導文學新書的細節。

夏教授問我，「在《儒林新誌》前，看了哪一本書?」老師抽考，猝不及防，脫口而出：「廖輝英的《愛殺十九歲》。」

他又追問：「是廖輝英最新作品嗎？」

「不是，據今年三月《文訊》報導，她的最新作品該是《月影》。她的第四十二本書……」我回答。（註一）

「她早期的《油蔴菜籽》多好啊！」夏教授無限感慨。

「她的書一向很好看……」這是我的觀感。

由書，大家又說到出版社。信正談到「大地」出版社的困難。

「姚大姐非常堅持，一定要出好書。她撐得非常辛苦。最近『大地』出了吳冠中先生的《畫外音》，上下二冊，美不勝收。」我如實報告。信正又囑咐我要和姚宜瑛大姐多聯絡。

「Fax也行。」他再三叮嚀。

出門吃飯前，夏教授特別拿出他新收的周作人手稿給我們看：

「周作人從牢裏出來，沒飯吃，賣文為生，寫文章連自己的名字都不敢署。」他連連搖頭。

線裝本，直行，娟秀的小楷工工整整。我看著這本東西，難過得要命。

信正跟鼎鈞先生說：「周作人那個時候大概是太愛那些書了，因為離不開書，動不了，落到了那一步。」

鼎鈞先生撫著那本手跡，若有所思，「……好字……」

記得前幾天，華府一位從大陸來美國的青年還跟我說過他初讀周作人的心情：「真沒想到，知堂老人的文字那麼好！比他哥哥強多了！」

我們從鄭學稼先生《魯迅正傳》知道周作人死於一九六五年（註二）。最近，于浩成先生說周作人在文革初期以八十高齡被紅衛兵淩辱毆打致死（註三）。死時當是一九六六年。

無論如何，知堂先生那頂「漢奸文人」的鐵帽子是毛澤東一九四二年給他扣上去的，四九年後歷次政治運動早已傷筋動骨，文革只是最後一擊而已。他的境遇和平步青雲的周建人不可同日而語。

話又說回來，知堂先生的罪過真的大過張學良嗎?!望著語堂先生口中「大散文家」周作人的殘卷，真是只有「悲傷」兩字了。

三位行家看字的當兒，我「開小差」；腦子裏想東想西。這時候，猛聽得夏教授的感嘆，「現在，沒人這樣子寫字了。」

「董橋先生來信，還是十行箋，毛筆字寫得漂亮，雅緻之極。」我回答。

「董橋的文章好！」鼎鈞先生讚道。

「還有侯吉諒，江兆申先生的學生，字、畫、印、詩、散文都好！」我又補充。

夏教授大為高興：「要把這些殘卷裱妥，該去找他商量。快把他的名字寫下來。」

待我把聯副編輯侯吉諒的名字寫好，大家已預備出門吃飯了。

路上，我問鼎鈞先生：「您為什麼那麼辛苦，要自己出書呢？」

他一笑：「內人閒來無事，想自己作書，就作了。」

我卻在想，要是有人稱職地代勞，鼎鈞先生夫婦會不會輕鬆一些呢？

飯桌上，夏教授和師母把我夾在當中，面前的盤子裏滿滿當當，好像我餓了不知多少日子似的。菜好，我吃得不亦樂乎。

夏教授真高興，笑話一個連一個，非要引得鼎鈞先生笑出聲來不可，於是我又聽了個不亦樂乎。

終於，有了空隙，於是我們舉杯謝謝信正和榮華在張愛玲先生故去時作成功德一件。由張愛玲先生自然談到文字的魅力。我不由得又想起周作人白話文的乾淨與沒有火氣。只是，這個題目太過悲傷，我不忍再提起。

我講，看鼎鈞先生散文，學修辭。信正馬上要我舉例說明。

「鼎鈞先生在句首或段首從不用『然而』，我學了，文字平順得多。」

「糟！這個『然而』我用得太多！」信正連連頓足，一桌人都笑。

聽說信正最近又要有新書問世了，我就請他先透露一二。

他說：「一些小文章，談《尤利西斯》的。」

我的天！讀原文，讀金隄、蕭乾與文潔若的兩個版本，那是多大的工程！且不說『尤利西斯』本來就十二分的難啃。

金隄是學者型文人，譯文非常專業，一絲不苟。蕭乾夫婦的譯文較通俗，讀者比較容易欣賞。兩個譯本各有千秋。信正指出重點。

「不過，這種書，讀者恐怕不會太多。」他又補充。

「那倒不見得。」我接了下去，又把九歌蔡老闆和總編輯陳素芳小姐陪金隄先生夫婦南下高雄，在中山大學開座談會，介紹《尤利西斯》的過程作了一點說明。

「工作做得這樣細緻，讀原作讀評析的人會大大增加。」夏教授作結語。

真的，《尤利西斯》上卷初版一個月內售罄的成績絕非偶然。

鼎鈞先生問我：「你在高雄大力推動文化傳播，是怎樣作到的？」

事實上，我並沒有刻意去作，只是不肯放過任何一個推介好書的機會而已。每有心得，上廣播，作演講，寫文章一定要廣為推介，臺灣好的出版品很多，這個話題可以不厭其詳地源源不斷地講下去。其實，我對很多好書作者完全不熟悉，未曾見過面，像張繼高先生，就是在讀鼎鈞先生諸君的文章後才對張先生多了些瞭解的。

「青年讀好書，勤思考才是社會進步的根本保障，明天畢竟是青年的！」我忍不住地激動起來。

「這種事不是人人都肯作的，要有愛才行。」鼎鈞先生擲地有聲，我卻接不下去了。

腦子裏是鼎鈞先生在「分」裏的句子：「而今我們讀過多少有字無字之書，我們一年的見聞抵得上前人一世，我們多少感觸，多少激盪，多少大澈大悟，多少大惑不解，三山五嶽走遍，欲言又止。」

好在，席間有夏教授，他高興，故事連成串，大家就在歡聲笑語中結束了這豐盛的一餐。

謝過主人夏教授夫婦，大家各奔東西。

我和鼎鈞先生同搭地鐵至時報廣場，然後各自換車。

在七號車入站口，鼎鈞先生站下了，他默默看著我走向轉車站的入口。他是不放心吧？我走到轉角處，回身去看，他還站在那裏，筆挺，像一位戰士。

我踏進轉角，再次揮手。

想著的，是那精、氣、神十足的怒目少年。

註一　在美國《文訊》航空版相當快捷，故二月底，我已讀到三月號《文訊》。

註二　關於周作人，見民國六十九年七月十五日時報文化出版《魯迅正傳》第四版，第五五六頁。

註三　關於周作人，《開放雜誌》一九九六年三月號，于浩成文章〈大陸知識產權近況——北京出版界的幾宗官司〉。

這邊風景獨好

——展讀《書店風景》

哪位書痴說不出一籮筐與書店有關係的故事呢？書店無論是「媚俗」的巨型連鎖書店或是「反媚俗」的極具個性的獨立書店，都在不同的時刻、不同的心情中給愛書人提供一個最為美好，無可取代的風景。

怎能忘懷，夜深人靜，剛剛把寫完的稿件帶去營業二十四小時的影印中心作了副本，再在「自助郵局」的櫃檯裏完成最後一道手續，聽著即將飛往出版社的稿件嘩地一聲落進郵箱，五味雜陳的感覺興奮著神經，很想看一點兒什麼。

這種時候，車子疾行在暗夜中，遠方那一團溫暖的燈火就是無處擺放的心情最最嚮往的處所。

Barnes & Noble適時出現。在這家超級書店，尤其是夜深之後，我知道，在那裏面的多是同類。先坐進咖啡座，一邊啜飲熱咖啡，讓不眠不休、不吃不喝已不知多久了的身體休息一下。環顧四周，然後慢慢地、隨興地鎖定一個目標，之後，在架前翻書的最快樂時光就開始了。

那攏盪著的心情就在一個或遠或近的時空中一點點安定下來，終於重新凝聚起來，專心起來，開始深入一點地去進入一個知之不詳或全然不知的領域。

站在收銀臺前，服務人員一見書名，就抬起眉毛，眼睛一亮，或是情不自禁地發表一點心得。於是知道了同好就在一呎之隔的地方，那份湧流在胸間的溫暖更是無法言說。

書蟲鍾芳玲的新書《書店風景》（宏觀文化，一九九七）帶給我的就是在雅典家中最舒服的閱讀角落，重溫自己最愛的那番風景。

在「地標書店」裏，作者沒有忘記紐約的「高談書集」，鑽石商群集的鑽石街上一個「智者垂釣」的所在，強烈彰顯著另外一種價值觀。在「主題書店」名目下，同性戀書店、倡導和平和心靈慰藉的書店以及擁有各種年齡層書迷的玄祕書店都有涉獵和精彩描寫。在「古董和二手書商」項目內，書壇怪傑在威爾斯「以書立國」的英國書商、書鎮之王理查・布斯的傳奇定會引動專業與非專業的愛書人的好奇之心。布斯之言：「即使百分之九十九的人覺得某一本書無趣，終究還是會有人需要它；而當一個小鎮擁有形形色色的舊書時，即使這個小鎮地處深山老林，終究還是有人會不遠千里而來。」更是準確地反映出一個事實：無論科技進步到何種地步，世上終究有人通過紙與油墨的組合來傳遞人文、智慧與經驗；而無論市場的經濟法則多麼嚴酷，世上終究有人不計血本，瘋狂地獻身於書籍的傳遞，使得人心所向的美麗風景長存於世。

書店拜科技之賜自然會有新的變種。網路不僅提供資訊，更出現了有書無店的「虛擬書店」。熱愛網上風景的現代人也可在這本書中找到相關的詳細書寫而好好地上網馳騁一番。即使是對百貨公司、夜總會和美食比書籍更有興趣的人，在這本賞心悅目的書冊中也可感受典雅、豐美的氣氛和品味。

在合上這本書，把它送上家中書架的同時，我和Christopher Smart同聲讚美上帝，並祈求祂保佑世界上所有的賣書人。

助跑器和飯後酒

生活當中有太多不堪消受的東西，隨著歲月的流逝，這些東西和每日逐漸堆積的壓力夾纏在一起，終於有一天，你會徹底地認清「力不從心」已經成了現實，成了摸得著的一個結結實實的硬塊，哽在喉間，壓在心頭。你頭昏眼花，腰痠背痛。會罵人的，忍不住三字經出口，不會罵人的，只想放聲大哭一場。罵完了，哭夠了，你茫然四顧，仍然不知道如何卸掉那不堪的重負。

你有沒有這樣的期望，願自己是一隻永不洩氣的球，拍得越重，跳得越高？你有沒有盼望過，在一連串的失望或失敗之後，能透過濃密的黑暗，看見遠處的光？你有沒有在起不了床的時分，希望空氣中有隻無所不能的大手，抹去你臉上的倦態，拂開身體的痠痛，趕走腦子裏的空白，你像一顆剛出膛的炮彈一樣，衝勁十足地再次面對紛擾的人世間？

有，我們都有過那種時刻，我們都有把全身精力都調動起來仍然解決不了問題的那個頹唐的時刻。我自己，就是在那樣一個時刻把一本書拿上手的。那是一本薄薄的書，正文只有一百六十五頁。兩年的時間內，我讀「破」了這本書的第一刷中的一本。那一本，沾滿了墨跡、燭淚，茶和咖啡，當然也有醬油和作西菜少不了的Cooking Wine，甚至，有不少頁上帶著香奈兒十九號和Bvlgari的Tea for Two。書頁皺成一團，淡淡的各種氣味卻揮之不去，提醒著我許多不堪聞問的日子和不足與外人道的心情故事。

讀破了的書已經無法收攏了，我買了第二本，這一本已經是二刷了。這第二本和第一本一樣，幾乎沒有機會上架，我常常想到這本書，常常迫不及待地要再看到它，要看某一篇，某一段，或某一行文字。那一篇，那一段，那一行常常成了我的助跑器，有了它，我可以凝神檢視自己，可以放心地面對下一個目標，雙眼緊盯住槍口，只待那縷青煙飄起，整個人就隨著槍聲彈了出去，心無雜念地向前再向前。人生需要助跑器，現代人的生活煩雜不堪，我們需要一點單純，一點嚴肅，一點面對挑戰的活力。這一切都可以從那薄薄的一百六十五頁中得到。這本書的作者是現在住在紐約的劉大任先生，這本書是他的運動文學集，題目叫作《強悍而美麗》（麥田出版）。

在對籃球、網球、乒乓球和釣魚、狩獵、足球等等運動項目引人入勝的描寫背後，是劉大任先生作為運動家的那顆永遠年輕的心，以及作為文學家透過運動現象作出的哲學思考。

運動本身是美麗的，人的身體在運動中呈現的美總有一種精神力量，這種精神力量直到現在仍可以從希臘文化和藝術裏感覺她的強勁，她的無所不在。

運動除了它本身在當時當地引起的強烈震撼之外，它更是文化，是某一種文化中異常堅實的一部分。

劉先生對紐約尼克籃球隊戰法的書寫，九年苦戰迎來曙光的哲學意味；紐約人苦等五十四年，自己的冰上曲棍球隊終於熬到解咒的一天且贏得「史坦利杯」，對紐約市，對世人的啟迪；等等一切可以是紐約的，也可以是你和我，我們這些目前不住在紐約，但我們和紐約人一樣迫切地期待成功與勝利的普通人的。這種期待，永不消失的希望，這種只要不間斷地努力，只要「挺下去」，總有熬到曙光出現的那種信念，該是屬於全人類的。也就是說，在你我內心深處，我們都有運動員的基因，也都有面對挑戰，不逃避，不後退的潛力。重要的是，讓那潛力得以發揮，使我們這些不可能在運動場上叱吒風雲的人得以在人生的戰場上勇往直前。

關於天才運動員喬丹離開籃壇學打棒球，魔術強生成了世紀絕症帶原者以及辛普森涉嫌殺人的大案，再加上「老」運動家馬提娜・娜拉提諾娃如同正義之神般的作為，這一類的書寫是文化的，哲學的，也是政治的。最根本的，仍然是文學的，充滿了對人的精神品質的謳歌，也充滿了悲憫的情懷，字字句句震撼人心。

猶如靜立在起跑線上的助跑器，給你力量，也給你方向。

對於我這樣一個讀者來講，只有好的內容，是不夠的，要我讀「破」一本書，那本書必須在語言上是上佳之文。

正如香港評論家董橋先生所言，如今令人發悶的文章是太多了，而中文好的人又實在是太少了。

我每天有一個「飯後酒」時間，那個時間裏，我窩進最舒適的閱讀角落，把音樂調在不干擾閱讀的範圍之內。那個時段裏，我只讀文學類，只讀最喜歡的作品，只讀無論中英文都是上上之選的文字。那文字要像Drambuie那般甘醇，你可以細細品味而感覺不到任何阻澀。那文字也要像那已有二百五十多年歷史的佳釀一樣帶給我們一種氛圍，你可以心滿意足地從電視、錄像、圖片、電腦都無法取代的文字閱讀中獲得真正的享受。

知堂老人寫書話，常常讓原作現身說法，因為作者已經寫明白了，不必旁人多話，我「照方抓藥」也來試舉幾例：

怎樣欣賞尼克?劉先生說：

瑞里導演的尼克演出有個口訣：防守、防守、防守。守球當然沒什麼好看，愛熱鬧的，無論球在球場的那一頭，眼睛總是盯著進攻的一方看。要享受尼克，你得改變一下態度，不妨花三分鐘時間，什麼也不看，眼睛就跟著歐克利的腿腳移動。我不能保證你一定欣賞這種看似雜亂無章的步法，但如果你設身處地想一想被他咬住的對方，你至少明白要花上多少卡洛里才擺脫得了這種糾纏。這種步法究竟值不值得欣賞？這是美感標準的問題，有人喜歡草上風、波間月、飛燕穿楊，也有人喜歡中流石、千斤錘、黑雲壓城。

那是戰略與戰術。我們把鏡頭拉近，來看喬丹投球：

喬丹一球在手，切入陣中，左閃右閃又左閃，小腿一蹬，大步向前，人已飛在空中，對方陣腳大亂，紛紛躍起阻攔，然而，那滾圓的球，彷彿活的一樣，忽左忽右忽左，這外行觀眾的眼睛尚未眨完，那球已脫手而去，輕輕柔柔，帶點兒側旋，在透明的籃板上微微一擦，便入了網中。在滿場歡聲雷動中，內行的緊張等待慢動作重播，想抓住喬丹的超速第一步如何過人的高難度技巧；那外行的，眼睛裡已噙滿歡喜的眼淚，什麼也看不見了。

劉先生說「盯住喬丹看，人生必要的一點忘形忘情，遲早可以兌現」。我告訴你，一字一句讀這本書，人生必要的一點忘形忘情，一定會兌現。

換個場地，我們將鏡頭再拉近，看江嘉良臨陣：

在所有乒乓球運動員中，江嘉良的臨陣姿勢，最能傳達間不容髮的臨界點狀態。拉開長鏡頭，對好焦距。裁判員宣佈比賽開始，記分員翻出了零比零。江嘉良碎步向前移向左半臺後方不到一臂的距離，兩腳掌在地上磨擦著，彷彿短跑運動員尋找起跑點，然後身體半蹲，兩腿分立，小腿上狀如紡錘的肌腱，根根暴起，腰部微彎，上身微向前傾，兩臂屈成九十度，小臂向前平伸，持拍手青筋微露，五指形成猙獰曲線，拍底三指並疊，彷彿要摳進板內，拍面大拇指與食指相扣，形成大虎口。江嘉良臨陣，氣壓立刻上升。站在對面的，無論是誰，立刻感覺一線懸命。因為迎你而來的，是叢莽裡貼地潛伏伺機猛撲的食肉獸，直瞪著你的，是俯衝鷹鷲的兩隻眼睛。

江嘉良終於打到最後。

……華格納最後一球拉出界外，江嘉良左手握拳在空中猛揮，接著，你幾乎可以聽見他全身的細胞一顆顆炸開，是的，你也許聽不見他的細胞，但你絕對不會聽不見他的極其舒暢的哭聲，像一個受盡委屈的小兒女，忽然面對了真相大白的世界……

怎麼樣，血壓有沒有昇高，心跳有沒有加速？能不能再來一杯？這是網球的世界。

這個山普拉斯，今年八月二日才滿二十二歲，他不發脾氣，不擺大牌，不甩拍子，不罵裁判，他只是不聲不響地取好位置，眼睛盯住對方的防守，輕輕把球拋起，踮腳、屈膝、彎腰、轉肩，大臂帶動前臂，前臂帶動手腕，手腕轉動球拍，球拍唰一下掃下來，那輕輕拋起的球，便彷彿著火冒煙，每小時一百二十哩，飛向發球區的兩大角。九十年代，高速發球已經不是祕密武器，今年溫布頓大賽，一個新近竄進前十五名的小伙子克萊切克，一次發球，時速紀錄是一百三十七哩！然而，你看不到山普拉斯發球那種從容平淡，看不到山普拉斯網前攔截那種舉重若輕，看不到山普拉斯反手底線穿越球那種優美絕倫的飛行路線和角度。

二百五十個字的書寫，刻劃出山普拉斯簡單而嚴肅的風格。

我合上書。窗外明月高懸，潘達利的山風拂過窗前的扶桑，樹影婆娑。不遠處，愛琴海波平如鏡。劉先生就是在這裏，在愛琴海上決定退休以前利用公餘時間完成十本書的。我手裏這一本就是那第十本。

地燈柔和地照亮桌上的一瓶百合，斯美唐納的樂曲在不知什麼地方鳴響，深夜了，我不肯去睡，任由文字的潮汐在胸間鼓盪：

看山普拉斯打球，你似乎可以看到這麼一種信息。在這個世界上，你就愛一種東西，你就在你愛的這個東西裏把自己練到完美，練到無懈可擊。你因此尋得滿足，此外的一切其實無足輕重。就這樣你變得堅強，足以抵抗不時傾巢而來的寂寞；你變得勇敢，你學會拒絕周遭的喧嘩與熱鬧；你學會簡單而嚴肅，像山普拉斯的發球、攔網、上旋、下旋，你形成一種風格，唯你獨有。

可以是網球，可以是書寫，也可以是其他。

一個個字飛起來，手牽手，連成一條線，縮短了愛琴海和紐約之間的距離。

很親切的。

傳統與現代

——也讀《小腳與西服》

因為是徐志摩的百年冥誕，於是就讀徐志摩，也讀到他生命中的幾個女人。除了耳熟能詳的陸小曼和林徽音（註一）之外，我們終於從中英文幾乎同時出版的《幼儀與志摩*Bound Feet and Western Dress*》，中文本譯作《小腳與西服》中發現了張幼儀，一位可敬可愛的女性（註二）。

為了公正，又回過頭去再讀《林徽音傳》（林杉著，臺北世界書局出版）。也為了公正，又回過頭去看陸小曼出版過的日記之類。

很有趣的，魅力十足而且據郁達夫認為是極有勇氣的陸小曼，無論如何也擺脫不了一個鴉片沉溺者的形象。尤其要命的，她當時身為徐志摩的妻子而不肯去認領慘遭橫死的丈夫的遺體，無論是傳統或是現代的價值觀都說不通了。

至於徐志摩的「靈魂伴侶」林徽音，也是滿有趣的，這位早熟的少女，十七歲而已，已經要求徐志摩和張幼儀離婚，或者說得漂亮一點是在她和張幼儀之間作出選擇。徐志摩竟真的離婚了，離開了他從未愛過的張幼儀。然而弔詭的是，四年之後，徐志摩娶了陸小曼；五年之後，林徽音嫁了梁思成。「靈魂伴侶」竟成真。連徐志摩的死也與林徽音有關，他為聽林一場演講而由南飛往北，飛機失事而死亡。耐人尋味的是，前一天，徐志摩還去過幼儀的服裝店，幼儀還勸阻過他，他還是飛了，且一去不回。連那位陸小曼也曾「示警」，且有「你死了大不了我做風流寡婦」的話在先，當然也有了真的做了風流寡婦的事實在後。

更妙的是作為髮妻的張幼儀對林女的批評比對陸女的批評嚴酷得多。這，我們就不得不仔細看看張幼儀的人生態度。

幼儀出身世家，雖然因為時代劇變而沒有纏腳，但她所接受的教育卻是百分之百的中國傳統意識。如是，她十五歲嫁給徐志摩，有夫妻之實而無夫妻之情愛。她的第一次的婚姻生活完全是在丈夫的冷漠中度過的。傳統觀念佔上風的女子到國外去追隨丈夫，卻不得不在他鄉異地過起形單影隻的日子來。為徐家生過兩個兒子，孝順父母侍奉過公婆的張幼儀，卻在德國自學成為一位具有現代意識的獨立女性。

現代女性的獨立自主精神使得張幼儀抵抗住了離婚的沉重打擊。她回國後繼續照顧公婆——因為他們是自己兒子的長輩；繼續照顧徐志摩——因為他是自己兒子的父親；徐志摩死後繼續照顧陸小曼——因為那曾是公公的責任而現在是自己兒子的責任。她在擔起傳統賦予的重責大任的同時並沒有失去自我，而且成長為一位有原則、明是非的現代女性。

這個成長的過程是非常艱辛的，其困難是因為作為浪漫派詩人的徐志摩從來沒有想到過，妻子和兒子是要吃飯和付房租的；兒子生病，看醫生、買藥品是要花錢的。當然，我們不能說徐志摩完全不食人間煙火，當他的太太陸小曼和她的男朋友翁先生躺在煙榻上吞雲吐霧的時候，徐志摩是很知道煙土並不便宜的，東奔西跑想法子「維持家計」，死前還告訴幼儀他在幫朋友買賣房子抽佣金呢！徐志摩作掮客，你能想像嗎？

幼儀離婚後，仍向志摩伸出援手，且為了讓志摩安心，清楚表明，錢是公公的。這我們也不能不嘆服，傳統與現代的價值觀在幼儀的作為中融合得如此完美而有力。

這也就不能不讓我們回頭再看大才女林徽音的情形。

沒有人會懷疑作為詩人、建築學家的林徽音，是一位思想前進的知識女性，但是，在徐志摩為她離婚，她的愛情已經真實無誤地傷害到無辜的幼儀、徐志摩和張幼儀的兩個孩子、徐家和張家以及梁啟超和徐志摩的師生感情的時候，她卻在一桿秤上把梁家和徐家秤一秤，梁思成和徐志摩都是才華橫溢的青年，而梁家尤其是梁啟超的份量比起富裕的徐家來，重多了。雖然徐志摩離了婚，林卻嫁了梁思成，這其中，絕非傳統文化；思成母親的微詞、社會的批評可作證明。這裡面，也說不上現代意識，愛情敵不過社會地位，於第一才女的林徽音而言豈不是諷刺。

其實，林徽音生平事蹟中，可疑問處並不少。林父長民先生曾參與反奉的戰事，且死在戰場上，林徽音和梁思成由國外回來就投到張學良旗下的東北大學，豈非怪事?!一九四九年，大陸易幟，林徽音與梁思成的家庭與國府有著千絲萬縷的聯繫，但他們卻順順利利地成了新政權的寵兒。人們也許可以說他們只是萬千受了蒙騙的知識分子中的兩位而已，然而，林徽音抱病成功地為新政權設計的國徽沿用至今，則決非一般受蒙騙者可以辦得到的。當然，林徽音是運氣的，一九五五年就因病去逝了，她只被「反復古主義」的和風細雨輕輕掃過一下，沒有像梁思成慘死於文化大革命中。

反觀張幼儀，徐志摩識為「鄉下土包子」的結髮妻子，自立完成學業，從事金融及服裝行業之後，在內戰的烽火中隨時注意時局，終於在大陸變色前順利出境，且在離婚三十二年之後，在父母、公婆相繼辭世，徵得兄長和兒子的同意後再次結婚，得享婚姻幸福，且在八十八歲高齡，在親友的敬愛中安詳地離開人間。

縱觀幼儀一生，雖然她曾在外求學並多年住在海外，但她沒有須臾忘卻中國的傳統道德，所作所為，無一不替他人設想，實實在在作成了一個中國人。雖然她成就了三從四德的典範，她又窮一生追求新知、獨立自主，明辨是非是位十足的現代知識女性。

就是對徐志摩而言，在他百年誕辰的日子裡，我們把許多的書寫、閒談、謠傳，許多的片段、剪影稍加整理，不難作出結論；徐志摩的生命中，最愛他，最珍惜他的正是這位富於傳統和現代價值觀的結髮妻子，沉靜而穩健的張幼儀。

由此，我們不該得到一點啟迪嗎？

註一　近讀董橋先生《英華沉浮錄》第五卷第八十七頁，談及林徽音實在是「林徽因」的誤寫。但是拙文中所提的兩本書都沿用了「音」。為讀者方便就不在文中將林女士的名字改來改去了；但是，錯的不能就說是對的，所以，寫個小註。有心的讀者，翻閱一下董橋先生大文自然明瞭其中曲折。

註二　《小腳與西服》英文本一九九六年九月由美國雙日公司出版，中文本同年十一月由臺北智庫文化出版。

歡笑悲哭皆瀟灑

——讀劉安諾小說《愛情的獵人》

「九歌」出版了劉安諾的小說，題目叫作《愛情的獵人》。剛一看到新書的出版訊息，我就在暗中盤算，不知將是怎樣的懸疑，那「獵人」究竟是誰，而安諾，這位一向以幽默文筆見長的作家又將怎樣把掉進黑暗的讀者引領向光明？

沒有序言，只有歌劇《霍夫曼的故事》裏面的幾行字作了開場白。

當　心已成灰
餘燼
將點燃你的靈魂
你將面向苦難
微笑

忍不住地想，安諾這次是以怎樣嚴肅的心情去揭示那樣一個高貴的靈魂所遭逢的磨難。

很別緻的，這次，作者以第一人稱敘事，而每一章的第一人稱背後的那個人物卻是不同的。分別由身為留美醫學博士的汪家女婿，譚應其；汪家長女，譚的妻子汪思嫻；汪思嫻的妹妹思倩；以及汪家「當家人」，兩姐妹的父親汪世豪擔任敘事者。最後，則用一則全知敘事觀點的「驚夢」為全書收梢。

很興奮地，我開始了第一章的閱讀，情不自禁地，竟替安諾捏了一把冷汗。

這位譚醫師除了高學歷之外，幾乎一無是處，他愛上了太太的妹妹，且把這份戀情當作他一生最令他興奮而刺激的經驗。但這戀情卻只到眉目傳情，攜手同行或同車而已。他那熱戀的對象在廿年的時間裏似乎只是吊他胃口而已，而他卻心心念念想證實那曾是真愛！

如此一個懦弱，不明是非，不知珍惜自己已有的幸福的寡倖之人值得安諾大費周章，花了九個月時間去寫一部小說嗎？

但是，似乎作者在字裏行間微笑著，考驗著讀者的細心和耐心。作者埋下的最大伏筆是這位美麗的妹妹很像這對姐妹的父親。這個「像」字竟像迷宮裏一扇微微開啟的門一樣，引發著讀者的好奇心，決定先把譚醫生丟在一邊且聽聽汪思嫻的獨白。

於是，我們看到了什麼是「心如死灰」。一顆善良的，在父親的威權下從不知自己的能力在何處的自怨自責的心，在自由的國土上才剛剛舒緩過來。在丈夫、孩子，成功的求學和對藝術的追求中終於發現自我的靈魂在遭到重擊之下更顯出其高貴。

在這不到四十頁的一章裏，我們可以看到安諾對她筆下人物所傾注的熱情。抗戰期間，逃難而全家只有四張船票的時候，獨獨被留在鄉間的是這個善良的女孩。對於不怒而威的父親的兇殘，她歷歷在目，但她善良的本性卻沒有教會她仇恨，她只是提防他而已，雖然父親對於她是「說話行事棉裏夾針」，使那女孩「像裹著厚舖蓋挨打，骨頭已經被打爛了，混身卻找不到傷痕。」（見該書第七十三頁）

如此不堪，她卻依然期望父親仍有父女之情，甚至，對於和父親一向親密，一向聲氣相通的妹妹，竟也毫無防範之心。

對於如此心頭滴血的悲哭，作者的筆像一面三稜鏡，細細透視出這個悲劇人物的各個側面。筆調平和而文雅，正好映襯出筆下人物外柔內剛的個性。

讀者隨著那悲哭義無反顧地感受到那父親刻意造成子女對立的可怕，對那「沒想到安分守己仍不夠」的才女傾注了同情。

小說看到此處，讀者的心已被小說作者緊緊抓住，再也掙脫不得了。

我們看到了另外一個靈魂，一個從小被父親寵愛，親友讚美而實際上心胸狹隘，無甚能力只是有著一些小伎倆，小陰謀，且以傷害姐姐為己任的卑劣的靈魂。

她玩弄姐夫的感情只是要徹底擊垮姐姐，只是要「替父行道」，只是要維護父親在一家人中至高無上的地位。她孤獨、無助的生活，終於使讀者瞭解到她不過是扼殺愛情的工具，像是獵人佈下的陷阱，她的被利用使我們明白，那獵人實在是另有其人的。

終於我們進入了汪老先生的內心世界。

熟悉安諾作品的讀者在這一章裏一定會為安諾的詼諧拍案擊節，也一定會忍不住地哈哈大笑。

安諾寫這一章時的痛快淋漓是很令人快慰的。

汪老先生是如假包換的暴君，八歲就在自己家中稱王稱霸，從此以後，他一直是一家之主，家中人，無論大小都對他「敬之如天」。

他為家人，小孩（在他眼中，小孩和小狗並無不同）劃定大小不一的圈圈。我們深信，任何天才在這些小圈圈中早已被扼殺淨盡了。

更加奇妙的，他認為女兒們是不可以結婚的，他不能忍受女兒被教養成人竟可以去「服侍別人」！

雖然他自己嫌母親囉嗦，並不願盡任何孝心陪伴老人，但是他自己卻期望著，要求著子女在他劃定的圈圈內生活一輩子，並為他養老送終。否則，否則就是「大逆不道」！就是「混帳」！

諸如此類的話語，在這本書中只出現在這一章，只可能出現在心狠手辣，心機深沉的汪老先生的談吐中。

別的人，作夢也不敢想可以用此類詞語來渲洩心中塊壘。

然而，美國畢竟是個「大染缸」，四個孩子到了美國，有的一下子跳出了小圈圈，有的，也在那圈圈的邊沿游走，陷入徬徨之中。真正是物極必反。

安諾在這裏微笑著讓這位老暴君吐盡心中的委屈。不僅如此，連上一代欠下的感情債竟在下一代身上應驗的悲劇也在那一怨一嘆之中交代得清清楚楚了。

於是，我們重又看到了那個靈魂，那個被餘燼點燃的靈魂，思嫻不僅酷似外柔內剛的母親，而且性格中隱隱有著大姑母的剛烈。她不僅可愛而且可敬了。

在這一章中，有兩位著墨極少的人物，被安諾的筆輕輕一勾，呈現得非常具體而傳神。老二汪思義本來是擔任著二分之一的傳宗接代的神聖使命的，到了美國不久，就一下子跳出小圈圈十萬八千里，到修院作了神父。

雖然汪老先生暴跳如雷嚴令全家不準和思義通信息，一刀割斷了親情關係。每年仍收到思義的信，祝壽與拜節。汪老先生每次都原封不動退回，但是仍然有信來，二十多年如一日。何等寬厚的心，何等仁愛的襟懷！讀者忍不住要嘆息了。另一個人物是老大思禮，這位青年和老人之間的「軟性」磨擦，安諾有精彩描寫。試舉一例：

有一次，汪老先生向思禮抱怨他母親，老先生說：

「你媽的個性特別強，我如果認為太陽是圓的，她就偏要認為是方的，當然她嘴裏不說，我知道她心裏在嘀咕：『太陽是方的。』」

思禮居然笑著說：「爸，我們所有人——連媽在內——在您面前，既沒有說話的自由，也沒有不說話的自由，您的思想管制跟共產黨一樣厲害呀。」

再舉一例，汪老先生眼看最不招人疼的老三思嫻也造反，成了潑出去的水，就千方百計想讓大兒子就範，娶一位自己中意的女孩子。

思禮卻堅持找對象是他自己的事，不勞老人費心。

結果，當然找了一位有頭腦的「陌生人」，完全不賣老頭子的帳。

更妙的是，思禮夫婦有了兩個女兒以後不願再生，那怕老先生以「不孝有三，無後為大」來壓他們，他們也是置之不理。

一日，電話中，老先生：「我們汪家，到了我這一支，就絕了種，我死無面目見祖宗。」兒子笑答：「爸，您不用耽心，您可以告訴他們，您已盡了責任，生了兩個兒子，兒子不生孫子，不是您的錯，讓他們來找我和二弟算帳吧！」

老先生氣得口不擇言，讀者卻必會生出「大快人心！」的感慨。

如此這般，安諾就用如許少的筆墨給我們留下了那可愛的兩位年輕人的影像，文字上的功力，處理繁與簡的收放自如，實在是作家磨礪文字的大成功。

第五章，短短六頁，夢中，總清算的日子到了。

思嫻一腳已邁入天堂之門，竟硬生生地站住了，直指父親的惡毒。

一生氣指頤使，作威作福的汪老先生竟被安諾的筆「點了穴道似地，動彈不得，發不出聲。」

底牌揭曉之時，老先生想溜，安諾再次消遣他，讓他「像被鬼掐了脖子，張不了口，未能成聲。」只得乖乖受教。

然而，安諾畢竟厚道，這不過是一場惡夢而已，笑說「汪老先生有清晨睡覺出盜汗的宿疾，這天也不例外，全身上下，由裡到外，像浸了水似的，都汗濕了。」不拖泥帶水，乾淨俐落為小說收了梢，讀者諸君回味無窮，正可和那思嫻一起面對苦難而微笑了。

就文章的體例和剪裁而言，國學底子深厚、西學又頗有心得的安諾是很有主張的。她在文集《浮世情懷》的代序〈摘帽小記〉中就坦誠相告：

一向亂中『無』序，行事慣隨興之所至，在寫作上竟也不能例外。靈感有時排山倒海而來，更多的時候僅一絲絲、一縷縷，悠然而至。靈感，說穿了，不過是作者腦海中偶爾浮起的意念。有的意念日益強大，不可抗拒；有的如曇花一現，須及時捕捉。內容亦不整齊劃一。有的較適合寫小說，有的較適合寫散文；有的宜嚴肅，有的宜幽默，有的適宜亦莊亦諧；有的須較長篇幅，有的三言二語便了事，有的介乎其中。

安諾言行一致，在寫作上，她對題材的運用正如上文。前不久，張大春先生在《聯合文學》上發表意見，希望作者們能「穿自己的衣服」，並且對堅持自己寫作理念的作者表示敬意。

我想，安諾的文章永不迎合任何人，任何潮流，一字一句千錘百煉，無論小說，無論散文，都有她的特色，她是嚴肅的、值得尊敬的作家。

熟悉劉安諾文字的讀者朋友常常被她的妙語連珠絕倒，忍不住地想，這位作者不定多麼快樂呢！

她的《笑語人生》不知博取多少笑聲，帶給人們多少歡樂。但是，細心的讀者不難發現其中苦澀的成份。

〈哀樂中年學太極〉一文當中，安諾說得明白：

> ……年輕時不及早健身，到了哀樂中年，樂事苦少，哀事苦多。最可悲的莫過於原來不健康的「健康」急劇走下坡，愈走愈急，煞不住「車」。一場大手術後更知時不我予。一貫因循，不見棺材不落淚的我，開始臨死抱佛腳。……

我牢牢記得了她的「樂事苦少」，每次通電話，不達她大笑三聲，決不收線。雖然寫作的工作讓她樂在其中，但是健康不允許她過勞，想寫而不能長時間伏案或敲鍵，其中的苦，自是說不得。

安諾對說不得的苦也能自嘲一番，她在《人間多幽默》一書中開宗明義，直截了當跟大家說個明白：

> 人生的苦難是無窮盡的，何不從苦澀中挖掘幽默，盡可能保持從容不迫的態度呢？

她更深信多一分幽默，便多一分情趣，多一分祥和。我深信，那是智慧。

情趣和知識是緊密相連的，讀安諾文章的讀者都能感覺到，安諾文字中知識性，趣味性的內容極多，她讀書求甚解，為她的文章打下根基。對生活的熱愛，對人的關心、珍惜使她在苦澀中發掘寬容，使她以幽默化解磨難帶來的苦痛。

海外遊子身居異域的心境人們不難想像，但是能體會到何種程度自然因人而異。安諾在〈一杯半咖啡〉中，撰文記述她在「海外的除夕」。

海外除夕絕無新年氣氛，沒有人潮（西方人聖誕也無人「潮」）無炮竹，更無年夜飯和紅包。

安諾說：「除夕深夜我從圖書館拖著沉重的腳步回宿舍，就寢前忽然心血來潮，在錢包中找了兩張較新的票子塞在枕下。」

不知那除夕夜她睡得可好，但我相信，那時的她已經有了苦中作樂的耐力。多年後，她竟可以面對苦難而微笑，而大笑，且笑得瀟灑。

小說《愛情的獵人》的成功絕非偶然，這一成功也使安諾作品的特色更形豐富與深邃。

真假難辨

一九九五年八月十九日，在華盛頓市中心有一場紀念反法西斯戰爭在中國勝利五十周年的盛大文藝演出，演出者包括華府交響樂團的音樂家和來自中國大陸的文藝工作者。

節目單上有很多二次大戰期間的老歌，我自己，則期待可以聽到〈大刀向鬼子們的頭上砍去〉。

大幕開啟，主持人聲明，節目有所變動。節目單達到了吸引觀眾的目的，可以棄之不用了。

我感覺了時光倒流。聽到了久違的老調，感受到了陽謀當道，陰謀無所不在的氛圍，記起了面對「突然襲擊」，耿介之士常常因為應變不夠迅捷，不能馬上見風轉舵而陷入滅頂之災的無數故事。

當然，我沒有聽到〈大刀向鬼子們的頭上砍去〉的悲壯歌聲，我看到了劉長瑜。

文革期間，唱了八年的「革命樣板戲」當中資格最老的當數「現代京劇」《紅燈記》。劉長瑜就是「李鐵梅」的扮演者，當然也是《鋼琴伴唱紅燈記》的主演者，也是「文化旗手」江青麾下的當家花旦。

多年不見，劉長瑜發福了，擰著辮梢，高高興興地歡唱〈我家的表叔〉……

她早已不記得當年她的腳下曾是一片血海，中國大陸的文學家藝術家被折磨致死的不知凡幾。

還有詩朗誦，字正腔圓的電影演員在華府的舞臺上虛張聲勢，「為了世界和平，中國願將鮮血灑遍地球……」

妙的是，並沒有把鮮血灑遍什麼地方，倒是在海上投了不少飛彈，文攻武嚇著奔向民主、自由、均富的骨肉同胞。

聚光燈下，謊言堂而皇之地喧囂著。

還沒完，還有以〈黃河大合唱〉改編的器樂曲，最後的部分是〈東方紅〉。

那個永恆的「太陽」遮住了太多的黑暗，血腥和罪惡。

半個晚上，清楚地再現了一切的抹殺，一切的虛假與無恥。

我知道，那個晚上的醜劇不屬於浴血奮戰過的中國人民，我們一家三口不等〈東方紅〉

結束就站起來，離開了。

事後，我和朋友們交換意見，不少人表示：三十年！謊話說了三十年，或者謊話與真話交織著說上三十年，過來人早已真假難辨，更不用說在這三十年間出生的年輕人，如何能從一團亂麻中理出頭緒。

冷靜下來，仔細想想，文革期間，我在大陸，足跡遍佈大江南北，西北邊陲。文革全貌，我知道多少？相當的有限。

直到最近，我還一驚一乍地接觸到一些真實。

一九六六年五月廿九日，是北京清華附中紅衛兵成立的日子，七月廿八日清華附中紅衛兵上書毛澤東，八月一日，毛回信表示支持，一時間，北京中學、大學紛紛成立紅衛兵組織。八月十八日，毛在天安門廣場檢閱紅衛兵，於是，紅衛兵運動席捲中國大陸。

這一段起因是近年來海內外學者都有共識的。但「紅衛兵」三個字的出處卻沒人說得清。

直到加拿大學者梁麗芳女士採訪了一批大陸作家，我讀到她和張承志的訪談，才知道了答案，原來，「紅衛兵」三個字是張承志十七、八歲時的傑作。

我和張承志談過許許多多，我們談內蒙、談新疆，我們談北方的河以及黑陶文化，我們談紐約也談哲舍忍耶回教教派，我們所談的可以寫好幾本小說，但是，我想到張承志，就會想到「輝煌的波馬」，想到「心靈史」，而絕不會想到「紅衛兵」。但是，「紅衛兵」確實出自他的手筆。五月二十九日以前，他在三張批判「三家村」（註一）的小字報上都用紅筆畫了一位騎在馬上的戰士，署名「紅衛兵」。幾天之後，清華附中學生造反組織建立，記名「紅衛兵」。長達兩年，至今說不清道不明的「紅衛兵」運動於焉開始。

竟是張承志！這位才華橫溢，思想敏銳的優秀小說家，這位學者型的寫作人，這位真正的人道主義者，竟有過如此這般的「處女作」！

正應了另一位大陸作家鄭義所說的，「紅衛兵」運動是一個非常複雜的運動。

一部分青少年「血統高貴」，於是子承父業，捍衛紅色江山，他們是當然的「紅衛兵」，在北京的恐怖八月裡，究竟造成多少血債，無數字可查。

還有一部分青少年「出身」有問題，從小受歧視，為保衛自己的人格少受凌辱而加入「造反派」。很快，前一批保衛特權的紅衛兵的父執輩成了「叛徒、特務、死不悔改的走資派」，運動形勢逆轉，紅衛兵走向外地，走向全大陸，大串連、大規模武鬥開始，整個形勢更加險惡。

大混亂一年多之後，工宣隊、軍宣隊進駐學校，整個大陸進入軍管，紅衛兵失去利用價值，紅衛兵運動進入尾聲，大規模的「上山下鄉」運動開始了。

青春時期的狂熱，浪漫，視死如歸的激情在農村嚴酷的磨練中迅速消失。多年後的「大回城」宣告了這一運動的徹底失敗。除了少數精英被今天的人們稱為「覺醒的一代」以外，絕大多數當年「上山下鄉」的青年們被農村吞噬了。

鄭義是一九六八年到山西太行山區插隊的，他差一點以為自己是第一批集體插隊的成員。我告訴他，我才是第一批由北京而山西的插隊知青。一九六八年，已經有三批人走在前邊兒了。只是我在晉南。同在山西，竟是不知他人的情形，更不要說不在一個省，天南地北的其他人。我比他整整早走了四年，更何況一九六八年，我已經遠在新疆了。

鄭義說，你怎麼能去新疆，那地方太慘了。在山西，老鄉們多好！

不錯，老鄉們是挺好，可是同時下鄉的北京青年們當中，心狠手辣的可不算少。我只淡淡回答鄭義：「要是在山西，被當成學生中的靶子來打，早已屍骨無存了。」

所以，我一直覺得文革爆發的時候，毛澤東是準備大幹一場，把他的對手和潛在的危機一舉消滅的。黎民百姓從一而再，再而三的政治運動中早已得著了許多的經驗和教訓，有多少人在大混亂中混水摸魚，撈取政治資本？應該是為數很不少的，如是，大混亂才得以年復一年地繼續下去，殺人、傷人無算，偌大國土，氣息奄奄。

常想，要是大家都來回首往事，誠實記錄所見、所聞、所想、所為。這個十分複雜的過程也有水落石出的一天。

然而，時間到了一九七六年，「三種人」（註二）逐漸地被一批批界定出來，總數不過萬把人而已。何以，這萬把人就把這一潭泥漿攪了十個年頭，造下無數冤案、假案、錯案、奇案?!

那些落井下石的人呢?那些踏著屍體穩健地步步高升的人呢?那些將家人、親友的隻字片語「揭發」出來而保一己平安的人呢?那些乘「抄家」、「掃地出門」之類的革命行動之便住進人家的房子，把人家的東西佔為己有的人呢?那些借「打倒」之聲把人家的妻子，人家的未婚妻霸佔到手的人呢?那些高喊著革命口號離間別人父子夫妻，兄弟姐妹感情，逼迫、陷害無所不用其極，害得別人家破人亡的人呢?

都不見了!大陸各地充塞著以億為計的文革受害者，大家聲淚俱下，痛陳「四人幫」的罪惡，自己的行為在這痛陳之中早就蹤影不見了。

如是，這複雜的過程越發的撲朔迷離。當然也有人說，文革期間也有不少「陽光燦爛的日子」，那也是文革的真實面。

於是，毒菌繼續蔓延著。年輕人乾脆和「老一代」的恩怨一刀兩斷，忙著向錢看，忙著過舒服日子，文革成了一團爛麻，離得越遠越好。

對於把「四個堅持」（註三）當作命根子的領導階級而言，將四十年來的政治運動，特別是文革的真實掩蓋下去是絕對必要的。覺醒和反思才是毒蛇猛獸，於是有「反對資產階級自由化」，有對八九民運的鎮壓，有對魏京生的再一次重判。

前不久，讀北明的報導文學《告別陽光》。書中翔實地記錄了她因參與八九民主運動而被囚禁九個月的過程。

其中，最吸引我的是她，這位文革爆發時只有十歲的小姑娘和我們這種「經過文革」的人之間的差異。北明在險惡的環境中觀察著周圍的人，研判著危險來自何方，她很快作出判斷，某人「經過文革」，因為其人語焉不詳，常顧左右而言他，狀似驚弓之鳥。當然更多的是深藏不露，沒有任何明顯特徵，在人潮中轉瞬即不見了的資深「運動員」（註四）。

我和北明笑說：「我們這些人後腦勺上都長眼睛。」說笑一番很容易，但我們的警覺是用血換來的，我們遭受過來自背後的槍托、棍棒，至於暗箭以及斜刺裏捅出來的刀子應該是更加地有所體驗了。

我也發現了更殘酷的事實，九個月的囚禁，加上兩年的大逃亡，使得當年的小姑娘迅速地成熟，迅速地老練，迅速地機警而充滿智慧了。她用短短三年學會了文革十年的課程。她的老師是今日的中共當局及其鷹犬，以及被多次政治運動腐蝕成功的世道人心。

當然，世間事雖然經過人妖顛倒的混亂，雖然有著半真半假的混沌，對太平歲月的追求也仍沒有死滅。我們仍然看得到大義凜然的魏京生，我們也曾有過要建立文革檔案的文船山。我們這些「經過文革」的人也還活著，也還在一樁樁、一件件地把當年的事情說出來，寫下來。廓清陰霾的希望還在。

註一　三家村：自一九六一年起，中共北京市委理論刊物《前線》請鄧拓為該雜誌開一個雜文專欄。鄧拓請吳晗、廖沫沙與其合作。專欄定名為「三家村札記」，署名是吳（吳晗）南（馬南邨即鄧拓）星（繁星即廖沫沙）。三人的文章以及後來鄧拓的雜文集《燕山夜話》都對社會上種種不良現象作出比較犀利的批評，深受社會大眾好評。

文革爆發前夕，毛澤東為了整肅不甚聽話的彭真（前北京市長）及北京市委，指使江青等人發動批評「三家村」，從文藝界下手，直搗北京市委。

由此，文革序幕揭開了，大陸各地紛紛效法北京，大批「三家村」「四家店」，文字獄遍佈大陸，受殘害的知識分子無計其數。

北京「三家村」當事人鄧拓，吳晗被迫害致死。

此特大冤案於一九七九年三月二日「平反」。

註二　三種人：一九七八年中共十一屆三中全會上，確立了鄧小平路線。同時也宣告「文革」結束。鄧小平在收拾「文革」爛攤子，重新決定人事任免的時候，制定了一個「劃線」標準，把「三種人」摒除在外。

到了一九八三年秋，紀律檢查委員會第一書記陳雲在中共十二大二中全會上對被清理的「三種人」作了比較詳細的說明，刊於一九八三年十月十七日《人民日報》現抄錄如下：

「造反起家的人，是指那些在『文化大革命』期間，緊跟林彪、江青一夥拉幫結派，造反奪權，升了官，幹了壞事，情節嚴重的人。

幫派思想嚴重的人，是指文革期間，極力宣揚林彪、江青反革命集團的反動思想，拉幫結派幹壞事，粉碎『四人幫』以後，明裡暗裡繼續進行幫派活動的人。

打砸搶分子，是指在文革期間，誣陷逼害幹部、群眾，刑訊逼供，摧殘人事，情節嚴重的人；砸機關，搶檔案、破壞公私財物的主要分子和幕後策劃者；策劃、組織，指揮武鬥造成嚴重後果的分子。」

以上則為「三種人」。

註三　四個堅持：全稱「堅持四項基本原則」，由鄧小平於一九七九年三月三十日正式提出，內容如下：

堅持社會主義道路，堅持人民民主專政，堅持中國共產黨的領導，堅持馬克思列寧主義、毛澤東思想。

此一「原則」於一九八二年分別寫入中共《黨章》和大陸《憲法》。

註四　政治運動中的「老運動員」：大陸民眾俗稱那些在歷次政治運動中都被當作靶子，身經「百鬥」的人們為「老運動員」。

「老運動員」中不乏年紀尚輕的角色，只要被批鬥的經驗豐富即可不愧於這個俗稱。

縮短認知距離

對於同一件事情，人與人之間的認知距離實在是相當遙遠的。蕭乾先生訪問新加坡，一位當地女孩對大陸風起雲湧「熱鬧非凡」的歷次政治運動，尤其是「空前絕後」的文革十年羨慕不已，覺得正因為如此，大陸作家才「有得寫」，引發蕭乾先生無限感慨。

歷經劫難的人常常訝異於一輩子呼吸自由空氣的人群的天真和坦率。天真而善良的人群又對那些莫測高深的生還者所具有的高度警覺、敏銳的透視能力、絕不輕信的人生態度百思不得其解，對於那些人沈痛的談話、沈重的文字都沒有太多的耐心去傾聽，去解讀。

認知的距離存在著，擴大著，因為某些劫難隨著歲月的推移而更加模糊。快樂而天真的人們也就不經意地讓歷史繼續留白，並不明白其危險性。

忽然一聲「狼來了！」大家才慌作一團，趕快惡補。《一九九五閏八月》產生轟動效應，緣乎於此。然而，一九九五已經過去，一九九六在文攻武嚇與僵持著不肯對話中又過去了大半年。善良的人們歌照唱，生意照作，股票繼續買著和賣著，只是多多少少感覺到了不安定。政治人物明白那心裡的不安是要緊的，於是開出支票，保證增強安定因素的保險係數。

就在這個時候，臺灣的「商用文化」出版了姜昉先生的一本書《哭泣的北大荒》，副題是「我在集中營的日子」。

姜先生作為一位國軍軍人，廿六歲時被大陸逮捕，判刑勞改，五十一歲才被釋放，六十二歲返回臺灣。六十七歲，也就是今年年初的時候，這本二、三十萬字的書才問世。

書名有「北大荒」字樣，事實上廿五年中，因為姜先生的「頑固不化」和「抗拒改造」而被鎖帶鐐，輾轉九個勞改單位，更曾經在山西的勞改煤礦裡九死一生。

副題講的是「我」在集中營的經歷。細讀全書，「我」的故事總是輕輕帶過，姜先生要細說的是中共「殺、關、管、鬥」的虎狼政策。

關於大陸勞改制度的黑暗，已經有不少書論及。這本書卻有獨到之處。

首先，姜先生入獄之時非常年輕，思維縝密，記憶力極佳，雖然過的是有今天沒明天的日子，卻始終沒有失去「好奇」之心，凡事千方百計探其究竟，以求步步拉近真實。

其次，姜先生是職業軍人，善於綜合、分析敵情。對大陸政局、人事、政策、方針，都能透過長時間的大量分析而摒除假象。這本書就具有了極高的可信度。

九十年代初中共仍留存兩千一百五十餘勞改單位，在押人數高達二千七百萬人，這龐大的奴工隊伍自五十年代以來就是中共財政和對外貿易賴以生存的最大支柱。

有關上述事實的層層分析與揭露，《哭泣》一書是較其他專書更有份量，更有說服力的。

第三，文如其人。想來姜先生是位富幽默感的紳士，雖然長期生不如死，在煉獄中煎熬，但「本性難移」，對大陸當局及其鷹犬的荒謬、無恥、殘忍、愚蠢笑罵一番。讀姜先生文字常常含淚而笑。

因此，除了可信度以外，這本書的可讀性也很高。

出書半年，不知姜先生內心感受如何，估計他也曾被「認知距離」所煩擾。虎口逃生，廿五年黃金歲月置於狼爪的撕擄之下，餘生最大心願恐怕是傾其所有、還片段歷史真面目，使善良的人們心生警惕吧！

讀者認知不論，植字、校對的朋友大概也是對大陸情形相當模糊的。書中「工農兵」成了「士農兵」、「文章」變「文革」、「軍報」變「軍板」、「排子車」變「排小車」、「蹲點」成「蹬點」，甚至「華國鋒」成了「華崗鋒」。有些是電腦植字，形似神不似，造成了偏差。有的，卻應該歸類於無心去縮短認知距離的缺憾。

臺共領導人謝雪紅和日共、中共糾纏不清，最後帶十七名殘部投向中共卻因種種恩怨招致下獄，在良鄉勞改，死於被批鬥後的一九六八年深秋。

良鄉，這個於中國人而言，有著許多歷史記憶的河北小城，是和著名的勞改營、一九六六年殺戮北京青年的血腥「良鄉事件」等等緊密相連的。

在《哭泣》一書中，良鄉卻一再被植為「良卿」。知情人會感覺痛苦，不知情者則一再錯失把歷史連貫起來的機會。

「狼來了！」叫了四十年，前年掀起熱潮，去年見到了狼尾巴，今年，香港「回歸」，狼群與羊群之間又近了一步。

《哭泣》一書不僅對狼的本性有極為清晰的論述，更對其尖牙和利爪有逼真的描寫。

讀此書有縮短認知距離的功效，特別是當善良人把良鄉、興凱湖、狼窩崗、望鄉石這些說遠並不遠的地方都弄明白了的時候。

含淚再聽開花調

——讀鄭義《神樹》

世上的書浩如煙海。有數的書，讀著，像含著一顆橄欖，五味俱全，且能看到畫面，聽到樂聲，觸到實實在在的一個物件。「三民」出版的《神樹》就是這麼一本書。

鄭義由《遠村》而《老井》而《神樹》，走過了長長的路。尤以一九八九年六月以來的路特別的凶險。但是，這條路是有源頭的，這條路也還在延續著。這是一段歷史，這是一段血腥而且罪惡累累的歷史。

中國唯一的一根大樹，立在太行山上已千年，卻被毀倒在這段歷史中。鄭義揭開了這悲壯的一頁，化作了這本書。

樹倒人死，並非全部。共產黨的殺戮史被一層層揭開。橫死的人們不僅沒有離遠，在神樹開花的日子裡更是不停地返回家園，和親人們重敘過往，提醒著仇敵那不可忘卻的惡行。

一切都非常的真實，眼面前的殺戮和久遠的血跡。

當然，坦克也開進了書中，很可惜的，我們無法視之為魔幻。因為那威風了得的坦克是億萬人親眼所見，在廣場上，在長安街，也在CNN電視頻道上。

鄭義因為那段日子的參與而「獲罪」，而逃亡，而帶著故土流浪。在普林斯頓，他完成了神樹。對這根樹他是感激的，因為在長達一年半的書寫中，他在自己的祖國，在他日思夜想的太行山好男好女中間。他的書寫對於那種「作家離開故土勢必凋零」的意見作出了否定。

感覺是生命的起點，在強烈的東西方的對比中，鄭義全身心感覺著中國的神奇。那是一個什麼地界？無論陽世、陰間，無處不殺人，且手段殘忍而卑劣。就那麼一個血流成河的地界，中國農民對鄉土和傳統的摯愛卻是如此的頑強且永無止境。書中一再呈現的那個「比命要緊」的物件，就是那股「剛骨氣」。我們常說的「精氣神兒」。那完全不是靠白日夢營建起來的，那物件正如神樹的根，是深植在土地中的，沒有深厚的生活底子，翻盡書寫的花樣，仍然找不到那感覺，文字的顛狂常常掩蓋著的只是感覺的貧困。

不必玩花活，中國的輝煌與神奇自自然然，坦坦蕩蕩，一如那響徹全書的開花調，那淚水晶瑩的，人人能唱的開花調。血淚浸透的土地上盛開著山丹丹，西番蓮，山菊花和白丁香，那隨心所欲的吟唱是自然而然出現的，心裡難活，那吟唱更加激越；不唱，是要把人憋壞的。

於是，我們有了含著淚水再聽開花調的可能。我們也有了從種種的主義，敘事觀點與技法的雲端落到地面上，抓一把黃土，聞到糞土清香的可能。

百年老店

每年楓紅的季節，對美東的思念就更加熾烈。華府、費城、紐約，波士頓一線是我的最愛，沿高速公路北上，沿途暖色調由淺漸深的美景總是讓車速一再地慢下來。

撇開大城，我也會踏進小城、小鎮，尋找那裏的獨特風味。麻州(Massachusetts)的春田市(Springfield)是我先生的出生地。我對這個小城的感情好像比他更深。磚鋪的人行道上一片片紫紅色的落葉，讓我想到香山，也想到喬治城。春田市和美國任何一地的小城一樣，有個著名的商圈。春田市的特別之處在於，這個商圈同時也是文化中心，最顯著的地標是百年老店——約翰森書店(Johnson's)、幾個重要的文化設施：音樂廳，美術館等等。

回到春田市，第一要務是去約翰森書店，我先生常常訝異於我對這家老店的情有獨鍾。

書店主人彼特・約翰森先生是位非常親切的好好先生。他的祖父在一八九三年開始經營這家店。現在，在店裏負責的，都是約翰森家族的第三代和第四代。「一百多年來，沒有任何事比經營這家店更重要。」那是約翰森家男男女女的信條。

Johnson's有一種特別的味道，它讓「讀書」這件事變得十二分的溫馨，它讓「讀書」，不再沉悶，它讓書店和麵包店、花店、肉店一樣成了大家生活中不可或缺的一環。

我在這家百年老店裏買最新的出版品，也可以選購到最可心的文具、紙張，典雅的各類卡片。在這家店裏東摸摸西看看，可以感覺一部由書店帶動的文化史就在身邊活脫脫地流淌。出版品四周常常可以發現相關的資訊，提供大家由讀書而興起的任何念頭得以繼續馳騁的場地和可能性。

一條紅磚鑲嵌的美麗人行道。綠樹、紅花、長椅將寬敞的空間裝點得更加閒適。這個優雅的空間把Johnson's本店和它的另一個店面作了小小的區隔。這另一個店面更像一個佔地寬廣的書房。

樓下供應書房所需一切用具和裝飾品，連地球儀也有從小到大，由小學生到專家用的多種類型。

樓上更加有趣，大家來到這裏，捨不得離去的主要原因，是這裏有個二手書部門。這個部門不但賣書，也從顧客手上買書，且提供五花八門的出版訊息，提供你想像得到或想像不到的各種與書有關的服務。

大家在這裏尋找有趣的書，也在這裏拾回美好而溫馨的關於某個時代的記憶。手指撫過一本本整潔如新的二手書，常會從記憶深處浮現該書出版時代，再版年月，讀那本書的時候相關的人與事，浮想連翩中自有甜蜜和溫馨可尋。

二手書部門的書價，非常便宜。

紐約Alfred A. Knopf公司一九九一年九月出版的精裝本《凱撒琳・赫本傳》售價六元。讀者文摘厚達四、五百頁，圖文並茂的各種知性書冊不超過十元。迷倒億萬人的推理小說，一元、二元可得一本。《金銀島》之類的少年經典幾乎全新，售價不會超過三元。

愛書人，各種書蟲，食字獸在這裏掉進了他們最深沉的夢，忘記了時間，忘記了要緊和不太要緊的大事小情。

無法塵封的華麗與輝煌

——再讀弗美爾(Johannes Vermeer, 1632–1675)

弗美爾作品特展一九九五年十一月十二日在華盛頓國家藝廊揭幕。十二日是個星期天，其擁擠的程度可以想像，為了能好好讀畫，我放過了那個太熱鬧的日子。

之後是一個黑暗的星期。聯邦政府因為預算無法協調和批准而關門一周。連帶著，來自遠方的弗美爾作品也就坐了一周的寒窖。

終於，政府人員重回辦公室，國家藝廊也得以開門迎接參觀的人潮。

我不願也不能再等，二十日上午飛奔進城，去探望弗美爾。

弗美爾和林布蘭(Rembrandt van Rijn, 1606–1669)前後腳出現在荷蘭。然而，當弗美爾出生的時候，廿多歲的林布蘭在阿姆斯特丹已經成為當地炙手可熱的肖像畫家。不僅如此，康士坦丁(Constantin Huygens)，這位奧倫治公爵的國務大臣已然斷定林布蘭在藝術上的成就將與日月爭輝。

與名利雙收的林布蘭相比，弗美爾真正是慘不忍睹。

這位出生於代爾夫特(Delft)的年輕人，他的父親曾經是一位絲綢織工，也作藝術品的經紀人。弗美爾繼承父業作經紀事業並在一六五三年加入代爾夫特繪畫公會(Delft Guild of Painters)且兩度成為會長。

在他四十三年的生命中，一共畫了四十幅畫，流傳至今的只有三十五幅。他生前沒有出售畫作的記錄，卻欠下了大批債務。他去世的時候有十一個孩子，其中十個尚未成年。他一閉目，他的妻子就用他的畫作抵債，幸好有人曾成批（二十多幅一次買去）購買，他的畫才沒有完全流失。

在弗美爾活著的時候，沒有人認為他是巨匠，他的畫曾被批評得一文不值，因為他的作品「沒有偉大的主題，只有身邊瑣事」。

弗美爾死後，馬上被除了債權人以外的社會忘得乾乾淨淨。

今天，廿世紀末，我們卻一再地從弗美爾的畫作裏汲取美感。世事的殘酷在他身上似乎是相當的明顯。

在這次特展中，我看到了來自歐洲和北美的廿餘幅作品，它們是英國女王陛下伊麗莎白二世的私人收藏，它們來自德國布倫瑞克(Brunswick)，它們來自巴黎羅浮宮，紐約大都會博物館，愛丁堡蘇格蘭國家藝廊(National Galleries of Scotland, Edinburgh)，都柏林愛爾蘭國家藝廊(National Gallery of Ireland, Dublin)。他們也來自倫敦、阿姆斯特丹、海牙、柏林和法蘭克福。當然，也有美國國家藝廊自己的收藏。

今天，已經沒有任何人懷疑，弗美爾是荷蘭畫派偉大的畫家，是一個異數，是一位先驅。

在這次特展中，同時推出四個不同版本的畫像，對弗美爾推崇備至。

在這次特展中，特別安排一個展室展出弗美爾的繪畫技術。在國家藝廊的特展中是罕見的特例。

美國人從四面八方湧到，人們排隊，領到按時入場的Pass，再排隊去看畫，一走出展室，人們又撲向版畫、複製畫、畫集和專書。也是第一次，我看到國家畫廊用平板車推出一車車畫冊，一轉眼功夫已經被搶購一空……。

弗美爾的魅力我是早就領教過的。他的〈代爾夫特一景〉(View of Delft 1660–1691)，他的〈地理學家〉(The Geographer 1668–1669)，他的〈寫信的少婦與她的貼身女僕〉(Lady Writing a Letter with Her maid 1670)所帶給我的感受都曾在長久的寂寞中給過我慰藉。這次，竟如同見到老朋友般的親切了。

弗美爾的精緻是真正的無與倫比。做蓄絲的女工手邊的絲線，枕頭上的流蘇，領子上鏤空的花邊，桌毯上的刺繡無一不是玲瓏剔透。最妙的是材質，一位正在伏案疾書的女子，她手中的鵝毛筆上面的毛羽，她袖子部分的蔴紗、領口的絲質花邊，女僕身上的棉布，紗質的窗簾、毛織的桌毯以及絲絨椅墊。所有的材質在畫面上都突出了它們的特色。使讀畫的人似乎可以感覺其不同，由視覺而產生不同的觸感。這該是寫實主義(realism)或自然主義(naturalism)藝術家的創作理念。

且慢，弗美爾比那些藝術家早了將近兩個世紀。一八五五年，庫爾貝(Gustave Couret, 1819–1877)向藝壇挑戰，將他的〈畫家的畫室〉(1854–1855)等四十幅作品在巴黎萬國博覽會外另行展示，並且高張「寫實主義」大旗的時候，他信誓旦旦地叫喊，……透過知識獲得技巧，照自己親眼所見去記錄這個時代的風俗、概念和觀照，去創造活的藝術……

弗美爾卻早在一六五〇年就採用小心安置地平線與垂直線，加強畫面的穩定和安靜，使整個畫面結構複雜卻嚴謹，無懈可擊。

弗美爾更在他的晚期作品中使用點描技巧(pointillé)，利用一束光線，集中，再放射出去，造成躍動的晶瑩光彩，使畫面充滿了詩意。

這，難道不是源於知識的技巧嗎？

十七世紀的荷蘭，十七世紀的代爾夫特，那一個滿佈河道，家家有碼頭的水上城市，除了源遠流長的陶瓷藝術以外，她那優雅和嫻靜不是極為吸引人的嗎？

看那船，當它停靠上去的時候，不是又穩當又牢靠的嗎？

看那少女，在老師指導下是多麼專注地彈奏著練習曲。

看那少婦，她在趕著寫信給什麼人呢？貼身女僕等著把那封親切的問候送到那收信人的手中嗎？

連基督在瑪麗和瑪大的家中也露出那麼親切、和善的面容。他在向她們講述怎樣動人的故事？

噢，那少婦懷著怎樣的喜悅在窗前展讀來信，信紙的顫動又披露出怎樣的心情故事?!

所有的嬌艷，所有的華貴，所有的優雅和閒適都在畫布上呈現出輝煌和明麗。然而，它們真實而自然，是實實在在的生活。

這一切光彩閃爍的華麗與輝煌卻是在塵封兩百年之後，在寫實主義和自然主義在藝壇聲名大噪之後才重回世界的。

人們終於記起來，老天！十七世紀還曾有過弗美爾這樣一位畫家。

於是，他成為大師，他成為先驅，他成為全歐洲最重要的藝術家之一。

他的碩果僅存的三十幾幅作品光耀了自然主義的殿堂，他本人卻早已離開了這個世界，帶著他無法償還的債務。

今天，人們早就被電話、Fax和新起的E-mail慣壞了。很多人已經太久沒有拿筆寫幾行字，很多人已經太久沒有買過任何一種信紙和信封。

看看畫中人寫信、讀信的喜悅，我也心平氣和起來，雖然現代人的生活粗糙不堪，我仍可勉為其難地堅持用書信通款曲的傳統，我還有弗美爾帶給我們的詩情畫意。

也談收藏

一九九五年七月中旬返回美國，在郵政信箱裏等待我們的，是來自大博物館的展覽通訊。一則來自紐約大都會博物館 (The Metropolitan Museum of Art, New York City) 的消息令我沉思良久。那是一個有關林布蘭(Rembrandt /Not Rembrandlt)的畫展，有林布蘭自己的作品，有他的追隨者的作品，也有以他的風格作為自己的風格的不知名的荷蘭畫家的作品。這個展覽從今年十月十日起展到明年元旦。不消說的，兩個多月的展期中，將吸引數十萬人次、可能上百萬人次來自世界各地的參觀者。我知道，我自己一定是其中之一。而且一定會連去兩天，才能過癮。

林布蘭的作品豐富得無邊無涯。我喜歡在他的畫前，讀那畫裏的故事，靜靜的，然而歷史與人文帶著雷霆萬鈞之力在那畫中轟鳴，不由人不全神貫注。

於是很有興緻地細讀那則簡訊，看看這次展出的詳情。將在「大都會」二樓展出的這個特展，第一幅是林布蘭作於一六六〇年的自畫像。

這幅自畫像是「大都會」鎮館之寶，這次將在特展中亮相自然使我非常地雀躍。

下面一行小字卻令我生出無限的感激。那小字說：這幅畫是班傑明・奧特曼(Benjamin Altman)於一九一三年捐贈的。那已經是八十多年前的舊事了。

撫著那行小字，我想起了那曾經矗立於紐約曼哈頓上東城34街的B. Altman百貨公司，那百貨公司曾是我最欣賞的一家，其服務之周到，氛圍之優雅，紐約眾多百貨公司絕難望其項背。

然而高水準的服務，保持高品味和優雅是要花錢，而且要花大錢的。在價錢與價值的持之久遠的戰爭中，B. Altman驕傲地倒下去，結束了營業，那是一九八八年的春天。直到它關門的最後一天，我還是它的客人。我清楚記得在那最後的日子裏。樓層經理、售貨人員、守門人仍是制服畢挺，笑容可掬，細心周到。

B. Altman百貨公司的七樓是我最常駐足的地方，橡木地板永遠光可鑑人，架上的藝術圖書將人類數千年文明中最美的部分呈現給世人。壁上是許多名畫的原作，作品都不大。

「大件的，奧特曼家族已經一批又一批地捐贈給大都會博物館了。」樓層經理含笑告知。奧特曼家族是極具盛名的收藏家，百貨公司的品味來自於那家族的傳統和修養。

爭戰之餘，百貨公司結束了，但那公司特有的韻味卻長留紐約人心頭。

直到現在，將近十年過去了，手邊櫥櫃裏仍然擺著來自那百貨公司的精美飾品，捨不得更替，因為它們來自B. Altman。

八十年代以後出生的人們無緣看見那超凡脫俗的百貨公司了。但是世世代代的人們永遠不會覺得B. Altman這個名字陌生，因為人們永遠可以看到他和他的後代的收藏。

那些收藏是無價的，其價值無法估算，它們記錄了歷史，影響著今天和人類的未來。在價錢與價值的戰爭中，無與倫比的美的收藏是最後的贏家。

十月十日在大都會博物館揭幕的這個有關林布蘭的特展將給世人一個極為出色的例證。

歷經人間不平路，不向人間訴不平

我念中學的時候，人在北京，外文只得念俄文。因為意識形態的緣由，外國的文學藝術也只剩了蘇俄與東歐的。那時候，非常想親眼看看俄國畫家的真蹟，不可多得。想不到，三十年以後，竟在高雄看到了王象企業舉辦的俄羅斯美術百年大展。那真是過癮。現在，世界各地的美術愛好者想深入研究俄羅斯美術，最好的地點是高雄！

無獨有偶。

我曾在新疆度過了中國大陸最黑暗的歲月，但是對那塊熱土，對那裏的人，尤其是那能歌善舞、生氣盎然的維吾爾男女老少卻懷著深深的眷戀。大陸畫家黃冑先生畫新疆是大大的有名。他的作品也看到過，不多，幾張而已，印象深刻。常想，什麼時候，能好好看一次他的個展，該是多麼的過癮呢！想是想，總覺得不那麼現實。

誰能料到呢？高雄的亞誠企業，竟是黃冑作品的最大收藏者。而且，自六月三日起，將在琢璟藝術中心展開為時一個月的黃冑作品個展。

屆時，新疆風情將盡收眼底，那是怎樣的福氣！離開高雄之前，竟能使多年的嚮往成真！亞誠企業董事長楊宏博先生夫婦是好朋友，和他們打個商量，於是在展前得以先睹為快。

東不拉的鏗鏘，手鼓的叮鈴，那直沖雲霄的歡唱由紙面飛騰而來。無數的髮辮，鮮艷而飄逸的衣裙，踏著舞步的皮靴帶著歡聲躍出紙面，那一張張白裏透紅的笑臉更將溫暖帶進心田。

久違了的可愛的新疆毛驢，太久沒有觸碰過了的馬奶子葡萄，一下子把人扯回那久久不敢開啟的記憶。

除了人物以外，畫面上最多出現的是狗、雞、毛驢、馬、豬、鵝……或恬靜或歡騰，無不生動有趣。

看這些畫，我無法不想到黃冑被迫輟筆的八年歲月。

黃冑先生本姓梁，名淦堂，字映齋，一九二五年出生於河北省的一個農民家庭裏，父親的喜愛書畫藝術給了他最初的影響，戲曲人物、鄉間小景都曾入過畫。

在初中一次體育比賽中，他得到一面錦旗，上書「炎黃之冑」，由此，他取了「黃冑」兩字作了筆名。

他十七歲時，曾跟隨西畫家韓樂然徒步旅行八百里秦川四十天。於黃冑而言，那是他對美術史，速寫功夫的真正啟蒙。

十八歲，他成為畫家趙望雲的學生，五年後，他隨趙望雲進入中國大陸西北邊陲，從此，大西北風土人情成為黃冑藝術創作的活泉。

無論黃冑的出身是多麼的「清白」，也無論他曾在軍中服務多年的閱歷是多麼「單純」，作為一位藝術家，在大陸政治的險惡環境中，他不但無法保有揮灑的自由，即使是對於已經完成的作品，他也無法保其安全。

一九五四年，他赴拉薩，大批速寫在歸途中丟失。

一九六三年，他的作品在保定展出，「據說」展品悉數被大水捲走。

一九六六年，「文革」開始，黃冑先生被點名批判，「失去了創作自由」，他自己焚毀了成筐的大批速寫。

然後是整整六年的「關牛棚」、「下放」、「勞動改造」等等一系列「脫胎換骨」的過程。

文革前，鄧拓先生曾對黃冑作品表示激賞。歷史學家吳晗、廖沫沙和鄧拓都曾對當局的倒行逆施提出過批評與建議，文革一起，「三家村」首先被打倒在地，吳、鄧兩位死於非命。在批判黃冑的諸多說詞中，「三家村的驢販子」是其中的一條。

欲加之罪，何患無詞。剛剛邁入不惑之年的優秀畫家就這樣不得不在創作的顛峰期丟下了畫筆。

好不容易，因為「外交」的需要，啟用黃冑作畫，以便作為「國禮」送給外國人，黃冑又有了「利用」價值。趕上了一九七四年傳為笑柄的「黑畫」事件，於是和黃永玉等一大批剛直不阿的畫家一道，再次輟筆，長達兩年。據說當時強加於黃冑的罪名是「誣蔑中國的社會主義是非驢非馬」。

整整八年的時間，黃冑和農家的雞、鵝、狗、驢……為伍。

他在藝術上的「必攻不守」的精神仗他用那八年細緻觀察周遭的一切。而那一切在辛酸的八年之後就在他的畫筆下活了起來，生動無比。

人是血肉之軀，熬過了政治迫害，健康卻也遠去了。一九七六年剛剛恢復創作。一九七七年竟又患重病住院，幾近癱瘓，一病兩年。

黃冑先生再次以「必攻不守」的精神站了起來，拖著病體，拄著拐杖，重回新疆，汲取他創作的活水。

一九八五年之前的五、六年間，黃冑先生在身體和精神上頑強地復健，在藝術上為進一步的開拓作準備。

終於在耳順之年，黃胄先生迎來了他在藝術創作上的第二個青春。

在成千上萬速寫作品的基礎上，黃胄水墨在傳統中國畫中注滿了生機、歡樂、激揚和壯美。

他把感情、熱情、激情傾注在他筆下人物的一顰一笑，舉手投足之間。

他把那曾相依為命的情感，曾細緻入微的觀察注入他畫中的動物世界。

他的畫是鮮活的，健康清新，奔放豁達，非常大器。

近年來，他更是「無中生有」的建立了民辦官助的「炎黃藝術館」，要將那經歷了空前的災難，無數的挫折，但卻依然保持著信心、尊嚴的藝術品為海內外熱愛藝術的人們保存下來，直到永遠。

不肯拘泥於形式，永遠在創新、充滿著生之歡樂的黃胄作品向人們昭示的正是他一生精神的寫照，歷經人間不平路，不向人間訴不平的陽剛之美。

送往迎來

每年的七、八月份是外交圈送往迎來的日子。同事們、外國使領館、代表處、外交機構的識與不識的人們在這兩個月裡來往如梭。大家忙著致歡迎或歡送詞，忙著了解新的人事更替，調整著自己的訊息通道，情緒上是平靜的，並沒有大的起伏。世界實在是小，資訊工具又實在發達，離情別緒尚未出現，那送往迎來的時段就過去了，一切又恢復「正常」，生面孔一下子成了熟人。

我的離情別緒，我的對老朋友的懷念，對新面孔的期望表現在另外的方面。

每個月的月初，我訂的中文刊物中，最早到的，是《文訊月刊》，比香港的《九十年代》、《開放》都到得早，樸素的白紙封袋，搭華航來到天涯地角，送來文化的、文學的訊息。《文訊月刊》是不可或缺的老朋友。每次見面，封面上已經看到了重點，明白了這個月的專題，也大致了解這個月在文學的範圍內又會有什麼樣的驚喜，又會和哪幾位作家「見面」、「懇談」。

找個最舒服的地方坐下來，翻開彩色的內頁〈文學月報〉就像老朋友帶來的好消息，吳興文總在「文學新書」的陳列之前，寫上一篇前言，這位真正的愛書人會在深情款款和公正客觀之間找到一個平衡點，讓我們對每月文學新書有個重點了解。然後，小說、散文、新詩、評論、合集等等一類類看下去。這種時候，我早已紙筆在手，圈圈點點，向臺北的書局郵購，向海內外的讀書會推介。有的，還要多買一兩本，寄給天涯地角的文友，帶給他（她）一個貼心的驚喜。

自然，還有採風和記事，文學層面由靜止而動態。最後，是「報導與評論現代文學篇章選目」，細細開列作者、篇名以及詳盡的出處。

和臺灣出版的快速、大量、鋪天蓋地比較起來，報導與評論是非常不夠的。文評家的讀與寫不成比例，讀個幾十萬字，寫篇千字文而已，其辛苦可以想像。數十年如一日堅持寫文評的評論家，那種對文學的熱情與執著是極其值得尊敬的，他（她）們的名字永遠吸引著我的視線。手上的筆又在圈圈點點，那些文章一定要想法子找來看。不僅是臺灣，新加坡、馬來西亞、澳洲和北美，海外華文文學世界的各種現象、發展歷程都有呈現。至於海峽對岸以及兩岸三地的文學及互動，自然也不會遺漏。

細細讀畢彩頁部分，這才回過頭來細讀其他文章，《文訊》最可靠處在於：它不是一個追新的雜誌，在《文訊》裡面，我們可以感覺，書是一種最禁得起思考的存在。我們在這裡可以找到許多對「舊書」的一而再、再而三的閱讀經驗，作者同時是讀者，有時還是編者，在閱讀與思考中互動以及激盪出更深刻或更寬廣的思考。《文訊月刊》是一本從封面到封底充滿人文精神的好雜誌，是我的良師和益友。

一九九七年的七月份，一反常態的，對遠在雅典的我而言，真是驚天動地。先是轟轟隆隆地來到的香港政論雜誌，然後是香港《讀書人》月刊的最後一期——那是位新朋友，卻也是位好朋友，因種種不得已，不得不結束。一直不見《文訊》，正惦念中，七月十八日，忽然收到一大包，塑膠袋裝的，色彩鮮艷、印刷精美，附著廣告和折價卷的一大本《中央月刊》，很壯觀的。尚未打開，一本小書卻從中滑了出來，掉在書桌上，《文訊別冊》。我一樂，哈！擴大發行了，除了月刊，還有別冊，真好！

放下月刊，先看別冊，才知道，是改版了。心頭一驚趕快細看，還好！瑞騰、德屏、惠琳和芝萱都在，辦公室搬了家，想想這十四年的文字資料吧，恨不能馬上飛回臺北，幫德屏去打包！她這次得裝多少箱？三、四百箱是跑不掉的了。我這個「搬家專家」忍不住地替好朋友算計。

沒有了書脊的別冊，薄了一點，中間仍有海藍色的部分，不再叫作「文學月報」成了「藝文史記」，開首就是「採風篇」，興文的「文學新書」不見了！這一驚非同小可！要知道，我現在住在沒有一家中文書店的雅典，離我最近的《歐洲日報》也是在巴黎和倫敦發行的。全面的文學書訊只有《文訊》可以提供啊！

急急翻目錄，看到「書的故事」欄下「文學新書」還在，還有〈微風穿過金黃的稻穗〉，謝天謝地，興文的文章和統計都在。

人常說，明知世事難為，仍一心一意勉力為之，是浪漫。興文的「微風」在改版後的《文訊》上十足地顯出這種擇善固執的浪漫精神。

粗粗看去，老朋友雖然單薄了些，精氣神兒還好，只是，過去仔細陳列的報導與評論部分，現在只剩下了重點介紹。於是在個人行事曆上，重重用濃墨寫上，「多方搜集評文。也許，在網站上可有所發現。」當然，重點介紹也有好處，那些被介紹的文評不只有了題目也有了相關的內容。

站起身來，把已成老朋友的《文訊月刊》一本本收攏來，這才發現，它們無所不在，書桌、書架自不消說，客廳，我的明窗下最舒適的「閱讀角」、臥室床頭、甚至廚房裡，正和一本本中西食譜夾纏不清。

按時間順序一本本排好，放進直立文件匣，匣上早有「文訊」兩個大字，提筆又加一小字「月刊」。推上書架醒目的高層。一推之下，想起又一件事。《文心藝坊》，可不是嗎？那是多麼漂亮的老朋友，先是如同周刊和《中央日報》一起出現在周末，後來又有典藏版，大大的開本，封面的設計真是賞心悅目。忽然的，再也沒有了。我曾經那麼自豪地大聲說：「誰說我們只有卡拉ＯＫ，看看《文心藝坊》吧！我們也有豐富的藝文生活，我們也有很不錯的藝評！」

在高雄，我把一本本的《文心藝坊》按日期整理好，放在書架的最高處，每天抬頭可見的地方。回美國，它們被緞帶紮好，靜靜躺進樟木箱，帶著那許多的美麗。

還好，現在的情形有所不同，我還有《文訊別冊》。拿起一個新的文件匣，寫上「文訊」兩個字，再想一想，又寫一四一，再劃一條線，表示自一四一期起，直到永遠、永遠。文件匣放在書桌上方，和辭典、各種文字資料排在一起，伸手可及的地方。

電話鈴聲及時響起，衝散了一頭的陰霾，臺北周玉山教授打越洋電話來。他說，雖然《文訊》目前失去了一個獨立雜誌的存在方式，但是發行量由數千而上萬，也是件好事。

哈！事情總有好的一面！我的心境也就為之一寬。

三天後，收到淑清小姐寄來的調查表，問我要怎麼辦，接受《中央月刊》和《文訊別冊》的現實呢？還是要《文訊》退還訂費？

當然是繼續訂《文訊》，不僅是訂《文訊》，還得買《文訊》主編的叢刊呢。靜態與動態，那是《文訊》貢獻給華文世界的時代見證與智慧薪傳。當然，也不能忘記，《一九九六年臺灣文學年鑑》也已經問世了。畢竟，臺灣，這個富得流油的社會終於進入年鑑時代，得力於《文訊》的朋友們，文學史料將以年鑑形式得以留存。

好吧！薄薄一冊《文訊別冊》將再次跳上浪尖，在風雲突變的世紀交替中再領風騷。在送往迎來的情緒起伏中，我為好朋友喝彩、加油！

豆腐塊兒與毛邊紙

從雅典飛回臺北，並沒有時差造成的不適，身體並沒有覺得疲勞，一離開機場就直奔會場也沒有感覺吃不消。眩暈是精神方面的，因為速度改變了。

從任何事（除了開車以外）都慢吞吞的雅典回到滿街大哥大，行人步履匆匆的臺北，腳下自然快了起來，行事曆也用蠅頭小字寫了個密密麻麻。很高興的，在紐約養成的高速度高效率的習慣，回到臺北又自然地恢復了。

回臺北的目的是參加「世界中文報紙副刊學術研討會」。中文副刊的存在已有百年歷史，而世界多種語文的報紙多半沒有副刊。很多語文的報紙是新聞性而非文學性和娛樂性的。文學性的文字可能集中在雜誌上，或者乾脆一下子印成了書，進了書店。隨著科技進步，娛樂分門別類成為非常專門的雜誌。

中文報紙副刊是非常獨特的，它們多富文學性，它們多可讀之再三，細細品味。它們為初試啼聲的文學新人提供了一個溫馨的園地，它為職業作家提供了一個高手林立的競技場，鞭策著一個個寫手更上一層樓。在中國文學發展的近代史上，副刊有著極其顯赫的地位。

於是，有了這麼一個會，當仁不讓地在臺北召開，討論的內容包括副刊的昨天、今天和明天，以及副刊舞臺上風雲際會的各路英雄和他們創下的業績。

我的中文寫作始於《聯合報》副刊，且多年如一日地成為報紙副刊的讀者、傳播者和作者。副刊的今昔與副刊的未來自然是我關心的題目。

很用心地拜讀研討會發出的論文，也很仔細地傾聽與會學者專家的討論，一種隱隱然的危機感愈來愈頻繁地出現了，尤其是一場由卸任的副刊主編和今日仍在任上的副刊主編共同參與的座談會，更是常常聽到輓歌般的述說，畢竟副刊的關閉和改版是一再地發生著了。唯中南部副刊主編竟在少人聞問的情形下，恬然自得地堅持著副刊的理想。

相較於北部的危機意識，中南部的恬然更加引人注目。

記得不久前，在琉璃世界奮鬥十載的張毅、楊惠珊夫婦曾就自己的來時路和眼下的社會百態、人文景觀作過頗為風趣的比對。其中，張毅曾對目前上海《新民晚報》副刊上的豆腐塊兒發表過意見。這位義無反顧投身琉璃藝術的前電影工作者表示，一張副刊，文章不少於十四篇，去一趟廁所可以看四篇。他客氣，沒有把話說完，我想，讀者看完那四篇，也就順手把報紙留在垃圾桶裡，沒有什麼可留戀的了。

臺北友人明明白白地告訴我，這種報紙「有人看」。意思是市場使然。於是，作為撰稿人，我們不斷被告誡，某某題目，某某專欄，文長不得超過一千字，五百字，更絕的是，書評要求不超過三百至五百字，不一而足。

書評三、四百字，那是廣告，不是書評。我常想，那三百字，如何對得起作者和出版者？看作者百萬字，寫個五、六千字的評文，實在是精而又簡了。

再一轉念，自己的看法日漸「保守」，大概和最近半年人在雅典有關。

記得一日，走過鬧市看見一家書店櫥窗上貼一白紙，藍色花體字寫明下午五點鐘，某作家、詩人將在此舉行新書發表會。

因為好奇，也因為關心，我在下午五點半，最不適宜出門的時間，奔了去想看個究竟。作家已經到了，黑襯衫，淺灰色西裝上衣，深灰色的褲子早已不見褲線，鞋子倒是好鞋，柔軟、舒適的一種。上面一張帥氣十足卻不大修邊幅的臉，臉上的表情只能用志得意滿來形容。

讀者十多人也到了，人們抽著菸，喝著啤酒，閒談著。門外車響，一輛小麵包車停下了，工人把書一捆捆提進來，在一張空空的大檯子上堆成小山，兩位書店的工作人員手持銀光閃閃的裁紙刀開始把尚未裁開的書頁一一裁開，一百頁的書要揮刀廿五次才能完成，銀光閃爍中，書頁裁開了，拿上手一看，竟是典雅的毛邊，手撫上去，絕沒有機器切割的尖利。

那是一本詩集，有短句，也有散文詩，分輯編成，插頁是極為精細的鋼筆畫，自然覆了半透明的護紙，封面是布面，一看就知是手工裝訂，薄薄一百二十頁的小書，訂價五千多德克碼，合新臺幣五百元，而且絕無打折之說。

作者不僅簽名，更寫上幾句話，他和男男女女的讀者們聊著，沒人談詩，談文學，大家聊的是天氣，新開張的咖啡館，友人女兒的盛大婚禮，家裡擴建的陽臺，最古雅的桌布圖案，剛剛買到手的義大利瓷器以及馬可・孛羅東方之旅的新的研究成果。一位讀者提到荷馬史詩在美國史丹佛大學出版了新的譯本。那恐怕是最「文學」的一個題目了。但是，話題馬上轉入了新譯本的字體、印刷、插圖、封面等等技術細節，無人提及印數、價格、市場……

我注意到，緩緩流動的閒談中，有人買了簽名書，寶貝似地抱在胸前，走了。有新的讀者邁進門來。書店的客人總是十多位，沒有「人潮」，也不冷清，就那麼四平八穩地流動著……

一位青年讀者稍稍提高嗓音，建議作者讀一首他自己的詩。作者微笑著，稍一閉目，抑揚頓挫地吐出一組短句，我看到了海上的落日與歸帆，感人的團聚與離別，纖細的手指撫過帶露的玫瑰，我感覺到了詩中熱烈的期盼和漫長的等待。

掌聲中，詩人迅速翻開詩頁，在空白處為青年簽名……

猛然間，會場中的聲音迅速而猛烈地撞進耳膜，頓時心裡像長了草一般地焦躁起來：

「……副刊作為文化商品，面對商業大潮的衝擊，必得接受消費者的導向……」

「……副刊能否長存，市場有決定性影響，報老闆才有最後的決定權……」

「……副刊面臨崩盤……」

真的嗎？如果我把這些討論原封不動地講給希臘作家聽，他們一定會困惑地反問：「市場，真的很重要嗎？」在他們的意念裡，三、五百年以後，他們的書仍存在，那才是一個作家的成功。他們完全不懂，作家怎麼可以在乎眼前的功利。他們摩挲著手裡的毛邊紙書頁，眼光穿透街景，望向不可知的遠處，大概要不了兩分鐘就把這個議題丟開了。

我是「文化商品的消費者」，「豆腐塊兒」無法滿足我閱讀的需要，我也是「文化商品的製造者」，我寫，是因為內心的呼喚，我不一定需要布面、毛邊紙的高雅，我仍希望我「製造」的「產品」物美價廉，讀者朋友買回家，看了之後能夠想一想，也許有興趣再看一遍，再想一想。那就很好了。

我們一塊兒來想個法子吧！在「豆腐塊兒」和「毛邊紙」之間找到一些更多元，更寬廣的可能性，文學的可能性。

真不易！

小時候，外婆帶我看字。老人家打開大樟木箱，裡邊兒的字都在軸上，套著布套子。套子都是夾的，裡子縫得光滑，說是怕「碰著了」字，表皮兒上，外婆用工整的小楷寫著套子裡的內容。別人的字都寫上了名字，不寫名字的，都是外公的。

「外公姓趙，習的也是趙字。後來呢，就成了他自己的字。」外婆笑說。

看著外公的字，我就想，那外公該是多麼儒雅的人呢！像字一樣漂亮！想伸手摸摸，摸摸那寫字的手。外婆像是讀懂了我的心思，告訴我：人好，字才好。人不好，字寫得再多還是不好。

那麼，字不能光是漂亮嘍？我仰臉看外婆。「字是門面，那是平常人。字是精神、是骨氣、是學問，那是讀書人。」

我幫外婆把一卷卷字收進大木箱，外婆這麼說。

又長了一歲，學著寫字，橫平豎直。「現在的孩子容易了，手心兒裡不用握個蛋，毛筆上不用放銅錢。有的，連墨都不磨了，用墨汁兒！」

外婆一邊兒瞧我磨墨，一邊兒笑著說。

我喜歡磨墨。磨著，磨著，一頭臉的汗就落了，手腕子也有了勁，提著筆，聞著那墨香，就覺著了中國的好。

沒多久，外婆說：「去給溥老先生送煙，看他寫字。」

溥老先生就是溥雪齋，五十年代初，當局邀他去畫院教書。他是王族，鞋不沾土，北京城裡又不能騎馬，於是他有一乘小轎。沒幾天，小轎改了小汽車，又沒幾天，改了三輪車。再以後，他不出去了，學生上門。溥先生脾氣大，學生少，於是節衣縮食。外婆說：「老先生字好，畫好，琴好，人更是好。」外婆讓我送去的是中華煙，在那個時候，是頂好的了，外婆還說，「老先生受了委屈。」

溥先生的公子接過煙，給我一張凳子，我不坐，站那兒，看溥老先生練字。多少年了，溥老先生練字不許別人看，他手腕上用繩兒吊著半截青磚，站得穩穩的，練字。

磨磚對縫的院兒裡只有蟬鳴，屋裡熏著香，溥老先生的九妹穿著布鞋，悄沒聲兒地走，在硯池裡添兩滴水，挪挪鎮紙，把那練字的紙朝前抻一抻。

我覺著，九姑的手是長在溥老先生身上的。

練完了，老先生捋著鬍子從眼鏡兒上邊瞅著我笑。

「今兒個，是寫字呢？還是畫畫兒？」他坐了下來，我也坐在了他身邊。

「畫一朵蘭。」我說，豎起一根手指頭。

「大小姐要一朵蘭。」他笑笑，看看我身上團著朵朵梅花的夾襖，笑著伸手。

九姑遞過來一方一方裁好的紙。我順手拿起銅鎮紙一壓。

「不能用你，好好坐下。」老先生沉著聲兒。我就不動，雙手擱在膝蓋頭兒上。

那一片葉就那麼徐徐的，穿過了半張紙，風把它吹彎了，順著勢地折了下來。那一朵小花開了半邊，矜持的露出一絲笑容。

一張又一張，一大堆裡，溥老先生挑出一兩張，卷上，讓我帶走。忘不了落款和印。

老先生給別人畫竹，畫山水，人物。給我的，只有蘭和字。

小學五年級的時候，我快有溥老先生高了，他寫給我曹植的洛神賦。外婆把字裱裝起來，掛在我房間裡，四個條幅。

刮風下雪的日子，我坐在桌前，看那許多的蘭，覺得了中國的美。

那時候，我常看舒先生寫字了。老舍先生跟溥老先生一樣也在旗。但他與溥雪老不同，他渾身是土，他的字大大的，透著豁亮。我也從「大小姐」成了「大姑娘」，我們老是先澆花兒，後寫字，再講故事。

他寫的李杜詩詞讓我覺著了中國的親。

再有一個人，遠在上海。沒見過她寫字，但常收到她的字，有時候，也有一張小畫兒。對她的字和畫，外婆是愛護有加。她是趙清閣。人家叫她「先生」，我叫她「姨」。

「清閣一向穿西裝，留短髮，行事更不讓鬚眉。尋常男子那裡及得上她。」外婆讚嘆。

「可惜了，活在亂世，真真是苦了她！」外婆難得有恨聲。

我知道，在大陸千千萬萬文化人中，清閣姨是最該走的一位，她沒能走，可她活得多硬朗。她的字讓我看到了中國的真。

還有好多人，好多字，美不勝收，我沉浸在那富足中，充耳不聞世上的血雨腥風。

終於，灰飛煙滅，文革的劫掠使那所有的字和畫毀於愚蠢和暴虐，連同那些寫字、畫畫的人。只剩一把銅壺，是往硯池滴水用的，舒先生給我的，因為它的「不起眼」而被紅衛兵踢在道旁，外婆將它拾了回來，留給了我。

數箱字畫在「退還抄家物資」時只剩一小綑。

「可惜了，熙載那許多字和印！」外婆長嘆。她手中捧著吳讓之劫後餘生的一副對子。

我是從吳熙載遺留的作品中讀印的，自然知道外婆的痛。

日本人的炮火都沒有損傷到的外公的字一張也沒有了，只剩他和梅蘭芳合作的一張，梅先生畫梅，外公題了一首小詩。

外婆已不肯再看那張畫，肝腸寸斷的她只擺擺手，讓我捲起來，放在一邊。

清閣姨的一張小畫上，有某個造反兵團蓋上去的半個印。

外婆抖著手，把那半個印剪掉，叫我送去裱。「清閣一生清白，容不得那些穢物！」外婆厲聲。

八十年代，重見清閣姨，她笑，笑外婆的知己，高興地題了款，鄭重地將那畫了蟲，無比清秀的小畫贈給了我，她的小友。

之後，她大病，完全不能寫字。她不肯屈服，作各種痛徹心肺的鍛鍊，再寫。她的字再沒有任何女性的溫柔婉約，完全是大丈夫的剛直。那已經到了九十年代的初葉，外婆辭世已數載，沒有看到清閣姨新的字。

八十年代，在沈家，看到沈伯伯早年的章草。長長的一幅。不連寫的草書在已經破損的綾子上更顯蒼涼。我坐在小凳上，卅多年的雨雪風霜使我呆坐在沈伯伯的字前，讀中國的醇。

他笑：「只要我的手再好一點，我就給你寫，我要寫，就寫很多字，一大張。」他笑得非常開心，我卻把眼淚流向心底。

終於沒成，沈伯伯一病再病，八三、八四兩年兩次他在給我的書上簽名，「沈從文」三個字溫文儒雅，端端正正。一九八六年，牆上的章草已在搬家中被收藏起來，他不能再寫，即使手中不再是毛筆。

沈伯伯的書仍是我的案頭書，我只把套書的第一集放上書架，因為那題字的蒼涼每每令我放聲大哭。

後來，在美國見到思果先生的字，在香港見到黃永玉先生的字。思果先生寫字早已超過一甲子。他的字極耐看，呆坐於前，不知時光飛逝。永玉先生十分的詼諧，文字簡潔有力，若是懂的話，讀過之後，回味無窮，夜裡作夢會笑轉來。

他們人都不在大陸，根和源卻在那裡。

忽然之間，在臺灣看到了侯吉諒的字。不但有字，還有畫和印。中國書畫印三位一體的美，他是一絲不苟的。

除了寫字、畫畫、刻印之外，他的散文多麼好呢，淡淡的，已然意趣橫生，令人不忍釋卷。不僅如此，他也寫詩。詩是文中極品。能讀到好詩已經心滿意足，從不想動手去寫的多數人看詩人是懷著敬意的。

吉諒心境好的時候，寫信也用毛筆。我愛寫信，所以也就常見他那些雅緻的信箋和賞心悅目的字。

終於，他來了高雄。在我的書房裡，我們看他的字。忍了好久，我說出了一句早就想說的話：「你的字很像我外公的。」

沒說出的另外一些話是：吉諒是多麼年輕呢！他和我外公一樣，生在太平日月，享有揮灑的自由，他將來的成就該是怎樣傲人！

不易！真不易！　舒先生當年常說的一句話響在耳邊。

這篇小文寫了不久，我必得離開高雄回美國了。臨走，收著了吉諒寫的字，錄了〈洛神賦〉，也錄了陶淵明、王維和蘇軾，捧著這些字，覺得了友人的高厚情誼，也覺得了失而復得的喜悅。

九五年十月返臺，得高雄友人相助，將字交與臺北洪先生，裱裝成一巨冊。

九六年搬到雅典，所藏書、字、畫、印大部入庫，吉諒的印和字帶在了身邊，常常看見，心安不少。

九七年一月返臺，吉諒忙著副刊討論會，晚上累得睡不著，竟說心情對，紙也對，畫了一張黃山送我。

紙似薄而脆的金箔，根本不入墨。吉諒竟畫出「晴陽剔亮，萬物一片燦然」的美景。佈局與線條跳出了文人畫的格局，十二分的神氣；輝煌之中浮現的綠意更見生命的壯麗。我嘆一聲，「可惜老師走了，江先生如果見到這幅畫，不知多驚喜。」

帶回雅典，給裱畫師傅出了難題。雅尼為我裱裝過大大小小不少畫幅，看到這張見風就碎的中國畫，不禁好勝之心大起，拓畫的溫度試了又試，終於成功，又仔仔細細自義大利選了合適的畫框來烘托那一抹綠。

就這樣，此地友人得了機會在吉諒的畫作前欣賞中國的靈秀和富麗。其中，尤以法國友人最為陶醉，每每醺醺然說出許多頌歌般的句子。希臘友人敬字如神明，極小心地翻動冊頁，感激人類竟能將字的美昇華到這般境地，哽咽不能發聲。

我無言，只覺文化的異鄉終於模糊了疆界，心頭一熱讚出一聲：「真不易！」

第四輯

寄語臺灣

孤獨是必然的

今天，美國東部雨雪交加，天氣惡劣。

今天，對於美國而言，是個有點特別的日子。最近，白宮和國會就預算問題爭論不休，終於無法協調，於是聯邦政府在「無錢」運轉的情形下「關門」，只留下必須工作免使整個國家機器癱瘓的人員堅守崗位，餘下的人員就只好「賦閒在家」了。這個情況，昨天開始，今天則是全天候繼續，什麼時候恢復正常尚為未知數。

大華府地區十五萬之眾，全世界八十萬之眾的人群把工作丟下，回家枯坐，很無奈的。

從媒體上看，人們的情緒不僅無奈，而且飽含失望，飽含對未來的不確定感。

望著窗外又溼又冷的天氣，禁不住非常懷念南臺灣的豔陽天，懷念高雄的朋友們給我的那許多溫馨而美好的夜晚。

自從一年前確知在九五年的夏天就要離開臺灣，返回美國，準備派赴雅典之後，我就好像箭在弦上一般，永遠處在鳴槍起跑的時段、永遠準備好了去參加高雄人、臺北人希望我參加的任何一項有益的活動，期盼著能在有限的時間為大家，為我深愛的人群和這塊美麗的土地再盡一份力。我清楚地知道，地域的間隔不僅會使反應遲頓，更會使所有的努力不再那麼直接和有力。

因此，我珍惜每一個與大家相聚的機會。

終於不得不走了。那時候支撐我的，是十月份回臺為國立故宮博物院慶生的事。講句老實話，在文物保護方面，我曾是真正的外行。當秦院長指定我完成這個研究課題，對海峽兩岸文物保護的歷史與現狀作一個比較的時候，我知道這是一個挑戰，我將進入一個完全陌生的領域。

一年的時間裡，收集資料、分析整理，默默作功課。四月份，更是隻身前往闊別九年的大陸，去取得第一手的觀感以充實研究。

四月份，你一定記得，在保齡球館，你曾一再叮囑我，要我小心，要我平平安安地去，平平安安地回來。我記得你的關切，也記得所有的朋友們的關切。我回來了，我的研究更加地切實有據。

之後是告別臺灣，雖然是小別，但我畢竟不再住在鳳山，不能天天聽到親切的臺灣國語、不能再和你們一起深夜去吃燒酒蝦、不能和你們一起分享你們的快樂、不能默默坐在你們身邊，聽你們的傾訴，為你們分擔一點憂煩。

六個集裝箱，兩輛大卡車搬走了我在鳳山三年的累積，其中有八十四箱書。我走了，走的是人的形體，卻把心留在了臺灣。在從七月到十月這三個月裡，我搬了家。不止是搬回美國，而且也要把來臺前留在倉庫裡的上萬磅東西重新徹底整理。

日子變得沉重無比。紙箱從地板堆到天花板。我平生最痛恨雜亂無章，然而我必得在雜亂無章中掙扎出一片寧靜來，用以完成我的研究，不負奏院長和國立故宮的重托。

於是，紙箱周圍堆放著資料，紙箱上散落著稿紙，我的書房成了家人禁足的場所，他們抱怨著：「那書房不忍卒睹，連下腳的地方都沒有。」

一天天的，局面漸漸地明朗了。書架添了三個，書桌加了一張，書從箱子裡被分類排上了書架，紙箱堆積的高山變成了丘陵，終於被夷為平地。當最後一個紙箱被我丟出去的同時，我的講稿已經初具規模，那時候，已經是十月初。

十月十日下午四點鐘，那一天是節日，郵局並不上班，無人送信。「特快郵遞」卻送來了你的邀約，要我為讀書會的朋友們談一談如何「圓一個人生的夢」。

坐在樓梯上，我曾無數次讀你的來信。環視周遭，我正在用不屈不撓的努力來圓我自己的夢。我日思夜想，要回臺灣，要為我熱愛的人群服務，先決條件是我必須先把功課作完，把手邊的研究告一段落。

因為這封邀約的鼓舞，我重振精神，在最短的時間內作好了各項準備，順利地在十月十九日踏上歸途。

臺北短短四天，日程的緊湊使我完全沒有留意到時差。但是，疲倦卻是客觀存在，與主觀意識並沒有根本的關連。

帶著一臉倦容，我出現在高雄。按時，分秒不差地出現在你們面前。一看到你們，我的疲倦就消失得無影無蹤了，最少在和你們相處的四個多小時內，我絲毫不覺疲倦，只想能多聽一些、多回答一些問題，多給你們一點不一定非常智慧但總是經過了一些歷練的意見和建議。

這次的高雄行，最重要的行程就是和你們讀書會的懇談了。

我珍惜讀書會並不只是因為我是一個寫作人。今天，已經是一個資訊爆炸的時代，人們不讀書、不看報，仍可知天下事、仍可作生意、仍可以活得有滋有味。你和你的朋友們不但是現代人，而且掌握著現代化的資訊工具，現代科技是你們駕馭生活的工具之一。然而，你們讀書。你們在咀嚼文字的時候汲取營養。讀書使你們的成長趨向於成熟和理性，對於今天的臺灣社會而言，那不是絕頂重要的嗎？

我珍惜你們，因為你們不僅自己讀書，而且組成讀書會，帶動潮流，推動閱讀與思考的風氣。

所以，參加這次的座談，對我來說實在是一件令人非常高興的事。

今後，我仍然有機會回高雄，無論我在華盛頓、在雅典或是任何天涯海角。我回高雄，一定去看你們，和你們談天說地，或者和你們一起讀書、一起參觀展覽、一起逛畫廊、聽音樂，甚至一起去看一場好電影……

在這封信快要結束的時候，我要在這裡回答兩個十月二十五日因為太匆忙而沒有來得及回答的問題。

一個是關於張愛玲。一位朋友問我：「張愛玲死得好慘，由她的經歷，我們是不是可以說，作家離開了故土都會孤獨到像張愛玲一樣？」

我想，談到作家的孤獨，那題目太大。我只能說，無論身邊有多少親友，作家面對著自己的文學世界，孤獨是必然的。寫作是孤獨而無聲的事業，不能忍受孤獨的人，無法忠實於寫作。張愛玲的死，我也不覺得「慘」。因為死帶來的痛苦是屬於愛死者的人的。張先生有朋友、有知音，更有讀者，大家痛惜她的辭世，對於一位作家而言。該是很可以告慰了。

說到「作家離開故土」這個題目，我想，作家是帶著「故土」、帶著自己的文化在世間流浪的。文化和故土是作家的血脈，分分秒秒都離不開。今天，我人在華盛頓，還是在用中文寫給中文讀者，我須臾都未曾真正「離開」過。不是嗎？

另一個問題是有一位朋友問我對於呂安妮事件的看法。這個事件尚未水落石出，我贊成一位高雄青年朋友的意見：讓政治歸政治，愛情歸愛情。

對呂小姐的整個事情，我最關心的是，到底有沒有人用三百萬行賄，阻礙呂小姐取得博士班錄取資格。如果確有其事，臺灣高等學府學術獨立和尊嚴何在？如果確無其事，那麼嚴重的誹謗罪罪責又在何人？

以上兩個問號攸關社稷安危，應當是大家關心的對象。至於愛情的部分，我們留待下次再談如何？

一九九五年十一月十五日

——於美東

衣裳包兒及其他

你在信中談及和朋友們創辦一個非營利的讀書團體在現今功利社會中的大不易。你只用兩行字輕輕帶過了所有的奔波、挫折和無奈，卻用了大量篇幅感謝我對你們的支持。

其實，你一直是信任我的。從我們一九九三年相識到現在，兩、三年的時間過去了，你一直相信我會支持你和你的朋友們所作的每一件有益於社會的事，無論我在高雄，或在天涯海角，時差十三小時的大洋彼岸。

我們之間有一種確信。無論臺灣海峽如何風起雲湧，無論在臺灣上演著怎樣令人憂心的活劇，我深信你和你的志同道合的朋友們，永遠是這塊土地最積極的建設者和最勇敢的保衛者。我對你們的信任毫不遜色於你們對我的信任。

這就是人類追求的一種最根本的生活要素，那就是確信。

人與人之間、人與宗教、國家、社會各種具體和抽象的對象之間，有確信才有愛，才有不計得失、全心付出的動力。

前幾天，有一位高雄的青年朋友打電話給我，談到他內心很難平衡的一件事：有一天，他過生日，幾位同學、同事，為他慶生，大家吃飽喝足之後，他就拿出幾本書來，分送給朋友們，答謝大家的隆情高誼。

他在電話裡忿忿不平地告訴我，他覺得他作了一件很愚蠢的事，因為當時接受這本書的朋友們並沒有露出任何驚喜的表情，更無人表示感謝，事後他也知曉其中只有一、兩位會把書打開來翻看幾頁，其餘的，多半是將書丟在一邊，不去理會的了。

我問他，碰到這種事，你怎麼會想到給我打電話呢？他在電話線另一頭說：「你還記得你送我的衣裳包兒嗎？」說完這句話，他竟自嘲地笑了。覺得為了這類事而失去對人的信心未免幼稚。於是雙方很愉快地收了線。

這位青年朋友談到衣裳包兒，那倒是個有趣的故事。有一次，在一個美國百納被的展覽中，我有一個小小的講座，談及百納被的源流、歷史、傳承以及製作。

美國婦女生活在科技高度發達的社會中，但是她們還常常親手製作小點心、織毛衣、縫製百納被等等。她們親手作的東西不是大工業的產品，不是花錢可以買到的，她們用這些親手作成的東西向親人、友人示愛，以心血、智慧和時間換取一種確信，一種對人際關係的確信。這種確信並不因時間的推移而減弱。

當時就有人發問，問及在中國文化傳統中有沒有可與之媲美的習俗。

我覺得中國的文化傳統是較之西方要含蓄得多的。拿北方的衣裳包兒來說，就是一個絕佳的例子。

在男人們穿長袍馬褂的歲月，每年春天曬衣服，女人們會打開樟木箱，解開一個個衣裳包兒，把折疊得平平整整的綢緞、皮貨拿出來，曬一曬、晾一晾，再裝回去。衣裳包兒通常用棉布作成夾的。一件衣裳放在裡面，為了能辨識，就用那件衣裳的料子作個布條來拴住衣裳包兒，仔細些的，用那衣裳的碎料作個盤扣兒。於是，不待打開，就知道了裡面的內容，翻找衣裳也就少了許多辛苦。男人出門在外，行李裡面一個個衣裳包兒出自家裡女人的針線，帶著的那份情意豈是今天的電話之類可以訴說得盡的？

聽我談天說地的朋友們，無論男女，都露出了非常神往的表情。問我，那衣裳包兒是什麼樣子，作法又如何。我告訴大家，那是個正方或長方形的套子，大小依內裝衣裳的厚薄而定，蓋子由布套的背部延伸而成，摺疊到正面，呈長方、三角都可以。那套子必是夾的，作法和北方人穿的夾衣雷同。大家還是雲裡霧裡。

回家之後，我就花了點時間，為那青年朋友織了一件毛背心，作了一個衣裳包兒，把那背心放了進去，衣裳包兒上綁成蝴蝶結的搭扣，就用那背心的同色毛線編成。

於我而言，那是一件我小時候見過家人和鄰居們常常使用的東西。對高雄的青年朋友而言卻幾乎是一件文物了。

這位得了衣裳包兒的朋友當時的感動曾害得我手足無措。他當時一直搖頭、一直感歎：「天哪！多少時間、多少功夫！」

我就在想，一點兒時間也捨不得、一點兒心血也不肯付出，如何可以取信於人呢？用手作一樣東西，是需要時間的。一針一線是對於人際關係的一項極好的考驗。試想，如果對那接受贈與的人已經生出疑問、生出厭憎之心，那千針萬線豈不成了苦刑，永無完成之日了？

朋友從這個樸素的事情裡悟出了這個道理，他很欣喜地告訴我，那些目前尚不知讀書益處的朋友，遲早會去翻那些書的，只要我們堅持「開卷有益」的信念，並且也身體力行地去創造條件，跟上來的人會一天天多起來。

這就好像是衣裳包兒裡面的那包薰衣草，年復一年地散發著清香，既能防蟲、去溼又能提神、醒腦。更給人一種雖然十二分樸實卻是天長地久的牢靠。

我們再來看看前一陣沸沸揚揚的討論，也就是上封信中，我們沒有來得及談透的那位臺大研究生所揭示出的另一個問題。

我相信，在那個事件中確曾有過愛情，且愛情是自然生成的，無可厚非。但是，這個愛情導致的卻是痛苦的重新認識，因為其存在的基礎並非確信。

在這個並無新意的關係中，有三個人。無論是丈夫、是太太，還是相知甚深的女友，這三個人對彼此的關係，對其他兩位都沒有任何信任。

呂小姐作為知識分子，對於自己愛著的人在關鍵時刻未經自己同意，竟和事件的另一方達成協議而要求自己撤銷告訴，自打耳光，恐怕是最不能釋懷了。

愛情撞到了家族利益、企業形象這些現實問題的時候，竟無法保持鮮豔而成了犧牲品。愛情不存在了。因為無信，連帶的連友情也不存在了。艱難之中，只剩了呂小姐一人面對社會和媒體。這種孤絕的苦痛造成的創傷很難平復。

事情到了這樣一個地步，許多朋友慼慨著愛情何其脆弱，粉碎並消失的何其迅速。追求愛情，以愛情為基礎的婚姻豈不是如同海市蜃樓般的不可靠了嗎？

在這裡，我想有幾個概念恐怕先要弄清楚。婚姻是不必以激情作基礎的，世界上最為美好的婚姻是一種禍福與共的關係，其中責任與義務較之浪漫的愛情來得重要得多。

愛情卻是不能離開激情的，愛情的多變、複雜、捉摸不定更是其特色。但是，捉摸不定絕非恆久，於婚姻而言當然不利。

婚姻制度是否合理、是否人道，容我們以後再談。

至於愛情這個神祕的精靈，西方人用童話來讚美她。

現代人無法以童話來安慰自己，因為我們面對的是另一種時代，查爾斯王子和戴安娜王妃的恩怨，使美麗的神話止於神話而已。

且慢，我們還有可愛的流浪兒阿拉丁，還記得他的名言嗎？「相信我！」

畢竟，靠得住的愛是人類神往的，也是離現實比較近的。人類還有指望。一笑！

一九九五年十二月十三日

——於美東嚴寒中

文化的失落與建設

這些日子，美東的媒體幾乎被兩大新聞占據了全部的時段和版面。一個是聯邦政府再次因為白宮和國會意見相左而無錢開飯，廿五萬工作人員長達廿二天閉門家中坐，引來了各界強烈不滿。因為和平部隊已經派往波士尼亞，所以國防部必得開工，聯邦政府這次被迫停工的人員就較十一月間那一次少了許多，這是唯一可以告慰民眾的。至於兩黨為了政治緣由，而使得政府停擺的現實，使選民對兩黨目前的代表人，都感覺深深的失望。

任何現行政治制度都未臻完美，由此可見一斑。

另一大新聞就是暴風雪肆虐，雖然聯邦政府預算案可得緩解至元月廿六日，但是大雪封門，氣溫驟降，行路難，使得聯邦政府不得不因天氣緣故繼續停擺。

今天，一九九六年元月十一日，是在平衡預算案緩解和大風雪之後第一天，聯邦政府全面恢復運作。不幸的是，今晚將有另一輪暴風雪橫掃美東。明天，大家能不能出門，聯邦政府和地方政府能否保持路況良好，也是個未知數。

最讓人扼腕的，是在這樣的「天災」和「人禍」夾攻之下，令文化事業受損。

華盛頓的國家博物館在這期間全部關了門，後來，檔案藏館等一、兩處地方勉強開放參觀，國家藝廊等等深受美國老百姓和外國遊客喜愛的博物館，卻處在完全的關閉中。

最讓人難過的是十七世紀荷蘭畫家弗美爾（Johannes Vermeer 一六三二—一六七五）的特展受到了嚴重干擾。

弗美爾生前歷盡困頓，身後留下的作品為世人所知的只有三十五幅。美國國家藝廊(National Gallery of Art, Washington)的學者、專家、工作人員花費無數心血，終於收集到二十一幅。其中絕大部分來自歐洲著名博物館，甚至有一幅是向英國女王伊麗莎白二世借展的女王陛下的私人收藏。

這個特展的預告公布之後，美國民眾非常雀躍，很多人安排了假期專程來華府參觀。特展的時間自一九九五年十一月十二日起，至一九九六年二月十一日止，共有三個月時間。

聯邦政府在去年十一月的第一次因預算案擱淺而停擺就曾使輿論大嘩。外地來的美國人和外國遊客想看弗美爾，但不得其門而入的失望、氣憤實在不難想像。

事實上，只要開門，弗美爾個展就擠滿了來自世界各地的參觀者。非營利，不收門票，只發放免費限時入場券的國家藝廊，在營運的日子裡，永遠忙中有序地接待著大排長龍的訪客。政府關門，藝廊不得不停止工作，藝廊工作人員的心情也是不難想像的。

真是禍不單行，政府第二次停擺竟然跨過了聖誕、新年的連續假期！就在政府關門大吉的十天之後，私人企業所組辦的基金會挺身而出，承擔起國家藝廊營運的費用，幫助弗美爾個展度過這個艱難的華府展期，也使得新年期間，在全關閉的國家藝廊，使弗美爾個展可以每天單獨接待四千五百至五千位參觀者。

我在去年十二月三十日第二次踏進這個個展。第一次去是在十一月下旬，那時候，恰是政府兩次停擺的間隙，一切尚稱順利。這第二次去就大費周章了，政府工作人員大量賦閒，於是周一至周五工作日照樣人滿為患。一大早去，排兩小時隊，領到下午三點到三點半的入場券。排隊的人們手捧書報、雜誌在年底的嚴寒中默默等候，聽不到一句怨言。下午三點我準時趕到，隨著隊伍再次走進藝廊，感覺非常奇異。所有的展室都沒有燈光，入口處用一面面白色屏風擋住，真是淒涼。一條長龍盤繞著，慢慢蹭向一個唯一的展廳，弗美爾個展。

展室內擁擠且通風不良，我相信是因為藝廊絕大部分關閉，而使通風系統受到影響的緣故。

人們靜靜排隊看畫，出得畫廊再排長隊購買畫冊、複製品。收銀員忙得滿頭大汗，排隊的人們卻不見減少……

一位來自歐洲的遊客用生硬的英語問我：「為什麼是這個樣子？」

我難過得無言以對。

結果是他轉回頭來安慰我：「二月下旬，這個展將裝箱運往荷蘭，三月將開始又一屆展出，那時，弗美爾將不會被冷落……」

我卻在想，如果不是私人企業家的鼎力相助，連目前的局面都不會有。

站在長長的隊伍中，我就想念起高雄，想起去年高雄的《炎黃藝術》雜誌所走過的路，和一波三折的弗美爾個展一樣發人深省。

發行五年，損耗兩千五百萬新臺幣的《炎黃藝術》雜誌，是一份非常出色、內容健康、有創意的、嚴肅的藝術雜誌，在獲得金鼎獎的同時，卻面臨關閉的命運。

消息一傳出來，高雄新聞界馬上廣泛報導，引發社會大眾的注意。

文化界、教育界人士紛紛出謀策畫，借鑑國內外文化建設的成功案例，希望找到一個好的途徑，使這份雜誌、使和雜誌同命運的炎黃藝術館，可以繼續在高雄市的文化建設中發揮作用。

其實，回首五年來《炎黃》走過的路，這份雜誌的影響早就超越了高雄、南臺灣，也早就跨過了淡水河，甚至在東南亞、在中國大陸都產生了不可低估的影響，然而，市場法則的嚴酷使得雜誌度日唯艱。

幾度協商，人們想出了會員制的辦法。本來由建築業企業家所組成的基金會獨力承辦的雜誌，現在由企業家牽龍頭，社會各界積極參與，終於出現了轉機。

雜誌一本五年來的編輯方針，引領藝術的健康導向，重生了。唯一不同的，是新生雜誌擁有了較過去五年，多了許多的訂戶和讀者群。

在政治空前劇烈的角逐中、在經濟低迷的沉重裡，任重道遠的文化建設工作，面對更加嚴酷的挑戰。

這種挑戰是全球性的，不只在美國，也並不限於臺灣。

我想，你們一定記得蘇聯垮臺，東歐共產國家解體，引發歐亞大陸的劇烈震盪。

不知你們有沒有注意到，俄羅斯民眾在不知第二天的麵包在何處的情形下，冒著嚴寒，在美術館門口大排長龍，等著入場看心儀已久的畫展。

不知你們有沒有注意到，去年聖誕節波士尼亞終於停火，在廢墟上，在毀壞殆盡的家園裡，民眾們站在焦黑的土地上，聆聽交響樂團舉行戰後的第一場大型演奏會，曲目是貝多芬的《第九交響樂》。

十九年前，大陸文革結束，被「批判」多年的古今中外的文化傳統獲得部分「平反」，金秋十月，響徹北京市上空，引得千萬民眾淚流滿面的樂曲，也是貝多芬的《第九交響樂》！

我深信，文化藝術的魅力，文化藝術所產生的精神力量絕不是曖昧的政治角鬥，低迷的經濟環境可以左右的。而文化建設的順利進行更需要社會大眾的熱心參與。

最近，我聽說臺灣出版界面臨空前的挑戰。其實，西方出版界，早就在面對艱難歲月了。但是，永遠存在的讀書人、永遠存在的買書人，使出版界一次一次地度過艱難，即使是現代科學衍生出的視聽「讀物」，仍無法取代閱讀。人類尚保留著堅持閱讀的智慧。

最近，大華府地區組辦「書友會」。朋友們問我，怎樣支持國內出版界。我就說：「買書。國外的中文書店供不應求，可以用郵購的辦法。」

我想，你們都是愛書人，也是閱讀風氣的倡導者，大家如果改零星買報而訂一份喜歡的報紙、一份喜歡的雜誌；一個月由買一本書進而買兩本書；對於在困境中求生存的優秀出版事業而言是多麼大的支持呢！

再有，上次朋友們問及，看畫展有時候有點不明所以。

那麼，去訂一份《炎黃藝術》雜誌（註）吧！如果喜歡更知性的閱讀，去買兩本相關的書來看，一定有幫助。

一九九六年一月十一日

——寫於美東大雪中

註　《炎黃藝術》自一九九七年起改名《山藝術》，內容不變。

來而無往非禮也

美國東部的暴風雪終於成了過去，此地已是早春天氣，樹木和草坪吸足了水分，早早地顯出勃勃的生機，綠得可愛。

近些日子，美國報界對臺灣海峽的緊張局勢表現了極大的關注，美國第三大報《華盛頓郵報》，不僅為此發表頭條評論文章，更以社論形式，敦促美國政府警告中共勿在臺灣海峽點燃戰火。

溝通與了解，再次成為當務之急，不僅被美國報界再三再四地談及，也被美國朝野體認、關注與推動。大家都有緊迫感，那早春三月的大選似乎是個相當關鍵的時刻。

前些天，臺灣新聞界友人在越洋電話中，和我討論過他們的珠海之行。

當臺灣記者團抵達珠海之時，大陸方面的宣傳攻勢就間不容髮地展開了。其中最主要的內容就是要求臺灣記者們「端正思想，共同為統一大業而努力。」

朋友在電話中笑問：「思想」要怎樣才算「端正」了呢？他訝異於中文的「進化」，如此一廂情願的句式，實在令人難以消受。

到了中山縣孫中山先生故居，大陸方面導遊，不厭其詳地介紹孫中山先生革命歷史以及個人生活，終於引發了臺灣記者朋友的憤怒。

他們毫不客氣地指出：「我們對國父的了解比大陸同胞深入得多。我們來談談三民主義，談談國統綱領如何？」

對方極不耐煩地揮手止住他們：「你們不要插嘴，你們打斷了我，我就想不起下文了……」於是，臺灣記者們只好又好氣又好笑地等這位「導遊」把臺詞背誦完畢，才明明白白地告訴對方他們的感受：

「溝通是雙向的，了解也是雙向的，一廂情願地強迫對方『端正思想』，於事無補。」

一語中的，臺灣記者朋友所言，正是當今世界最急迫的一種需要：國際、人際之間的溝通和了解，而這溝通與了解又必須是雙向和互動的。任何的一廂情願，任何的脅迫和勒索都毫無益處。

記得我在高雄的時候，正值選舉中火熱的日子。臺北的計程車駕駛先生都把自己的政治理念用大字和鮮明的色彩書寫在車上，一目了然，自有一種咄咄的氣勢。

有事北上，高雄友人千叮嚀萬囑咐，要我謹言慎行，千萬不要「惹禍上身」。

有的朋友更是快人快語：「你這種『旗幟鮮明』的人，這種時候去臺北，最好不要坐計程車，免得出狀況。要不，我們陪你去！」

謝了朋友們的好意，我輕輕鬆鬆上了飛機，秉持的，無非是對臺灣民眾的信任。

果不其然，一輛漆成鮮綠色的計程車停在我面前，二話不說，我就坐了進去，和顏悅色地告訴駕駛先生，我要去的目的地。一口字正腔圓的京片子不知有沒有引起這位年輕人的注意。他只是頭也不回地丟過一個問題來：

「你支持哪個黨？」

我也毫不猶豫地回答他：「共和黨！」

這時候，駕駛先生才從後視鏡裡仔細看看我，我的氣定神閒大概讓他很放心。

他很興奮地歎道：「你們贏了！」

那時候，距離美國共和黨人重新占據國會兩院多數席位，只有短短兩天而已。我不得不欽佩這位駕駛先生的政治熱情和國際視野。

我心平氣和地回答他：「不錯，我們贏了，可是我們沒有『變天』！」

這句話是針對這輛綠色計程車上的標語有感而發的，絕對違背了高雄友人要求我的「謹言慎行」。

年輕的駕駛朋友不但沒有發脾氣，把我趕下車去，反而哈哈大笑，很有興致地和我大談民主政治、多黨政治以及此種政治環境中，民眾所扮演的角色。

我們談得非常愉快，當我抵達目的地的時候，對臺灣選民的智慧生出了更強烈的信心。事實上，我和這位駕駛先生誰也沒有可能改變對方的政治理念，更沒有可能把自己的理想和抱負加諸於對方。

但是，我們之間有過雙向的溝通。我們都沒有迎合對方，我們也都沒在自己的原則立場上讓步，但是我們之間增進了瞭解。

事情過去不久，臺灣社會裡原來水火不容、南轅北轍的不同黨派，不是已經坐下來共享香醇的咖啡、不是已經化干戈為玉帛，進入「大和解」時代了嗎？這難道不是溝通之後的良性互動嗎？這難道不是選民和政治人物推動民主進程走向成熟與智慧的表徵嗎？

高雄友人見我平安返回，高興之餘也感覺到我和駕駛先生暢談人類前途的過程，是個發人深省的題目。

其實，這件事於我而言是極平常的，因為我是個寫字的人，寫出來的字是給人看的。關心人是我的日常工作，而對人的信任則是我最基本的理念之一。由此，我會永不氣餒地堅持自己的理念。

昨天，有高雄來的朋友和她在紐約的友人，一起來華盛頓參觀訪問。我陪她們去佛瑞爾美術館(Freer Gallery of Art)瀏覽一番，當我們走進一間連一間的中國藝術展覽室的時候，話題自然而然轉到國立故宮國寶放洋問題的討論。

我本人是美國大都會博物館的會員已經有十來年了。大都會和會員之間的交流頻繁而持續不斷。

早在去年夏末秋初，我就收到了大都會的信函。信中明確述說臺北故宮來美展覽的內容，及其在美學研究方面的巨大意義。同時，大都會也明確告訴大家，這項深具意義的展覽是非常昂貴的，因為參展藝術品非常脆弱，需要極為特別的設備、條件，予以最周詳的照顧。

大都會在全世界的會員遠遠超過兩百萬人。其中對國立故宮的中華瑰寶有興趣並慷慨解囊的人，絕不在少數。大都會早早動手動腦與各界溝通，無非是使這次盛大展出得以圓滿、成功。

位於臺北的國立故宮博物院和位於紐約的大都會博物館有著許多不同之處。

國立故宮顧名思義是政府主辦，大都會卻是民間機構；故宮一舉一動需政府核准，大都會的支持者卻是資金雄厚的財團、大批的基金會以及數以百萬計、千萬計的藝文愛好者。先天的，大都會就活潑、機動得多，大都會與民眾的溝通更是與生俱來。

在這方面，國立故宮較之大都會，自是少了許多的溝通管道，更遑論制度化的、經常性的溝通方式。

國寶放洋的爭議源於技術層面和法律層面的不放心。持異議的朋友無非是擔心國寶受損甚至有去無回。

平心而論，此番心意自是由關切而生，當然無可厚非。

故宮專家以及主辦此事的政府主管部門，無論在技術上還是法律上都已經胸有成竹，所有的細節也都在其專業範圍之內，只要一環扣一環，謹慎去做，就會順利成功。

持異議的朋友並非箇中高手，偶有涉及當然不及直接當事人來得專業，由疑生懼而提出異議，也在情理中。

關鍵時刻，需要的僅僅是具體而微的詳細解釋、說明。愈詳盡、愈細緻、愈深入淺出、愈具體，則愈有說服力。

老話說得好，「來而無往非禮也」。有問必答地對待民眾的關懷，是政府與故宮的應有擔當。就國際環境而言，中華幾千年文明對世界貢獻無與倫比，東西方互相借鑒也是大勢所趨。

羅浮宮名畫已來過臺北，三年之內，國寶將遠赴歐洲，其整體規畫與具體細節，自當和國人及早溝通，才是正辦。

一九九六年一月十四日

——於維州

再說「靜為躁君」

待你收到這封信的時候，你和你的戰友們、同事們大概可以去度假了，也就是說，臺灣的局勢也由緊張而轉向平和了，當然暗潮洶湧是免不了的。

今天，三月十六日，在華盛頓，卻是非常的緊張，電視臺播報新聞的時候，躍上畫面的是中共「試射」飛彈，是由臺北而高雄而世界的抗議和警告聲浪。

我坐在電視機前，很驕傲的。為什麼？因為終於有了這樣一個機會，全世界的人一下子弄清楚了臺灣的地理位置、一下子弄明白了臺灣幾個重要城市的名字，也一下子學會了怎樣拼寫高雄：KAOHSIUNG。全世界的人在看到高雄的摩天大廈的同時，看到了高雄、屏東的漁民正迎著飛彈撒網、打魚。

再不需要我口乾舌燥地向人們宣講我在高雄的幸福經驗，以及我對善良、熱情、勇敢、勤勞的高雄人的讚美。全世界的人在電視機前就看清了那樣一種極其鮮明的對比。

一方是那樣地跋扈與強橫，仗著人多、地大，擺出主子嘴臉。另一方卻心平氣和地在海上做著每日做慣了的營生，安安靜靜地堅持要過和平的日子。

一方動不動就設限，畫出禁區，不准這個，不許那個，似乎別人只有俯首稱臣作順民的「自由」。另一方卻在民主的大道上不停歇地前進，將選出中國五千年歷史中，第一位民選總統，很可能將開創出一個真正「主權在民」的新境界。

美國朝野對這一現象的反應，你和你的朋友們從相關報導中，已經看得很清楚，我就不必再重複了。

倒是普通美國老百姓的反應，讓我覺得有趣，值得談一談。

昨天開車外出，廣播電臺在播報新聞的時候，廣播員一反平日的鎮靜，提高了音量，說出的一句話，讓我差一點闖了紅燈。

他高聲說，中共試射飛彈的目的是干擾或阻止在臺灣的中國人舉行一次民主選舉！

我很清楚，這樣一句話對美國人來說，會產生怎樣爆炸性的影響。

美國老百姓最強有力的發言就是選票，美國人用選票決定他們的代言人、用選票決定他們所擁有的各項權力的執行者、用選票來表達他們對現行法令、制度的擁護和反對。

如果有人想干擾或阻止他們使用他們的選舉權，那無疑是要使整個社會倒退、是動搖了國家的基石、是絕對不能妥協和忍讓的。

兩千一百萬人口，是數量很大的人口。以色列的人口遠遠不及此數。美國人從來不會無視以色列的存在。更何況，那怕是一個人，他的民主權利受踐踏，美國人都受不了。現在是，兩千一百萬人要在飛彈威脅下進行一次選舉，美國人怎麼不義憤填膺？尼米茲帶著戰鬥群浩浩蕩蕩開進臺灣附近海域，自然是順應美國民意的舉措。

於是，我想到了一向欺軟怕硬的飛彈發射者們，他們作夢也沒想到，他們替臺灣、替生活在臺灣的中國人，作了一次免費的、全面的、深入的宣傳。他們也沒有想到，那兩千一百萬人中不乏不畏強暴的勇者，眾志成城，決心與強權對抗到底，民主選舉勢在必行，臺灣必然是中國人希望所在。

一切都是事與願違，北京當局的沒有智慧已經那麼明顯地暴露在全世界面前。

阿Q式地叫幾聲：選出來的也不過是地方政府領導人……終是無用的，因為人民顯示了力量和勇氣。

今後怎麼辦？在今後的歲月裡，除非北方發生根本的改變，否則，那壓力，那專橫的圍、追、堵、截仍會不停地重演，兩千一百萬人要怎樣才能尊嚴地生活下去，生活得更好。

強烈的緊張對峙過去之後，於臺灣而言，正好是一個靜思的時間，好好地回想一下在那緊張的日子裡，政府、民間、政治人物、平民百姓、企業、教育、文化，各行各業的舉措是否得當、視野是否廣闊、思慮是否縝密，整個社會面對危機是否屹立不搖。

每個人也可以在這難得的緩衝期自省一番，自己的道德勇氣又可以打上幾分？

去年，在高雄，有過一個非常典雅的書畫展。長居北市的藝術家侯吉諒先生在高雄畫廊界的大力支持下，南下高雄。據他自己講，是想表達其多年來對傳統文化，傳統藝術的追求。對質樸的高雄人來講，那次個展無疑是美的饗宴。

有一位海軍軍官買了一張畫，一張秀麗的文人畫，溢滿了「行到水窮處，坐看雲起時」的悠然意境。

我忍不住向那位靦覥的軍人朋友發問，何以相中這樣一幅畫。

他簡短回答：「家裡有這樣一幅畫，看著心靜。」

「心靜」是目的。

現如今，世人要想「心靜」是得拿出一點辦法才能作得到了。

新聞人、音樂人、文化人張繼高先生生前曾寫過許多文章對今日世界與今日臺灣的種種喧囂作過極為精闢的分析。

一九八四年四月他為《聯合報》副刊所寫的〈數不盡的恐懼〉，到了十二年後的今天，讀來仍有「切中時弊」之感。

張先生將世人所面對的恐懼分為有形與無形的兩種。有形的，今天我們可以想到最近的例子，由於飛彈的恐嚇而掀起的又一波移民潮和資金的迅速外流。

無形的，張先生說到幾種，尤以沒有法治基礎的民主所形成的諸多亂象所引發的恐懼為最可怖。

我們在今年初為總統直選而進行的各種幕前與幕後、檯上與檯下、光天化日之下和月黑風高之夜所演出的各種活劇中，自然嗅到了死亡的氣息、腐敗的氣息，感覺到國家元氣受損的恐懼。

張先生具體列舉的「街上交通之亂，黑社會之猖獗，銀錢信用之不可靠，人際關係之脆弱單薄……」在在均可在今日現實生活中找出具體的例證。

更進一步地揭示「在社會轉型期中各種倫理關係，都正缺少一種有格局的共識。舊日的孝悌忠信或忠孝仁愛精神都已褪色；新的系統還沒有生根。人與人之間的猜忌、狐疑、防範、疏離，缺少愛與信賴，恨與怨特易滋生……」則更是「精確明白，從根救起」（〈聯副〉陳義芝先生語）。

我如此大段引用張繼高先生的文字，只是要說明，眼前的平靜只是暫時，三月份的緊張不是首次也非終結。來自飛彈的恐嚇、言詞的威壓，國際社會裡被製造出的圍堵，隨著臺灣的民主進步仍會升級。在平靜中自省，危機到來時，政治人物能否不再利用危機，而是以國家和百姓為重。掌大權、握大錢者能否珍惜國家資源。一句話，各行各界能否團結一心，堅守民主、自由、均富的理想，支持自己的政府、愛護自己的軍人，共同度過危難，迎接中國真正有希望的明天。

張繼高先生的書《必須贏的人》可否作為這個平靜期，讀書、思考的重點讀物?

我深信，對付人類種種缺乏智慧的醜行，讀好書、勤思考、以自省增強自身的力量，不敢說是「解藥」，起碼是對個人、對社會有益的良方。

以張先生不斷提醒世人的「靜為躁君」與讀書會的朋友們共勉。

一九九六年二月十日

——於美東

「兩點之間直線最短」

今年的美東，春寒料峭。復活節前，春花怒放，北維州一片姹紫嫣紅。誰想到復活節後竟又飄起雪花，之後又是一場冷雨，華府著名的櫻花季匆匆落幕。

今天，已經是四月中旬了，窗外仍是冷雨颼颼。冬天，漫長的冬天，頑強地不肯讓位給春天呢！

今天，高雄的天氣恐怕是接近夏天了，真是讓人羨慕。

去年的今天，我在北京。那時候還沒有大規模的軍事演習，那時候李登輝總統還沒有應邀訪問美國，那時候臺灣的「民選總統」能否順利通過民主洗禮也還是個未知數。去年四月的北京，一切都是相當「平靜」的。我在那四天短短的逗留中，可以感覺得到，那種平靜只是大風雨來前的低氣壓而已，絕非真正的平靜與祥和。

兩點之間直線最短，人與一種局勢、一種狀態、一種氛圍之間如果要溝通良好，如果要避免被假象所迷惑，最簡單、最快捷、最徹底的方法就是用腳去走一走，用眼睛去看一看，用心去體會一番。

當時，最令我訝異的就是何以在我和幾十年相知甚深的老友之間出現了短路？何以我們之間失去了那種多少年來經過了無數考驗的默契與和諧？是什麼東西橫陳在我們之間，而使兩點之間無法繃緊一條直線，而必須曲曲折折繞道而行？

通天徹地談了幾天，終於明白，我自己的角色有所改變，老友們敏銳地發現了這種改變，而相應地調整了自己的態度。

到去年四月份為止，我在臺灣，特別是高雄，已經住滿了兩年零九個月。高雄，已經由「他鄉」變成了「故鄉」。無意之中，言談話語間，我已經帶上了高雄人的意氣風發，已經帶上了高雄人的十足自信，甚至偶爾出現了臺灣國語，以及在臺灣，人們常用的各種特定語彙。

老友們一致認定我的改變使我的話題有了相當程度的敏感性，對我進行一點「提醒」則成為必要。

遠兜近轉，「民族大義」四個字愈來愈頻繁地出現在他們的談話中。

上下五千年，中國人追求「大一統」的理想也罷，使命感也罷，「民族自尊」也罷，都不脫一個窠臼。那怕中國人在念叨「合久必分，分久必合」的老套的時候，重點也是「合」，而不是「分」。他們的心目中，「統一」是目的，是可以青史留名的大功績，是可以付出任何代價，可以使用任何手段去達到它的。

我的老友們，在中國大陸現存的政治環境中是有相當見識的知識分子。多少年來，他們可能痛恨許多勞民傷財的政治運動，他們盼望一個富強的、傲人的中國在地平線上出現，他們在文革結束後極力主張改革開放，他們甚至主張市場經濟，他們喜歡胡耀邦和趙紫陽，他們痛恨中國內部由上而下的貪汙、腐化。他們也痛恨各地因為金錢產生的誘惑而出現的各種兵慌馬亂的現象。

他們為中國社會的道德淪喪、文化失落而痛心疾首，為文化的重建他們卻可以節衣縮食、可以工作得不舍晝夜。

然而，他們不能容忍中國的分裂，他們不能相信或不願相信，世界上有另一群中國人擁有和他們並不相同的歷史和歷史觀。他們更無法了解，事實上，那一小群中國人已經遠遠地走在了前邊。他們無法承認，那一小群中國人正和世界的主旋律合流。

多年來，我在大陸的朋友們帶著寬容的心聽著我對臺灣的讚美：臺灣保有了中華固有文化，使其沒有像在大陸一樣遭到滅頂之災。

他們很明白，我的愛臺灣源於我的愛中國，愛中華文化。

去年四月，他們猛然發現，我的愛臺灣還有其他的因素，而這種其他的因素似乎是他們不了解的，也似乎是他們無法想像的，當然更無法接受。

於是，老朋友們婉轉而不容置疑地要我瞭解，九七「收復」香港和九九「收復」澳門之後，臺、澎、金、馬「回歸祖國」將不可避免。

在他們客氣而堅定的說辭當中，我發現自己一分一秒地變得鬥志昂揚起來。我也清晰地告訴老朋友們，今天，如果限時要求或者強迫臺灣「回歸」，無疑是要臺灣後退，從民主、自由、繁榮後退到威權、禁錮、落後。無論大陸對臺灣採取何種手段來達到這個目的，都是不切實際的幻想。

老友們胸有成竹：「解放臺灣」的口號雖然換成了「和平統一」，但是人人心知肚明，不過是舊瓶裝新酒而已。目的並未改變。能和平實現統一固然好，「和平」不了的話，大陸軍方早已摩拳擦掌，訴諸武力是不在話下的。

一位朋友早已忘記了自己在文革中被軍管的痛苦經驗，直接了當地說，中共軍方在最困難的五〇年代打贏了韓戰、在大飢餓之後不久，「保衛」了中蘇邊界、在文革的混亂中和美軍轉戰於越南戰場。總之一句話，大陸軍方不但準備打仗而且有必勝的信心。

我聽了這一番高論之後，深深感覺兩年零九個月的臺灣經驗之可貴。

於是我也正告我的老朋友們，他們對臺灣，對居住在臺灣的中國人太不瞭解了，對於廿世紀末的國際環境也太不瞭解了。今天，人類社會在追求建立公平與合理的新的架構，主權理論早已面對挑戰。臺灣的老百姓擁有一個不斷進步的今天，為了保衛「今天」的祥和，他們是絕不肯屈膝投降的。

訴諸武力，不但會使臺灣社會更具離心力而且也不能得到國際社會的諒解和支持。

大家都笑，他們七嘴八舌地表示，又不是沒和美國軍隊打過仗，也不過那麼回事而已……聯合國更不在話下，北京有否決權……

我清楚地明白，我面對的朋友們雖然都學有專精，但他們也確實太不瞭解美國。

十一個月之後，中共三波軍事演習幾乎是為臺灣順利完成中國數千年歷史文化第一波的「民選」而鳴放禮炮。

十一個月之後，全世界歡呼：一九九六為「臺灣年」。我在大陸的朋友們卻告訴我，一九九六年變成了「意識形態」年、「政治」年。近在門口的香港，持續不斷地為保衛自由而呼喊、抗爭。「祖國寶島」臺灣竟全民直選出深具民意基礎的總統，大步跨上了「主權在民」的大路。

訊息爆炸的今天，大陸當局無論怎樣設防，再也無法一手遮天。

老朋友們信中說，十一個月前的「暢談國事」已不可能。我卻在想，十一個月前的「短兵相接」在這麼短的時間內一一應驗不知主吉還是主兇？

一九九五年閏八月平安渡過了，那是文攻武嚇的初試階段，今年春天的險風惡浪又有驚無險地渡過了，危機卻並未化解。

最根本的癥結仍是兩岸完全不同的歷史觀。懷抱昨天甚至遠古的大陸人，面對懷抱今天放眼明天的臺灣同胞，需要的不是「解放」，而是瞭解和學習。

兩點之間直線最短，我多麼期望大陸的朋友們還記得這條定理，並且能心平氣和地想一想。

一九九六年四月十二日

——寄自維州

當愛情撞上了親情……

很高興看你的信，不是因為你給我出了個好題目，讓我有機會大發議論。我高興的是，你說「很難得遇到那麼容易與我們溝通的『長輩』」。而且，你很鄭重地在長輩兩個字上加了引號，讓我覺得非常貼心。

我從來不覺得自己會成為你們的「長輩」，因為「長輩」是有很沉重的責任的。我只是你們的朋友，很高興地和你們分享人生的經驗，下次回高雄，也許和你們去跳一場迪斯可，那時候，我們之間會更加親密，更加無話不談。

你說到「難得遇到」，等於是說，和長輩之間常常有不容易溝通的困擾。

西方人說的「代溝」，在東方，在臺灣，在你們的生活中大概也已經是一個普遍的存在。兩代人之間價值觀念的迥異在如今日新月異的時代更加鮮明和突出。文化的傳承和倫理的延續卻使這鮮明和突出更加的矛盾重重。

好在，你只提到了一種矛盾，就是親情和愛情發生衝突的時候，該如何自處的問題，換言之，就是長輩們對你們的愛情表示出他們的意見，甚至承擔起他們對你們的責任，做出許許多多行動，而原則是「為了你好」的時候；你們覺得為難，一邊是自己心愛的人，一邊是愛自己，但不容易溝通的長輩，日子真是很難過了。

不知你有沒有想到，你和長輩們想的是兩件事，甚至你們眼睛裡看的也是兩件事。最要命的，這兩件事並沒有直接的因果關係。

年輕人，心心念念的是愛情，長輩們考慮的卻是婚姻。

愛情不一定導致婚姻；婚姻沒有愛情仍可以長存。

這種關係的兩件事卻常被人們相提並論，甚至當作一件事來處理，怎麼會不是矛盾重重呢？

我不是故弄玄虛，只不過在談一個普通的事實而已。

青年男女在熱戀中，看對方是充滿了浪漫的。怎麼看，怎麼順眼、順心。看是看不夠的，恨不能生生世世永不分離，一輩子在一起過神仙日子。

長輩們冷眼看青年，長處、短處一覽無遺。

長輩眼中的「華而不實」變成了戀人眼中的「風流倜儻」。戀人眼中的「溫柔多情」，看在長輩眼裡卻是「小家子氣」和「沒有擔當」。

何以相差如此之大？

年輕人愛得如火如荼，轟轟烈烈，不會、不願也不可能想得太遠。每天晝夜不分，忙得團團轉也不可能真正去思考人世的艱難。

長輩們卻知道，婚姻路上攜手同行的兩個人是要共同去對付柴、米、油、鹽、醬、醋、茶，這種熱戀中人不肯去想的開門七件事。兩個人的脾氣、秉性、教養在婚姻中不僅袒露無遺，更是決定婚姻能否平穩、能否長久的重要因素。

對於此類因素，戀人們從對方的殷切、思慕、歡笑中是看不清楚的，就是看到了，多半也視而不見。否則，也不是愛情了。

中國人談起婚姻，常說的四個字是「門當戶對」。青年們大皺眉頭，滿懷狐疑地相詢：這是什麼時代了？還拿這種老骨董來壓我們？

其實，老骨董自有其道理。

熱戀中的青年男女見面的時候，亮麗、光鮮，誰也沒有見過對方家居過日子是個什麼模樣。等到男婚女嫁，真到了一個屋簷下才發現對方的一舉手一投足都很難忍受，那才成了大問題。舉手投足的習慣、日常起居的習慣都和家庭的教養密不可分。

長輩們所說「門當戶對」只是希望青年男女的背景、教養不致天差地遠而已。即使門戶相當了，長輩們仍有多重考慮。

婚姻需要經營，一不當心，就會亮起紅燈，甚至鬧到雞飛狗跳，大家不得安寧。

所以，《紅樓夢》裡，林妹妹的體弱多病、小心多疑就輸給了寶姐組的身強體健、圓通大度。寶玉和林妹妹是知己，寶玉不愛寶姐姐，看在賈母和鳳姐眼裡，多福多壽的寶釵卻是可取得多。

後人看《紅樓夢》，驚歎著寶黛的愛情悲劇，感動得熱淚長流。可是捫心自問，如果自己的兒子愛上一位黛玉式的美人，恐怕也會步上賈母和鳳姐的後塵，只是世人常不會說穿而已。

愛情的性質不同。愛情無從經營起，千萬人當中，就看中了那麼一個人，不要說是地位與財富，連身家性命都可以拋卻的，只要能去愛，心願已足，其他一切都不在話下了。信誓旦旦是熱戀中人最常有的表現。兩人攜手，乾坤都可以扭轉，有什麼阻礙呢？根本沒有嘛！

如果慢一點步上紅地毯，愛情漸漸隨著時間推移而降溫，兩人漸漸恢復了視覺，終於明白，作夫妻無望還可以作朋友。那時候，愛情倒是以完滿的句號作結束，代之而起的是天長地久的友情。那恐怕是人際之間最可稱羨的一種遠離利與害的關係。

婚姻自始至終利害相關。中國人的婚姻通常還要和家族的利益發生關連，除了夫婦兩人互相愛惜、互相尊敬以外，更要保持和兩個、甚至更多的家族具有良好的互動關係，如此，婚姻這條小船才能比較平穩地繞過激流、險灘而安全地駛向前去。

如此危機四伏的一個工程，長輩們怎麼能掉以輕心呢？

你可能會問，如此說來，世上這麼多美麗、淒絕的小說，豈不都是騙人的了？世上只有人歌頌偉大的愛情，卻沒有什麼人歌頌偉大的婚姻，這是為什麼呢？

我想，寫小說的人大概通常也有一顆年輕而敏感的心。愛情的多變、美麗、迷人自然是謳歌不盡的好題材。婚姻卻是平淡而辛苦的，在婚姻裡面的人，為家庭，無一不是勞心勞力，付出、奉獻，以求平順。

平順兩字，大概可以算作所謂「美滿姻緣」的最高代表了。你們看看周圍親友的婚姻，大概可以得出這個結論。

所以，長輩們的苦心焦慮，無非是使兒女將來的生活平順而已，其中自然沒有太多浪漫情懷。

如是，當愛情撞上了親情，在長輩眼中，自己的意中人竟一無是處，怎麼辦呢？

如果你真要聽我的意見。我給你四個字，這四個字是中國人的老生常談，卻充滿了智慧，那就是：事緩則圓。

給自己的意中人充分的時間，有了時間就有各種機遇，在機遇中，意中人的出色表現很可能使親人改變看法。

給關心自己、愛護自己的親人時間和機會，徹底而坦誠地說出他們的意見和看法。不必擔心不中聽的話會使愛情變色。真正的愛情是非常堅韌的，真正是百折不回。如此，親人感覺你尊重他們，不是只要戀人不要家人，他們的心緒就會比較平和，你也就找到了「溝通」的可能性。

你知道，為什麼覺得我這位「長輩」容易溝通嗎？因為我們之間沒有利害關係，我們只要相知、相惜就夠了，所以我們就很容易心平氣和地傾訴和傾聽。

《紅樓夢》裡林黛玉說過「黃金萬兩易得，知己一個難求」的話。其實，黛玉身為名門千金，說出來的話也是經不起推敲的。今天的人可以這樣說：「黃金萬兩不易得，知己一個更難求。」這樣，才離現實比較接近些。

愛情的對象應當是知己，是極為難得的。很多人終其一生也並未遇到一位真正的知己，所以，當愛情出現的時候，千萬珍惜，沒有被世俗的利害關係汙染的愛情極為可貴，真正可遇而不可求。

親情無從選擇。對親人的關切只可以存感激之心。有了感激，人際關係不會變得劍拔弩張，充滿暴戾。

如是，當人們處在愛情與親情不肯相容的境地中時，方可找到一條平穩的解決辦法。

一九九六年五月十日

——寄自美東

古道熱腸及其他

六月一日，我在北卡，應女作家簡宛和北卡書友會的邀約，和愛書的朋友們展開了一場熱烈的座談，題目叫作「樂在他鄉」。不用我說明，你也猜得到的，我把在高雄的快樂經驗講了個不亦樂乎。與會的朋友們爭相詢問的題目中也有的很能觸動內心深處最不容易說明白、最脆弱的領域。比方說，有位朋友再次提到一個「定位」的問題。就像在高雄一樣，不少朋友問過我：「你實在是個中國人，一腦門子中國文化，心裡裝著的盡是高雄、臺北。你怎麼樣去做個美國人呢？你自己覺得你是哪裡人？」

這種問題曾經好多次讓我這個「旗幟鮮明」的人不得不想法子「偷換概念」或是模稜兩可地悄悄「滑過去」。

其實，捫心自問，有時候，雖然我說的、寫的，都是中文，對兩岸中國人的思維邏輯和行為方式都非常地熟悉，但是，到了某種時刻，我的處理問題的方式卻和美國人並無二致。

最近，回頭看龍應台的文章，覺得很妙的是，儘管她生長在臺灣，但畢竟在歐美住久了，最要緊的是，她是一個「沒有時間」可以去浪費的現代讀書人，於是，行為中就自然多了許多的果決，常常拿出快刀斬亂麻的態度，不肯拖泥帶水。對龍應台來說，「定位」也是頗為費神的事。

我最近碰到一件小事剛好為「定位」這個議題作了例證，不妨說給你聽聽。

今年春天，我們收到來自中國大陸H省的一封信，該省大學一位教授英美文學的L先生在信告訴我們他將在四月份來美國中部開一個學術研討會，信中他給了我們數位親友在美國的通訊處，殷切地表達了想和我們見個面的願望。

這位L先生，我從來沒有見到過，只是我先生在大陸出差期間，在H省大學見過面，說起來也是十多年前的事了。

美國的通訊相當發達，循著L先生信中所示通訊處，不費多少力氣就聽到了L先生在電話線那頭泣不成聲的傾訴。

「改革開放」之後，不會弄錢的大陸知識分子日子過得更為窘迫是人人知道的常識。L先生在電話中告訴我們：這次來開會的有十二人，只有他一個具專業水準，每日與會，參加各項討論；其他十一人都是借著這個機會，出來遊山玩水、採買東西的各級「領導」。但是，

「領導」們都有全程旅費，L先生卻只有三分之二得到資助，三分之一得自掏腰包，「想到這次出國之難，我都想哭……」L先生已然語不成聲。

我很清楚大陸「代表團」之類的作業情況，生怕L先生的傾訴為他自己找來麻煩，我趕快相詢，那十一位代表現在何方？原來開會地點雖是學術重鎮卻並非觀光勝地，更非購物天堂，十一位領導早已各奔東西，找樂子去了，留他一人在會場「堅守」。會議結束後，他將自行返國。

L先生問，這次有沒有機會見面？我只好坦誠相告，日程太緊，我們恐怕無法前往探望他。L先生深深歎息了。

收了電話線，活躍在我血液裡的中國人的古道熱腸又一次活躍起來，我跟先生商量：「邀L先生來華府住兩天如何？我們去不了，他可以來嘛，我相信，這是他第一次也是最後一次來美國了。」

我先生的回答是純美國式的：「L先生沒有表達來東部的意願呀！」他訝異於我的「替人作選擇題」的專斷。

我笑道：「他怎麼表達他的意願？難道你相信他會說：我去東部看你們，請寄雙程機票來！」

這一下，我先生也笑了，直拍額頭：「對呀，對呀，他講了半天的窘境，我怎麼忘了。」

這不是忘不忘的問題，而是「直接」與「曲曲折折」這樣兩種完全不同的思考方式產生的不同結果而已。

於是，我再掛電話，告訴L先生，我們請他來東部住兩天，機票、食宿我們負責。

感謝的話說完，L先生好像忽然想起什麼似的說道，他和一個西部的圖書館談過，去作一、兩個月的研究，「已經談得差不多了。」

所以，這絕不是他最後一次來美國！我的同情已大大減退，代之而起的是戒心。

我先生卻很瀟灑，「他只來兩天，沒什麼大不了。」

我們謹慎地將他抵達的時間安排在周五晚上，離開的時間則是周日的晚間。

如果不是戒心大起，我一定會留他周一再從容離去。現在，我只希望他在華府期間我們夫婦都在家，可以一起作出任何決定而把所有的事情處理好。

當我們將行程、飛機班次、領取機票諸般事宜通通告知L先生以後，他好整以暇地要求我們和華府一家極為著名的圖書館聯絡，他想去做一個長達三個月的「駐館研究」。

我已經開始憂心忡忡，我先生卻開始安慰我：「能不能如他願，與我們無關，決定權在圖書館，你煩什麼呢？我不過打個電話而已，又不費什麼。」

我很明白，這種權責分明的態度是民主社會的產物。L先生來自人治的社會，相信特權可以解決人世間的大部分難題。這兩天會有得煩呢！

果不其然，這位目光閃爍不定，滿嘴黃牙的學者一進門，就拿出他自己的兩本書來相贈。兩本一模一樣的書，出版者都是H省人民出版社，我也注意到了「版權所有・翻印必究」的字樣。

「為什麼是兩本？」我不得不問。

「從這本書裡挑些好的，在臺灣出個集子。」L先生胸有成竹地回答我。也就是說，他要我代他找一家臺灣出版社。

L先生口沫橫飛地向我們描述他出書的種種艱辛，以及幾乎分文未得的最終結局。我聽出了臺灣稿酬令人眼紅的喟歎。

我直接地告訴他：臺灣出版社尊重版權法，版權已有所屬的文字，臺灣出版社沒有興趣。我甚至拿出月旦出版的《著作權法解讀》來支持我的意見。同時，我也向他說明，在臺灣出書，必須接受市場的考驗，讀者從來沒聽說過的作者最好先向臺灣報章雜誌投稿，面對讀者……

L先生的文章我是看過的，那一套陳舊的所謂馬列主義的美學原理界定出的文字，臺灣讀者恐怕吃不消。

沒想到，這位飽嘗艱辛的知識分子，竟扳起面孔：「我一直是追求進步的……」

我馬上追問：「六四的時候你在哪裡?」他回答：「我們H省的人不太知道北京發生的事情。」態度好像六四事件發生在銀河系以外。

那天是五四，是中國知識分子追求民主的大日子。

以後的兩天，你可以想像了，L先生像擠牙膏一樣一點點地把他的計畫端了出來，他要在美國作研究六至十二個月，要美國方面的資助，他的愛人（太太）也得同行，因為他自己不諳電腦，他需要「愛人」作他的助手……

我已經氣得無言以對，我先生笑著一句話就把他打發了：「有沒有研究計畫、有沒有錢、你是否符合條件並收到邀請，是圖書館的事，我們無權過問。This is not our business!」

終於，在輪番的討論與說服之後，我們送走了L先生，我只留下他一本書。他強行留下了他的英文資料，堅持要我們「作個參考」。

我深深後悔，因為我的「古道熱腸」而引來了這麼多困擾。

我的先生用一個大信封把L先生的資料寄給了圖書館，在事實上使圖書館肩起決定權。他笑著說：如果L先生不來華府，他怎麼知道美國和臺灣的民主、法治並不是空話呢？

時間過得很快，L先生方面音訊皆無，我一點也不訝異，我先生卻沉不住氣了。每天郵箱一開，大批郵件湧到，他會問：「L先生沒信嗎？」

我回答：「沒有。」

「他連謝謝都不會說嗎？」我先生憤怒了。

「我不肯幫他找出版社，你沒有持權幫他再次來美。他為什麼要謝？」這次輪到我氣定神閒了。

其實，我心裡真是悲涼。

正在我們黯然相對的當兒，電話鈴聲大作，臺灣文友打電話來，這位學者要寄他的新書給我，不忘殷殷相問：「你需要什麼？告訴我！」一副俠肝義膽的口氣。

我支支吾吾，不好意思開口。他在電話線那邊催，「說啊！說啊！你需要什麼？」脫口而出：「我沒有稿紙啦！五百字一張的……」

「放心，馬上寄你。」朋友收線了。

我卻握著發燙的電話線不肯放手，我的古道熱腸在電話線的這一頭又被鼓盪起來！

一九九六年六月十二日

——寄自美東

閱讀自由

今年的七月七日，我在紐約領了一個獎，是一個文化與新聞方面的成就獎。這個基金會的發起人陳子雋先生當年在香港為爭取新聞與文化的自由而奮鬥，留下了極為感人的事蹟。今天的領獎人也可以說都是站在言論自由大旗之下的戰士。得到這個獎的緣由當然是你最熟悉的幾本書：《折射》、《生命之歌》、《早安！臺灣》等等。

我是很高興的，因為一下子看到了那麼多人，依然不肯向任何強權低頭，仍然為自由寫作、自由閱讀而努力著。文學評論家夏志清教授也到場，為我們這些小兵加油，我永遠記得，一九八三年到一九八六年，我在北京的美國大使館工作期間，中國大陸作家們看到夏教授的《中國現代小說史》的時候，大聲讚歎，認為是「自由之風」終於衝破禁錮的象徵。為了朋友閱讀的需要，我還跑到香港去，多買幾部帶進北京。從夏先生專書中譯本面世，到那自由之風吹進大陸，也有八年很不短的時間。又一個十年過去了，夏先生依然精神抖擻，為自由而大聲疾呼，怎不令人振奮呢！

回到華府，馬上接到高雄友人的電話，高雄市政府參議吳建國先生應美國政府之邀訪問華府。我們馬上趕去看他。

想不到的，吳先生第一句話就是：「我在《中央日報》上看到了你的文章，好高興！」我先生覺得很訝異，「她常為國內報刊寫文章啊……」按他的想法，吳先生在《中央日報》上看到我的文章該不是新鮮事才對。

吳先生和我交換了一個會心的微笑：要知道，七月初，正是臺灣學術界、新聞界聲援《中央日報》的日子。

吳先生整日忙著高雄的市政建設，少有時間看文藝副刊的。現在，看《中央日報》看得何等仔細，想來，也是對某個事件的一個反彈吧？

六月下旬，看到《中央日報》的嚴正聲明，又看到社會各界的反應，覺得那個事件不但干涉了部分讀者的閱讀自由，甚至直接威脅到報紙的生存。

也許人們會說，一個外國人有什麼權力去批評別人的首長呢？這就有了兩個緣由：《中央日報》是許多海外華文作家的重要園地；而且《中央日報》海外版擁有大量海外華文讀者，《中央日報》受傷害自然會引起廣泛關注。

注意一下報端，很容易找非難《中央日報》的理由，一是「讀者少」，二是「報導偏頗」。自由世界的任何報紙都必須經受市場的考驗，讀者對報紙的態度直接或間接地影響著報紙存在的可能性，但是用行政命令來決定讀者的取捨，卻是對讀者閱讀自由的干涉。

至於新聞報導，可謂見仁見智，讀者立場不同，對報導的態度各異，張三大呼「痛快」，李四直覺「要不得」，王五可能感覺「不關痛癢」。讀者絕對有選擇閱讀對象的自由，只是給別人下禁令恐怕有礙天賦人權。

更何況，今日之世界講究的是合作與溝通。眾人取得了共識，建立起團隊精神，方能把事情作好。作為行政首長，Emotional Quotient俗稱EQ的，比IQ更要緊，不能不察。

其實，這個題目在世界各地都大有文章可作。也是六月份，美國也有過一個例證。

今年二月，美國國會多數票通過了一個「淨化法案」(Communications Decency Act)簡稱CDA，由柯林頓總統簽署生效。這個法案明文規定，如果有人在電子網(Internet)上為青少年提供了「不道德」(Indecent)或有礙風化的資訊，一旦被查獲，就要被判兩年有期徒刑，罰款二十五萬美元。

法案剛剛通過，輿論大嘩，美國已經上網的報紙、雜誌、圖書館協會、新聞、出版和「上線」的服務公司再加上「美國公民自由聯盟」，炮聲隆隆，除了大叫「抗議」以外，立即通過法律途徑提出申訴。

終於，六月十二日，聯邦地方法官在費城判定CDA「違憲」，有效地阻止了政府對電子資訊和電腦網路上言論自由的限制，充分保障了人們的閱讀自由。

當天，美國各電子媒體和印刷媒體大為振奮，紛紛以「V」字慶賀他們維護言論自由的成功。《紐約時報》在社論中稱道同業和費城三位法官努力的結果「使政府不能以任何名義制定法律來限制人民的基本自由」。

無論以任何名義，「淨化法案」在打擊網上的害群之馬的同時，有可能打斷世界性的連續不斷的思想交流和對話。「淨化」本來是個用心良苦的「保護未成年兒童」的議案，但它有可能成為妨害言論自由的禁錮。於是任何的用心良苦，以任何名義都不能成為存在的理由。

而人民的基本自由則包括言論自由和閱讀自由。

美國傳媒與司法界在六月十二日所取得的勝利雖然仍有爭議，但是這場自由保衛戰本身的意義卻是重大的。

你看，六、七月間，由東到西，由西到東，自由之風勁吹，該不是一句虛言吧？

在今年四、五月間，臺灣非常受讀者歡迎的一本書，你和讀書會的朋友們一定已經注意到了。

高雄人龍應台在「時報」出版的新書《乾杯吧，托瑪斯曼》是由一位高雄朋友在興奮地展讀同時，買了另一本，航空寄給我的。

今日之臺灣已不是《野火》的時代，但是紛紛擾擾的市聲中，龍應台的聲音確是非常清明的。

她的坦率、敏銳、積極一如她寫《野火》的時代。但是，可能是在海外久了的關係吧，她對臺灣的熱愛似乎是更加的熾烈了，真是一本滾燙的書。

龍應台畢竟是學者，不會讓自己掉進一廂情願的迷醉中去，她坦然面對所有的不同意見。我們在書裡很容易找到例子，特別是第三輯裡，更把關於新加坡的討論放了進去，其中包括十餘篇的反對意見。這種襟懷對正在進步中的臺灣社會該是有教育作用的。

正如龍應台自己大聲表白的，即使給她再高的經濟成長，再好的治安，再效率十足的政府，她也不願放棄她一點點個人的自由與尊嚴。

和龍應台同聲氣的大有人在。香港《開放》雜誌七月號「開放論壇」刊登了陶傑的短論〈九七後言論自由的同心圓〉。據陶先生的分析，「一九九七後香港的言論新聞自由，將較現時英國管治下的程度大大倒退，而又較目前新加坡的狀況高一線。但上述假設，還要基於大陸局勢的變動。如中共由開明派上臺，言論自由可能進一步放寬；如果中共再出一個獨裁者，則言論自由將進一步收緊，那時什麼事都上綱上線，批評特區政府即反華，反華即顛覆叛國，那時候覆巢之下，香港亦無完卵。」

倒退一年，此番議論對臺灣的朋友而言，畢竟遙遠。經過了去冬今春的文攻武嚇，大家自然明白陶先生的議論並無一句虛言。

十二個月是很短的時間，十二個月之後，香港百姓的閱讀自由將是十二分可慮的了。希望像龍應台一樣保有自由與尊嚴，是有許多事情要去做的。

十二個月之後，臺灣的自由與開放和海峽對岸的禁錮與壓制之間失去了香港這個緩衝地帶。

對自由的維護是自由人的天職。維護閱讀自由也許可以從訂閱一份報紙，一份雜誌做起。

一九九六年七月十日

——寄自維州

巴特農神廟遐想

七月下旬，每一天都想打電話給你，可是每天上午的日程都排得緊湊。忙完了，就到了下午兩、三點鐘，高雄時間也就是淩晨，你們上班的人正好睡的時候，於是只好作罷。

從綠草如茵的美國東北部維州來到窮山惡水的雅典，一時間還真有點不習慣。

你一定會說：「窮山惡水的雅典？不會吧?!」

一點兒不錯。從我客廳窗子望出去，正是一座禿山，山下連綿一片的是白色的水泥建築，而山，卻是灰灰黃黃的。

為了證實我的眼睛並沒有看錯，昨天白天，驅車北上，順著基菲夏大道往北，進入丘陵地區，直奔馬拉松(Marathona)，對了，就是公元前五百年，距今已經兩千五百年的那個古戰場。希臘人曾在馬拉松和波斯人決一死戰。看看那個地勢吧！希臘人的背後是一片荒山，怪石嶙峋，面前是深不見底的愛琴海，波斯人從海上撲來，旋風一般直逼到面前……除了死戰，還有選擇嗎？

希臘人，或者更精確是雅典人打贏了那一仗。我去看了一個巨大的墳塚，上面荒草萋萋，管理員在距墳塚一百公尺的圍牆邊收了我兩百五十德克瑪（drachma，相當於一元美金）的門票，告訴我那墳裡埋葬著一百九十二位勇士的骨骸。「有記載的。」那管理員很尊嚴地告訴我。

圓圓的一塊地方，除了綠森森的幾棵樹以外，就是高高的荒草。墳塚周圍，白色大理石圍了一個圓。一片白色浮雕高高矗立，一位當年的雅典勇士手持長矛，站立在那裡。古希臘文刻寫著他是兩千五百年前被雕琢出來的。

周圍只有風聲，驕陽下，我和那勇士面對面站著，沒有遊人。

風從海上來，在山前碰了壁，轉回頭來，再撲向大海，從這古戰場呼嘯而過。風過處，樹枝搖曳，荒草伏地。那勇士站在那兒，面含微笑，很從容的樣子。

真夠悲壯，這兩千五百年後依然荒涼無比的馬拉松！

回程中，細看山中風景，火燒山的痕跡處處可見，大片的山林被火吞噬，焦黑的樹幹張牙舞爪伸向天空。據報導，希臘的山林每年有火災發生。路邊到處有「小心火燭」的警示。

乾燥，實在是太乾燥了。初抵雅典的頭兩天覺得身體裡的水分正在一點點地流失。拚命喝水，似乎還是口乾舌燥。

「真夠乾了！」我握住礦泉水瓶口，猛灌了一氣，仍不解渴，忍不住喃喃出聲。話音未落，蠶豆大的雨點直直地砸在車窗上，面前的路面竟也溼漉漉的了。

人說，希臘是個神蹟永在的地方，那怕到了世界末日，神與希臘同在。

一念及此，雨馬上止住了，又是驕陽似火，又是暴土狼煙，又是車水馬龍和烏煙瘴氣……既然如此，索性過家門而不入，沿著基菲夏大道一路南下，往西，進入皇后索菲亞大道(Vas Sophias Ave)向雅典市中心以西的奧克拉蒲利斯山撲去，巴特農神廟就在那裡。

你一定會暗笑，開車就開車，何必說得那麼驚人。

我告訴你一個近日在雅典開車的心得，如果把高雄的駕車好漢連同他們在高雄橫衝直撞的精氣神兒都搬到雅典來，他們都成了謙謙君子。雅典人開車野得可以，又快又險，當然，希臘車禍也高居歐洲第一。

總之一句話，疾行四十分鐘，把車子在小巷子裡停穩，待我向神廟一步步走去的時候，只有汗流浹背、風塵僕僕可以形容。

一點兒不誇張，那通往神廟的路是千百年「失修」的石頭路，人走在上面，除了灰塵還是灰塵，且高低不平，且崎嶇難行。嬰兒推車，輪椅之類在城門(Propylaía)外就得遠遠站住。

雅典人狂得可以，完全沒有古國人民該有的虛懷若谷。他們的想法是：「這地方兩千四百多年了，讓你來此地看一看，走一走，已經是天大的恩惠了，竟不知感激嗎?!」

於是人們奉上兩千德克瑪之後，並未收到片言隻語關於神廟的任何說明文字，只能恭恭敬敬走進那百孔千瘡的破爛山門，一步步向神廟走去。

說老實話，我手上一隻漢玉鐲比巴特農神廟年輕不了幾歲，而且溫潤如昔，沁色美侖美奐。對神廟我沒有太多敬畏之心，只是雅典人的心態很值得玩味。

不知別處如何，到了神廟，如果對此地歷史文化所知有限，希望及時惡補的人們是要掏出大把銀子來的。此地的古代地圖貴得可怕，文字資料更是厚厚一巨冊，價格昂貴。似乎雅典人在說：「你竟不知道巴特農?!你竟說不出雅典衛城的來龍去脈?!我的天哪！無知是多麼可怕的事情！好在你還有向學之心，買書回家，好好挑燈夜讀吧！」

其驕傲，其自尊自大溢於言表。

站在驕陽之下——奧克拉蒲利斯山上沒有地方歇腳——勁風之中，我的思緒飛到很遠很遠的地方。我想到了外雙溪的清秀可人，想到故宮面對世界各地客人的溫文有禮，想到在故宮工作的許多師長。亦師亦友，那是外雙溪所特有的學者風範。也許，東方文化就是那麼溫厚而不那麼頭角崢嶸的吧！

看腳邊那廢墟吧！尖稜稜的大理石，白森森地在太陽底下閃著寒光，然而，那上面的浮雕卻是多麼精美啊！柔和的曲線，桃葉般的紋飾又是多麼的富麗、典雅啊！無盡的戰亂之後，它雖然高踞奧克拉蒲利斯山上，但它畢竟只是過往輝煌所殘存的一點影子罷了。今天，它只能引起人們一聲喟歎而已，它畢竟成了廢墟，那可能是雅典人深埋心底的悲涼。

步下山去，走在車水馬龍的路上，站在綠蔭下，回頭仰望神廟，如果人類不那麼愚蠢，不那麼貪婪，不那麼好戰。文明和藝術可以平和地發展。雅典如果沒有兩千年爭戰，沒有五百年的被占領、被劫掠，今日之雅典又該如何？

然而，那怕是廢墟，雅典依然驕傲而迷人。以動蕩不安的歷史造就成的雅典向四面八方伸展開去，成為今日生機蓬勃的希臘。

五個小時的時差，太陽早五個小時照射著的另一個陽光城市，真正生機蓬勃，沒有過於沉重的歷史重負的另一個年輕的都會，你們生於斯，長於斯的美麗港都，在這個時刻，整個占據了我的心。

我站在橄欖樹下，站在聞名於世的奧克拉蒲利斯山腳下，想念另一種文化氛圍中的高雄人。

身邊迴盪著許多種語言：德文、法文、希臘文、英文、日文……，忽然，由遠而近的，那親切的臺灣國語，響起來了，輕輕鬆鬆的，一男一女，兩位青年走近來了。女生輕聲在問女像柱的情形，男生很熱心地解說，「原來的女像柱放在用氮氣保護起來的博物館裡，我們要去看的，是後來作的仿製品……」由近而遠，那熟悉的鄉音湧進了各種語聲的潮流裡，向著神廟湧去了。

悵然若失，看著他們消失在人潮裡，又感動著在這真正的他鄉異地裡能聽到鄉音，能見到「家鄉人」。

從我住的地方到海邊只有半小時車程。我遵守諾言，找到一隻大大的玻璃瓶，剪下了幾枝鮮艷的玫瑰花——在雅典，玫瑰是常年怒放的——封在了玻璃瓶裡。湛藍的愛琴海會托住這隻滿盛著思念的瓶子奔向大洋，奔向太陽升起的地方，奔向我熱愛的高雄朋友。

我會在剽悍、迷人、自尊自大的雅典住下來，但我無時無刻不在盼望來自你們的訊息。

一九九六年八月十二日

——寄自雅典

望文生畏？不必啦！

時間過得真快，轉眼間我在愛琴海畔已經度過了五十個日夜。我個人的工作並沒有因為大搬家而停頓，我需要的東西很少，幾頁稿紙、一枝筆，再加上信封和郵票。生活卻遠遠沒有安頓下來。使館工作人員笑問：「你還有七、八千磅的東西正在漂洋過海。你的東西體積不大，重量可觀，它們該不是金塊吧？」

我也笑答：「我的東西可比金塊貴重多了，都是書。」

「啊！」那在美國使館工作的雅典青年不禁肅然起敬。他看看我手裡的幼獅新書《五味集》，很勇敢地問：「都是中文書？」

「大部分是中文書，小部分是英文書。」我很誠實地回答。

這時候，他注意到我胸前一件形以♍的小金飾，很有興味地問：「那也是個中文字嗎？」

這次，我真是不好意思了。因為那個♍字，是古希臘文，是處女座的符號。古希臘文是非常簡約而由字生意的，並非如今的拼音文字。可愛的雅典青年並不識它。

懷著困窘的心情，我在雅典街頭漫步。

那是八月十一號，一個屬於「渡假月」的星期天，一個在全國半癱瘓狀態中的炎炎夏日。夕陽西下，暑氣未退，我坐在街頭咖啡店喝一杯冰咖啡，三三兩兩的雅典男女坐在圓桌旁，看不到人手捧讀物，大家都把無聊的目光投到街上。行人稀少，偶爾兩隻狗跑過。

電視機在咖啡店的一角，播放著希臘的「肥皂劇」，帥男美女無窮無盡的恩怨正在一小時又一小時地播映著。

歷史學家曾經不斷提醒我們，希臘人是愛沉思且充滿智慧的民族；希臘人也是追求和平與完美的民族。當他們放下戰爭，在奧林匹克揭開競技活動的時候，歷史學家所言不虛。眼前，電視屏幕上出現了新聞播報人員神情緊張的臉。當天，在塞浦路斯，一群希臘裔的塞浦路斯人衝過了聯合國和平部隊管轄的「無人地帶」。好整以暇的土耳其裔塞浦路斯人馬上圍了過來，手中的鐵棍、木棒專朝對方的要害處招呼。頭戴藍色鋼盔的聯合國和平部隊人員努力要把人群分開，減少流血。打人的和被打的仍然糾纏在一起，奔騰、跳躍、形同瘋狂。血戰以手無寸鐵的希臘青年一死，四十一人受傷告結束。

兩天之後，隆重的喪禮在塞浦路斯舉行，希臘和土耳其兩個民族逾千年的仇殺所產生的仇恨在喪禮中成為主旋律。

緊接著，也就是八月十四日，聖母升天日前夕，希臘青年前仆後繼，再度流血。十一日那天被打死的青年的堂兄或是表弟，赤手空拳地又衝過了那無人、無物、寸草不生的地界，一直衝到了飄揚著土耳其國旗的旗桿下，異常英勇地攀爬上去。

再一次守株待兔的土耳其人這次採取了更為簡單的辦法，一槍直取咽喉。於是，人們從電視屏幕上看著那青年頭一歪，鮮血從脖頸上噴湧而出，迅速從旗桿上滑下，倒斃在灰塵中。

錄影機忠實地留下了一組血淋淋的畫面。彷彿那青年知道必死無疑，所以準備好了全程錄影。雅典人卻說，那青年是準備扯下土耳其國旗就跑回自己人一邊的，並沒有準備去死……

我不禁愕然，看過八月十一日血腥場面的任何人，那怕是初抵希臘的外國人，也會對土耳其人那種「好小子！來的好！打的就是你！」的心態一目了然，決不會輕易再往槍口上撞的。和土耳其人纏鬥千年的希臘人竟沒有這種智慧嗎？

於是，有了第二次隆重的喪禮。兩次喪禮之間只隔了短短三天。

上一次，除了國旗蓋棺之外，整個儀式的沉痛氣氛壓過了激越。

這次卻不同，喪禮不僅悲壯，而且充滿了「血債血還」的強烈意願。

參加喪禮的希臘政要口口聲聲要為倒下去的兩位英雄報仇雪恨。政客們說出許多狠話：

「塞浦路斯兄弟們，希臘屹立不搖，永遠是你們的堅強後盾！」

「報仇！雪恥！」成為第二次喪禮的基調。於是，群情激奮，死難者家屬哭聲震天，電視屏幕上淚雨紛飛，熱度在不斷升高。

另一邊，土耳其朝野歡欣鼓舞。殺了人，星月旗高高飄揚，一副喜不自勝的模樣。喧聲中：「希臘人，只要你敢過來，我就揍你！打死不償命！」溢於言表。

這一廂，希臘人悲憤地吶喊：「我在自己的島上，想去那裡是我的自由，你憑什麼殺人！」

多少年來，雖然希臘治權已經退出了小亞細亞。作了五百年亡國奴的希臘人卻將仇恨化作了血液。可悲的是，對象並非善良之輩，並非把祖先的恩怨拋進大海的和平的人群，他們血管裡流淌著的，也是仇恨。

日子一天天過去，政府主辦的電視臺仍在一遍遍播放血腥的鏡頭。九月大選在即，政界人物紛紛表態，給那逐漸升溫的民族情緒加柴、煽火。

一天有事回使館，在咖啡廳又和那雅典青年相遇。他若有所思地坐在桌旁，電視屏幕上他的同齡人咽喉中彈，鮮血如注，從旗桿上滑落下來，倒在灰塵裡……

「中國人，歷史、文化、文字的紐帶沒有割斷的中國人，面對數百年的仇恨如何化解？」他問我，問一個來自同樣悠遠文化，但是仍可以「讀古文」的人。

中國人，和悠遠的歷史文化之間沒有巨大斷層的中國人，應該具備將濃煙烈火疏導開去的智慧，應該掌握打「擦邊球」的技巧，避免任何無謂的犧牲。

看我沉默不語，青年激動起來，他說：「你一定覺得這整個事情愚蠢透頂，為什麼希臘人要赤手空拳奔過去挨打？為什麼土耳其人那一槍本可以朝向天空，不傷及性命的，卻要直取咽喉？難道地中海人群只剩下嗜血的樂趣了嗎？」他悲憤起來。

我不忍說穿的是，民族仇恨、民族情緒在如今的世界上，往往只是政治工具而已。百年也好，千年也罷，人類流的血並沒有使政客們睜開眼睛。

塞浦路斯事件中，希、土兩國政府和軍隊都沒有約束自己的人民去避免無謂的爭端，反而是睜一隻眼，閉一隻眼，縱容情緒激動的民眾釀成事端。

「我們不再懂得自己的文明，也許，這就是懲罰？」青年無助的眼睛裡滿是痛苦。

「千萬不要這樣想，」我趕快打斷他：「你沒看見嗎？滿口詩詞歌賦，動不動引經據典的北京領導人，張口閉口還不是『一個民族，一個國家，一個黨！』專橫、跋扈到不准治外的兩千一百三十萬百姓呼吸國際間的自由空氣。如果不服、不肯俯首稱臣，就把飛彈丟到人家門口，那裡有什麼避免戰禍和流血的智慧？正相反，民族情緒，所謂的『愛國主義』正是一劑強心針，國內局勢不穩的時候，一針打下去，興奮起來，動刀動槍，『萬眾一心』去赴死，政權於是得救，江山也就在血泊與白骨的堆積中得以保全……」

青年不語。

人類四大文明，中國、印度、希臘和伊斯蘭。曾幾何時，四大文明的繼承者們失卻了起碼的智慧？

和那青年分手時，我一直在想這個問題。

雖然，對於「望文生畏」的雅典青年，我勸他不必因為文化的斷裂而產生自卑，但我又何嘗不知道，文化的延續會產生巨大的精神力量。只是，當「延續文化傳承」只是工具、只是手段、只是政治的一部分的時候，那「延續」和「傳承」也就失去了意義。

一九九六年九月十日

——寄自雅典

智者生存

世界真是很小，距離我們上次的聚會已經整整一年了，借著《幼獅文藝》這個園地，我們互通訊息，似乎你們的工作與學習，我的生活與工作環境的大改變對彼此都是並不陌生的。

世界也真是很大，人與人之間的距離也真是相當遙遠。於我而言，雙十節是個莊嚴的日子，也是個悲壯的日子。二千一百三十萬中國人在世界各地宣示他們對自由、民主的追求，對自己理想的生活方式的執著。在一個相當狹窄的國際生存空間裡，表達一種不屈的精神。我在雅典，急急展讀地方報紙，我無比訝異地發現，希臘人津津樂道的，是臺北代表處女士們身上華麗的旗袍以及宴席上無與倫比的中式佳餚。這種認知和感情的距離使我不得不面對事實上的遙遠。

何止於此，香港人如火如荼的保衛釣魚臺的呼喊與血淚也似乎沒有在愛琴海掀起一點點漣漪。

說到保釣，這該是一個和你們同齡的運動。上一波的高潮是二十五年前的往事，且遠在大洋彼岸。這一波卻是近在眼前，呼聲初起更是來自九七大限陰影籠罩下的香港。

四百年來，無數歷史紀錄和圖示可以證實在事實上和法理上，釣魚臺是臺灣附屬礁嶼之一。在戰爭中，曾跟著臺灣被割讓，也跟著臺灣被光復。但是也在國際政治的你來我往當中，使得「主權擱置」變成了四方三國相安無事的「權宜之計」。更使得日本在許多機會中得到了所謂「行政權」。「行政權」並非主權。何況這個「行政權」也並沒有得到國民政府的認可；何況對宜蘭漁民來講，釣魚臺海域仍是他們世代勞作的漁場，他們仍然可以在島上曬魚乾，稍事休息再返家。一句話，海上權益是可以而且應該在談判中廓清的。

然而，日本人當中仍有不肯向歷史低頭的好戰分子。他們在釣魚臺設立的燈塔被颱風刮倒之後，竟又奔去重建並豎起日本國旗。

和釣魚臺的關係並不密切的香港人卻在香港大限倒數三百天的日子裡怒吼了，決心從日本人手裡把釣魚臺奪回來。血的洗禮在臺灣引起共鳴，一片討伐之聲響徹寶島。連遠在北京、上海的學生也發出了聲音，迫使一再表示「釣魚臺是小事」，「掛起來，下一代再解決」，「不解決就是解決」，在事實上縱容了日本的北京當局也不得不表示「強硬立場」，同時派出鷹犬時時監控校園動態。

何以至此？為什麼是香港人首先發難?!

我們不能不正視腳步聲近的一九九七。

香港曾得到許諾：「港人治港」，「五十年不變」等等。這些美麗的諾言早已褪色。一九八九年，大陸民主運動風起雲湧。香港人伸出援手，表示了極大的熱誠，北京當局非但不認為這是愛國行動，反而扣了頂「反中亂港」的大帽子。

釣魚臺有事，香港傳媒受到日本艦艇嚇阻，香港人蜂擁而起，北京當局何以再能說保土行為不是愛國行為呢？此其一。更深一層的心理基礎恐怕是再想掀起一個群眾運動，吶喊出心聲已沒有可能了。北大人不會再給香港人吶喊的自由。雖然香港人付出鮮血和生命要保衛的是臺灣應得的領土主權，但是這個吶喊的機會卻是不能丟失的，它將成為廿世紀的絕響。

你們能不動容嗎？面對香港數百萬人的悲憤與無奈？

民族情緒其次，香港人很少認為自己是「中國人」，這次運動的主因是社會性的，是人在將失去自由前的最後一聲長嘯。

因為是「最後」的，我們不能不設想明年此時此刻，日本右翼團體如果再有新的行動，如果他們的野心已不是釣魚臺可以滿足，再也沒有香港人衝在前邊了。香港人保土衛國的熱誠不一定是北京當局玩政治遊戲所需要的。臺灣失去了香港這個中間地帶、屏障和義無反顧的同盟之後將獨自面對一切。

不是很遠，是近在眼前的事。

保土衛國只是一個議題，還遠遠不是問題的全部。

正如臺北建築師登琨艷先生在香港《九十年代》月刊（一九九六年十月號）上發表的警訊：臺灣正在一步步地培養和訓練自己在國際市場上的競爭對手，且一步步地把自己的國際市場讓給了大陸。登琨艷先生面對兩岸交流以來，臺灣正在一天天失去而不是加強國際競爭能力而憂心忡忡。

這個警訊並非誇大其辭。北京當局一面採取高壓政策，四方遊說，使臺灣的國際空間更形狹小，一面頻頻向臺灣商人招手。臺幣的大量湧入，給大陸經濟注入了新血，卻帶給臺灣金融一次又一次波折，在這種失了根，又保不住枝和葉的投資中，臺灣要面對的是更廣泛和更加深刻的危機。

時代真是大大不同了，政府和政治人物的智慧固然重要，更重要的是民意，民意在太多特定的環境中正起著過往沒有展現過的作用。

日本正在利用民意擴張領土，緩慢而堅決地實現其領土野心。

美國的經濟復甦，社會穩定正使民意導向重振二次大戰以來的國威，而在世界舞臺上扮演舉足輕重的角色。

臺灣的民主、進步會不會使臺灣民意更加關注自己面臨的各種危機而和政府攜手尋求穩定和發展，在變數極大的世紀末和下個世紀初為臺灣爭取到健康生存的契機呢？

在最近的有關保釣運動歷史的回顧中，專家學者和過來人對大陸方面在釣魚臺問題上的舉措作了許多分析和研究。四十年來，為了政治和經濟的利益，無論是周恩來還是鄧小平，都多次表示要將這個問題留置將來以換取眼前的利益。

對待臺灣，大陸卻不肯再「留置將來」，而希望今日的領導人可以在活著的時候完成「統一」的偉業。基於這種心態，他們不惜掉轉槍口，不再對外，而是對內，香港人指責大陸「槍口只對內？」道出了基本事實。

「槍口對內」，在西方，是真正的惡夢。希臘歷史有無數內戰，再加上外族的占領，今日之希臘，早已在國際上沒有了爭短長的力量。

在美國，那更是政府和百姓深惡痛絕的事。前不久上演的好萊塢動作片《絕地任務(*The Rock*)》，就將發生在海軍陸戰隊內部的殺戮表現為大悲劇，引起共鳴。

對臺灣而言，人家「槍口對內」，自己卻處在被動的位置上，也是非常辛苦的。況且，臺灣的情形非常特別，在世界上舉目四望，幾乎沒有任何相似的案例可以援引。

的機率比較高。

「適者生存」是弱肉強食的現實社會的定律。時間進入二十一世紀，可能「智者生存」

保護中華民國屹立不搖不只需要政府的決心，更需要全民的智慧。

在一九九六年行將過去的時候，我就把「智者生存」這四個字送給你們，因為畢竟是你們將在二十一世紀成為寶島的中流砥柱。

一九九六年十月十四日

——寄自雅典

用心去寫（代跋）

香港散文家董橋先生在編輯檯上工作多年，對香港各界中英文水準之差異有深切瞭解。他在《英華沉浮錄》的專欄文章裏，就提高中文水準，就文章優劣的評定有許多精采描寫。

在文字的沉浮裏，我卻對董橋先生本人的寫作態度非常有興趣。他的文章一向是乾淨利落，字裏行間透出文字的平實，學養的豐富，文采的熠熠閃亮。讀他的文章，一方面賞心悅目，一方面讓自己心生警惕，盡可能避免董先生文章中痛加針砭的贅句。

正如《沉浮錄》一再強調的，文章的好壞並不取決於遣詞造句的能力，最重要的是思想的清晰，文思的清晰，沒有了這個先決條件，無論是「花拳繡腿」，或是「有話直說」，都寫不出好看的文章。

有了清晰的文思之後，要想文章寫得簡潔流暢，不見經營卻見文采，握管的人必得走一條漫長的路，嚴格要求自己，一字一句，一個標點符號也不輕易放過是基本功；讀好書，精讀、細讀也是基本功。

有了這一切，似乎還是不夠。

董橋先生終於現身說法。我細讀他的書話，就有了一種很強烈的感覺：他下筆的時候，筆尖上跳躍著的是熱烈的情感。對不成話的中文，他批評，批評中不見尖刻和涼薄，「愛之深責之切」該是很好的說明。畢竟他愛香港，他愛中文，他希望在香港的政府文告、報刊上看到像樣的中文。

他對前輩文化人尊敬、體諒。我尤其感覺強烈的，是他對張愛玲的態度。自張先生辭世，文化圈與張先生識與不識的人們都寫了不少的文章，或懷念或評論，多半都洋洋灑灑上萬言。董先生寫了很精緻的千字文，談的是張愛玲對胡蘭成的情感，那份痴情實在和世間女子沒有什麼兩樣。董先生下結論說：「張愛玲跟所有女人沒有什麼太大的不同。她讀書多，會寫文章，會講故事。這一點不同。」

看起來，這是一句大實話，細細品味，裏面的痛惜非常的深沉。張先生若聽到了，一定覺得非常貼心。

看董橋文章的敦厚，我常反過來想，如果一個握管的人，滿腔的怨毒，筆底下又很來得，文章必猙獰如厲鬼。董橋其實是非常善良的，他從來沒有針砭過猙獰的文字，或者，他覺得，那算不得文字，不提也罷。

董橋文章的好，真正的根源，他寫得明白：他從亦梅先生學做舊詩，不是拼湊詞語，而是努力配出新意。一日，他「寫了一首七絕，末兩句是『自是春歸人拾夢，落花何必問東風』，先生在句旁用朱筆圈了十四個圈。先生說：你學會用你的心去寫作了。」

六冊《沉浮錄》（到目前為止，今後想必源源不斷）精準地論及文化人必須有的明辨是非、知曉對錯、懂得美醜的能力，誠懇地希望寫作人能夠大力「割愛」，將不必要的字、句、段一一刪去。更情深意切地期待握管的人用心去寫。

那顆心還得溢滿善意，那是我從董橋文字中讀出的最強音。

《沉浮錄》是我書桌上的六把尺，用這六把尺來裁量，自然又有不少功課要做。

在《風景》這本書結集出版的日子，我感謝《沉浮錄》的警示和提醒，使《風景》多得了些錘煉。

在這風景裏，也有許多的動人之處是在畫面以外的，其中有詩人瘂弦先生寄自地球某一端的零星數語帶來的喜悅；老師李牧教授病中讀稿揮灑出的色彩；臺北、臺南、高雄、香港編輯檯傳來的支持。海內外友人綿綿不絕的暖意透過信件、電話、Fax和E-mail使愛琴海畔四季常綠，鮮花盛開，使那風景永不老去。

終於，風景得以定格，存進一本美麗的小書，其中飽含著三民書局編輯部好朋友們的心血和汗水。

我要特別謝謝發行人劉振強先生，因為他對文化與文學的堅持，因為他對文化人的愛護，美麗的風景才得以帶給愛書人真正愉悅的好心情！

一九九七年九月十五日

——於雅典

三民叢刊書目

㉖作家與作品　謝冰瑩著
㉗冰瑩書信　謝冰瑩著
㉘冰瑩遊記　謝冰瑩著
㉙冰瑩憶往　謝冰瑩著
㉚冰瑩懷舊　謝冰瑩著
㉛與世界文壇對話　鄭樹森著
㉜捉狂下的興嘆　南方朔著
㉝猶記風吹水上鱗
　・錢穆與現代中國學術　余英時著
㉞形象與言語
　・西方現代藝術評論文集　李明明著
㉟紅學論集　潘重規著
㊱憂鬱與狂熱　孫瑋芒著
㊲黃昏過客　沙　究著
㊳帶詩蹺課去　徐望雲著
㊴走出銅像國　龔鵬程著
㊵伴我半世紀的那把琴　鄧昌國著
㊶深層思考與思考深層　劉必榮著
　・轉型期國際政治的觀察
㊷瞬　間　周志文著
㊸兩岸迷宮遊戲　楊　渡著
㊹德國問題與歐洲秩序　彭滂沱著
㊺文學關懷　李瑞騰著
㊻未能忘情　劉紹銘著
㊼發展路上艱難多　孫　震著
㊽胡適叢論　周質平著
㊾水與水神
　・中國的民俗與人文　王孝廉著
㊿由英雄的人到人的泯滅
　・法國當代文學論集　金恆杰著
(51)重商主義的窘境　賴建誠著
(52)中國文化與現代變遷　余英時著
(53)橡溪雜拾　思　果著
(54)統一後的德國　郭恆鈺主編
(55)愛廬談文學　黃永武著
(56)南十字星座　呂大明著
(57)重疊的足跡　韓　秀著
(58)書鄉長短調　黃碧端著
(59)愛情・仇恨・政治　朱立民著
　・漢姆雷特專論及其他

⑥⓪ 蝴蝶球傳奇 顏匯增 著
・真實與虛構
⑥① 文化啓示錄 南方朔 著
⑥② 日本這個國家 章　陸 著
⑥③ 在沉寂與鼎沸之間 黃碧端 著
⑥④ 民主與兩岸動向 余英時 著
⑥⑤ 靈魂的按摩 劉紹銘 著
⑥⑥ 迎向眾聲 向　陽 著
・八〇年代臺灣文化情境觀察
⑥⑦ 蛻變中的臺灣經濟 于宗先 著
⑥⑧ 從現代到當代 鄭樹森 著
⑥⑨ 嚴肅的遊戲 楊錦郁 著
・當代文藝訪談錄
⑦⓪ 甜鹹酸梅 向　明 著
⑦① 楓　香 黃國彬 著
⑦② 日本深層 齊　濤 著
⑦③ 美麗的負荷 封德屏 著
⑦④ 現代文明的隱者 周陽山 著
⑦⑤ 煙火與噴泉 白　靈 著

⑦⑥ 七十浮跡 項退結 著
・生活體驗與思考
⑦⑦ 永恆的彩虹 小　民 著
⑦⑧ 情繫一環 梁錫華 著
⑦⑨ 遠山一抹 思　果 著
⑧⓪ 尋找希望的星空 呂大明 著
⑧① 領養一株雲杉 黃文範 著
⑧② 浮世情懷 劉安諾 著
⑧③ 天涯長青 趙淑俠 著
⑧④ 文學札記 黃國彬 著
⑧⑤ 訪草（第一卷） 陳冠學 著
⑧⑥ 藍色的斷想 陳冠學 著
・孤獨者隨想錄
⑧⑦ 追不回的永恆 彭　歌 著
A・B・C全卷
⑧⑧ 紫水晶戒指 小　民 著
⑧⑨ 心路的嬉逐 劉延湘 著
⑨⓪ 情書外一章 韓　秀 著
⑨① 情到深處 簡　宛 著
⑨② 父女對話 陳冠學 著

⑬ 陳冲前傳　嚴歌苓著
⑭ 面壁笑人類　祖　慰著
⑮ 不老的詩心　夏鐵肩著
⑯ 雲霧之國　合山　究著
⑰ 北京城不是一天造成的　喜　樂著
⑱ 兩城憶往　楊孔鑫著
⑲ 詩情與俠骨　莊　因著
⑳ 文化脈動　張　錯著
⑩ 桑樹下　繆天華著
⑩ 牛頓來訪　石家興著
⑩ 深情回眸　鮑曉暉著
⑩ 新詩補給站　渡　也著
⑩ 鳳凰遊　李元洛著
⑩ 文學人語　高大鵬著
⑩ 養狗政治學　鄭赤琰著
⑩ 烟　塵　姜　穆著
⑩ 河　宴　鍾怡雯著
⑩ 滬上春秋　章念馳著
⑪ 愛廬談心事　黃永武著
⑪ 吹不散的人影　高大鵬著
⑪ 草鞋權貴　嚴歌苓著
⑪ 是我們改變了世界　張　放著
⑪ 夢裡有隻小小船　夏小舟著
⑪ 狂歡與破碎　林幸謙著
⑪ 哲學思考漫步　劉述先著
⑪ 說涼　水　晶著
⑪ 紅樓鐘聲　王熙元著
⑫ 寒冬聽天方夜譚　保　真著
⑫ 儒林新誌　周質平著
⑫ 流水無歸程　白　樺著
⑫ 偷窺天國　劉紹銘著
⑫ 倒淌河　嚴歌苓著
⑫ 尋覓畫家步履　陳其茂著
⑫ 古典與現實之間　杜正勝著
⑫ 釣魚臺畔過客　彭　歌著
⑫ 古典到現代　張　健著
⑫ 帶鞍的鹿　虹　影著
⑬ 人文之旅　葉海煙著

- ⑬¹ 生肖與童年　小　民著　喜　樂圖
- ⑬² 京都一年　林文月著
- ⑬³ 山水與古典　林文月著
- ⑬⁴ 冬天黃昏的風笛　呂大明著
- ⑬⁵ 心靈的花朵　戚宜君著
- ⑬⁶ 親　戚　韓　秀著
- ⑬⁷ 清詞選講　葉嘉瑩著
- ⑬⁸ 迦陵談詞　葉嘉瑩著
- ⑬⁹ 神樹　鄭　義著
- ⑭⁰ 琦君說童年　琦　君著
- ⑭¹ 域外知音　張堂錡著
- ⑭² 遠方的戰爭　鄭寶娟著
- ⑭³ 留著記憶・留著光　陳其茂著
- ⑭⁴ 滾滾遼河　紀　剛著
- ⑭⁵ 王禎和的小說世界　高全之著
- ⑭⁶ 永恆與現在　劉述先著
- ⑭⁷ 東方・西方　夏小舟著
- ⑭⁸ 嗚咽海　程明琤著
- ⑭⁹ 沙發椅的聯想　梅　新著
- ⑮⁰ 資訊爆炸的落塵　徐佳士著

⑮1 沙漠裡的狼

白樺 著

像在冷冽的冬夜裡啜飲著濃烈的茶，感受一種在蒼茫大地上，心海澎湃的震顫。那麼地古老、深沈，剎時間，恍若置身廣闊的大漠，一回首，就是長城。這是金鼎獎作家又一直指人性，內容深刻的作品，請您在一個適合沈思的夜晚，漫步中國。

⑮2 風信子女郎

虹影 著

一本能深刻引起讀者共鳴的小說，其必然與人世現實生活有著緊密的關連。本書作者秉持著對人的命運的關切，遠勝於對以往藝術形式的關注，賦予了文學創作的生命。從本書作者對人物刻劃描述的過程中，可窺知作者對此一理念的堅守。

⑮3 塵沙掠影

馬遜 著

生命的旅途中，有許多可掌握的機運，但似乎一半早已註定……。馬遜教授從故鄉到異國求學，最後來臺定居，繼而與佛結了不解之緣。滿懷豐富的情感，細膩的筆觸，深刻的寫下了旅赴歐美等地之點滴情事，而念舊懷恩之情愫亦時時浮現於文中。

⑮4 飄泊的雲

莊因 著

歲月的洗禮，在人們內心深處烙印著痛苦、悲哀、快樂與美好的回憶。由於時代的變動、戰爭的摧折，作者歷盡滄桑的輾轉遷徙，使那些漂流不定、幻化多變的過往，煥發出人生的智慧。就讓我們乘著飄泊的雲，領會「知足常樂，隨遇而安」的生活哲理。

⑮⑤ 和泉式部日記

林文月 譯・圖

本書為日本平安時代文學作品中與《源氏物語》、《枕草子》鼎足而立的不朽之作。書中以簡淨的日記形式，記錄了一段不為俗世所容的戀情。優美的文字，纏綿的情詩，展現出愛情生活中細膩的起伏感受與歡愁，穿越時空，緊扣你我心弦。

⑮⑥ 愛的美麗與哀愁

夏小舟 著

愛情之於女人，常常是引誘飛蛾撲火的明燈，是絢麗的毒花，可女人偏偏渴望愛情。作者列舉許多男女的愛情、婚姻故事，郎才女貌未必幸福，摯情摯愛未必有緣，只是男人與女人之間如同萬物的規則，一物降一物，鹵水點豆腐，魔高一尺，道高一丈。

⑮⑦ 黑月

樊小玉 著

丁小玎隨著所在的中國公司到國外做勞務承包。因為是公司的英語翻譯，加上辦事勤快，見了人又總是一個柔柔和和的笑，於是很快就引起當地大部分男人的注意；而小玎能否在心儀的外交人員與愛慕自己的餐廳老闆間找到最後情感的歸宿？……

⑮⑧ 流香溪

季仲 著

作者透過一群「沿江吉普賽人」在流香溪畔發生的動人故事，牽引出現代觀念與傳統文化的價值矛盾、中日文化的碰撞衝突、人與自然的挑戰，以及善與惡的拉扯等；全書行文時而如行雲流水，時而又如波濤洶湧，讀來意趣盎然，發人深省。

⑮⑨ 史記評賞

賴漢屏　著

司馬遷《史記》一三〇篇，既是「究天人之際，通古今之變」的史學鉅著，也是我國古代傳記文學的精華。本書作者自幼即喜讀《史記》，從師學習，如今蘊藉已深，以其深厚的治學基礎，發為見解獨具的文采手華，帶領讀者一探《史記》博雅的世界。

⑯⓪ 文學靈魂的閱讀

張堂錡　著

文學的力量使孤寂的心靈得到慰藉，貧乏的人生變得富有，唯有肯駐足品味的人才能透晰其所傳達出最深藏的祕密。本書共分三輯，窺視文學蘊含的殷情深意；感受其求新求變以及對大環境的價值。各自激發不盡的聯想與深沈的感動。

⑯① 抒情時代

鄭寶娟　著

在平淡無奇的生活中，你可曾留意生命中點點滴滴不平凡的小故事？作者以其平實的筆觸，刻劃出看似平凡卻令人難以遺忘的人生軌跡，你我都可能身在其中。書中情節所到之處，或許平凡、或許悲傷，但卻也不時充滿著生命的躍動，值得細細體會。

⑯② 九十九朵曇花

何修仁　著

人生有多少夢境會在現實中重複出現？是山間的樵歌？白雲間的群雁？還是昔日遠方純樸、悠閒的鄉間漫步？作者來自屏東，以濃郁深摯的筆調，縷縷細述人生中最動人的記憶，伴隨你我，步履於南臺灣的舊日情懷，一同感受人間最純摯的情感。

⑯③ 說故事的人

彭歌 著

這是作者多年來觀察文壇、社會與新聞界的肺腑之言。輯一故事與小說自不同角度探討小說寫作；輯二人與文刻劃出許多已逝人物卓然不凡的風範；輯三海外生涯則寫遊記、觀賞職籃等旅居海外之觀感。讀了此書，彷彿親身經歷了一趟時空之旅。

⑯④ 日本原形

齊濤 著

從明治維新以來，日本的一舉一動都對世界有著深遠的影響，尤其對臺灣來說，其影響更是巨大。作者長期旅日，摒除坊間「媚日」或「仇日」的論調，以客觀的描述，剖析日本的現形。對想要了解日本時勢與脈動的人來說，是不得不看的一本好書。

⑯⑤ 從張愛玲到林懷民

高全之 著

作者以嚴謹誠虔的態度，客觀分析的筆調，來評論臺灣當代小說，深深讓讀者了解近代文學的特點，進而深入九位作者的作品中，提供一些深刻的創見，帶領你我欣賞文學的美與實，進而體驗文學對生命喜悅、悲哀等生動的描述。

⑯⑥ 莎士比亞識字不多？

陳冠學 著

莎士比亞識字不多！一直以來被誤認是個偉大的作者。讀過本書，應能還莎士比亞一個清白，他絕對不是一個掠美者。這把聖火在臺灣重新點燃，希望將來這聖火能夠由臺灣再度傳回英國，傳到世界各地，也好讓莎士比亞的靈魂得到真正的安息。

⑯⑦ 情思・情絲

龔華 著

「妳，像野薑花；清香，混合在黎明裏，催我甦醒。沒有妳，我睜不開眼睛，走進陽光的世界。她，是我在黃昏裏，永遠踩不到的影子。像夜來香，惑我走進黑夜的濃郁……」本書集結了龔華在〈中副〉發表的散文，篇篇情意真摯，意境深遠，值得細細品味。

⑯⑧ 說吧，房間

林白 著

一個是離婚、失業的中年婦女，一個是愛熱鬧的單身貴族。兩個背景、個性迥然不同的女子，為何會發展出一段患難與共的交情？且看兩個女子的心情告白。本書在作者犀利細膩的筆調下，深刻描繪出都會女子的愛恨情仇、悲歡離合，值得細細品味。

⑯⑨ 自由鳥

鄭義 著

六四事件的悲憤情緒才剛平復，對八九民運功過的批判聲音竟已隨之響起。對此，大陸流亡作家鄭義，以一幕幕民運歷程與鐵幕紀實，中訴著他的心痛與不平。文中流露對同胞的關懷和自由的嚮往，深深地牽引著每一個中國人心中的沈痛與感動。

⑰⓪ 魚川讀詩

梅新 著

詩是抒情的天堂，但並非每個人都能領會其中的意涵。本書是梅新先生的遺作，首創以雜文式的筆調評論詩作，不依恃理論，反而使篇章更形活潑，有就事論事的評述，也有尖銳的諷喻，語帶機鋒，趣味盎然。引領您一窺知性與感性的詩情世界。

⑰ 好詩共欣賞

葉嘉瑩 著

本書作者葉嘉瑩教授，融會西方接受美學、符號學及中國詩論，來解讀陶淵明、杜甫、李商隱的作品，分析了三人作品的形象、情意和其中所含的隱微深意，並從興發感動讀者的角度來詮釋作品的成功與否，是喜愛古典詩的讀者不可錯過的好書。

⑰ 永不磨滅的愛

楊秋生 著

現代人的生活壓力大，使得人生危機四伏，生活充滿徬徨、疲倦和無力感。如何化解此一危機？作者以多年學佛的體驗，以及和家人朋友互動的點點滴滴，而了解到愛的真義，並希望能將愛分享給每個人，以重燃信心和希望。

⑰ 晴空星月

馬遜 著

大崙山上，晴空萬里，夜色如銀，星月交輝。作者因佛緣，追隨曉雲法師的步履，出掌華梵大學，以發揚佛教教育為己任。本書除叮嚀青年學子的話語外，還有對社會大眾闡發佛法精神的演講。其智慧的話語，如醍醐灌頂，為淨化心靈的一帖良方。

⑰ 風　景

韓秀 著

韓秀，一個出生於紐約，卻長年往返於世界各地的奇女子。在雅典、在開羅、在布達佩斯、在臺北、在高雄、在北京，作者皆能以其敏銳的心觀察她所造訪過的每一寸土地，以其向具纖細的筆觸，使一幅又一幅的動人「風景」躍然出現在您的面前！

⑰5 談歷史　話教學

張　元　著

作者以二位高一新生對歷史課程的困惑為引子，藉著師生座談對話的方式，從北京人時代到西晉，針對高中歷史教材，試圖以「史料閱讀」的方法鮮明地建構各代的歷史圖像，在活潑的對白間既談歷史意涵又話歷史教學，相當適合高中教學的參考。

⑰6 兩極紀實

位夢華　著

任何人想要親臨兩極之地恐怕都不是件容易的事。作者因從事研究工作之便，足跡跨越兩極，將在極地所見所聞之動物奇觀、自然景致乃至當地所受文明衝擊，或以幽默輕鬆，或以深沈關懷的筆調娓娓道來，是無緣親至極地的讀者絕不可錯過的佳作。

⑰7 遙遠的歌

夏小舟　著

世上只有兩種人，男人和女人。然而男女之間的恩愛情仇，卻糾葛難解。本書作者以一篇篇幽默的短篇故事，道盡世間男女的愛恨嗔痴。在她細膩委婉的筆下，愛情的本質和婚姻的面貌都一一呈現，必可帶給你前所未有的感受與體悟。

⑰8 時間的通道

簡　宛　著

「人生，是一條時間的通道，每一個人所走的方向和目標雖然不一樣，但是經過的路程卻是相似的……」當人們沈溺於歲月不待人的迷茫和感嘆時，作者平實的筆調將帶著我們對生活多用一點心思和一點執著，會使我們的「通道」裏，留下一點痕跡。

⑰⑨ 燃燒的眼睛

簡宛 著

作者以自身多年來在美國的異域生活為背景，輔之敏銳的觀察力、豐富的情感、濃郁深摯的筆調，從而幻化出一篇篇感人肺腑的故事。尤其對於旅居海外異鄉遊子們的心境描寫更是深刻動人，是一本值得再三玩味的小說。

⑱⓪ 月兒彎彎照美洲

李靜平 著

沒來美國時還不知那生活啥款；來了才知樣——啊！真夭壽！ 來到美國，是穿梭在黑白紅黃人群間；或在房裡看華語電視？是在壁爐邊吃耶誕大餐；還是窩伴著一桌熱火鍋？在忙碌的陽光下，可想起夜空裡一彎新月？月兒彎彎，訴說的又是誰的故事？

⑱① 愛廬談諺詩

黃永武 著

諺詩，是指用諺語聯成的詩，由於聯接巧妙加上意外組合，因此往往會有不可料想的妙趣出脫。如捉豬上板櫈，走馬看天花；成人不自在，做鬼也風流，等等。本書將帶你悠遊中國式幽默，探索諺語的源頭，喜愛好書的你，可千萬不能錯過！

⑱② 劉真傳

黃守誠 著

劉真，一位自四十年代開始影響國內教育最鉅的教育家。本書自劉真先生家學淵源寫起，隨著時間軌跡，記錄了他如何在風雨飄搖的年代裡為教育此類百年大業做出努力；因此雖然本書為劉真先生個人傳記，卻同時也是了解現今教育體制的最佳參照。

⑱³天涯縱橫

位夢華　著

以兩極生態氣候的研究為基礎，作者建構了此書的論理與想像世界。內容從極地景致、開拓艱辛及天文物理觀念，引申至有關宇宙天人及環保的許多想法，包容科學與文學，兼具知性與感性。讓您在詼諧而深切的筆調中，激發對地球的關懷與熱愛。

⑱⁴中國新詩論

許世旭　著

中國詩歌，無論新舊，是一座甘泉，若不掬飲，口渴神焦，……。作者係韓國人士，長年沈浸在中國文學之中，對於在中國新詩的源起及兩岸新詩風格的異同，均有獨到而精闢的見解。是讀者拓寬視野，更深入了解中國新詩之發展所必備的好書。

國家圖書館出版品預行編目資料

風景／韓秀著．--初版．--臺北市：三民，民87
面；　公分．--(三民叢刊；174)
ISBN 957-14-2813-2 (平裝)

855　　87002608

網際網路位址　http://sanmin.com.tw

著作人　韓　秀
發行人　劉振強
著作財產權人　三民書局股份有限公司
臺北市復興北路三八六號
發行所　三民書局股份有限公司
地　址／臺北市復興北路三八六號
電　話／二五〇〇六六〇〇
郵　撥／〇〇〇九九九八——五號
印刷所　三民書局股份有限公司
門市部　復北店／臺北市復興北路三八六號
重南店／臺北市重慶南路一段六十一號
初　版　中華民國八十七年五月
編　號　S 85424
基本定價　伍元肆角
行政院新聞局登記證局版臺業字第〇二〇〇號

ISBN 957-14-2813-2 (平裝)

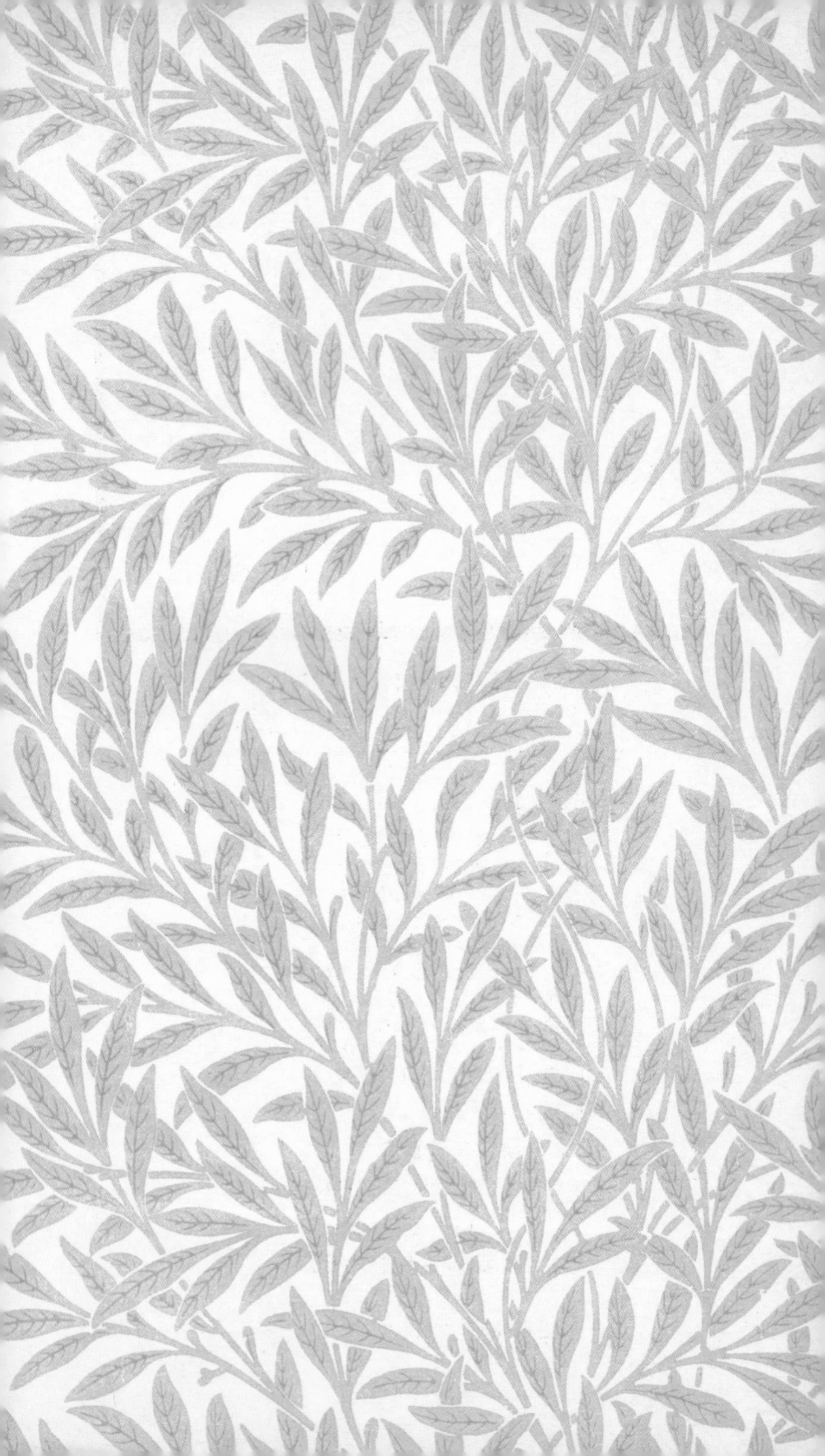

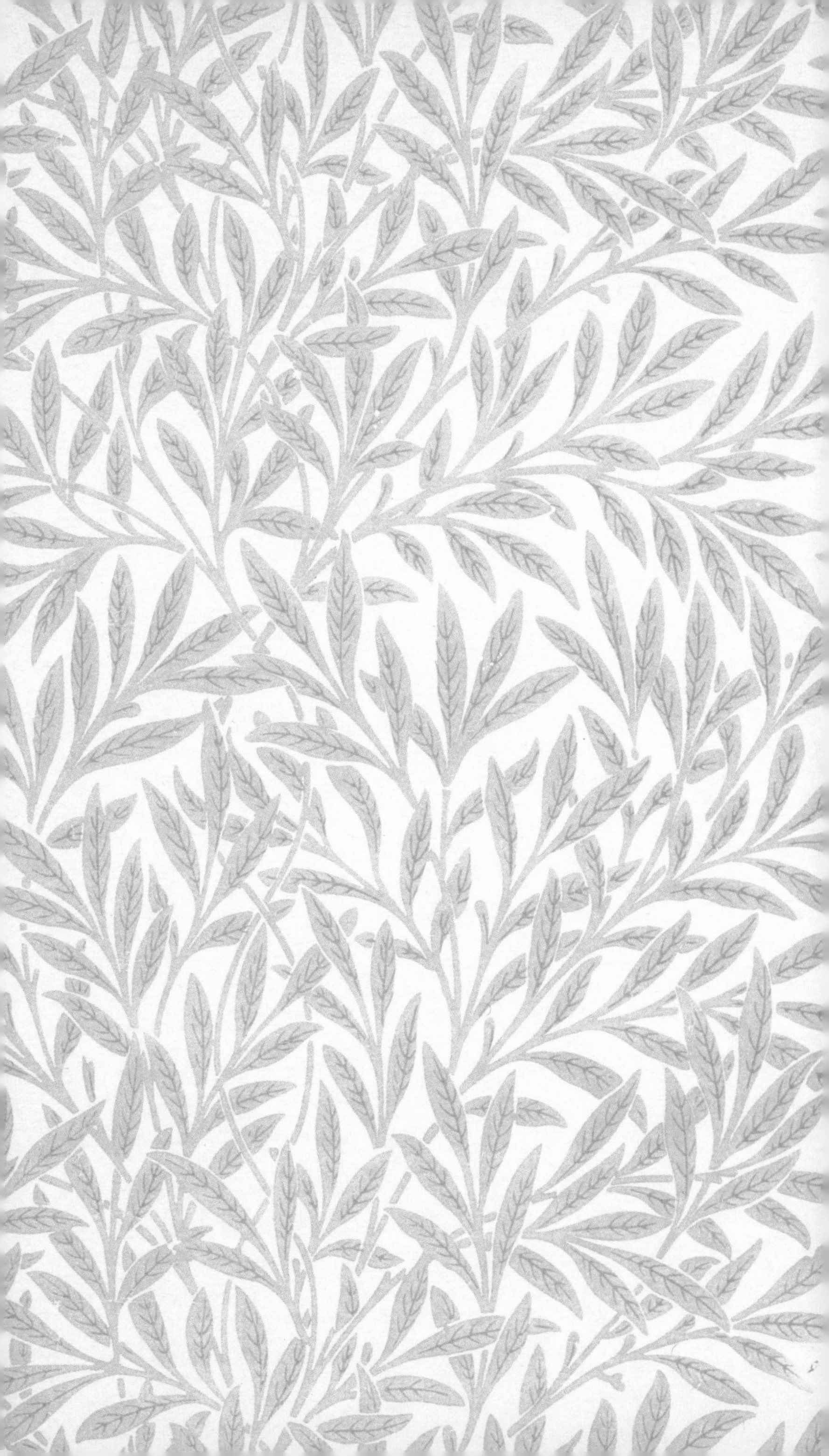